Juli Zeh
Alles auf dem Rasen

Kein Roman

Schöffling & Co.

Erste Auflage 2006
© Schöffling & Co. Verlagsbuchhandlung GmbH,
Frankfurt am Main 2006
Alle Rechte vorbehalten
Satz: Reinhard Amann, Aichstetten
Druck & Bindung: Pustet, Regensburg
ISBN-13: 978-3-89561-059-2
ISBN-10: 3-89561-059-3

www.schoeffling.de
www.juli-zeh.de

Inhalt

POLITIK

Das Prinzip Gregor 11
Der Kreis der Quadratur 21
Sind wir Kanzlerin? 29
Deutschland wählt den Superstaat 37
Oma stampft nicht mehr 43
Verbotene Familie 48
Ersatzteilkasten 52
Es knallt im Kosovo 57

GESELLSCHAFT

Ficken, Bumsen, Blasen 67
End/t/zeit/ung 74
Von Cowgirls und Naturkindern 89
Fliegende Bauten 95
Die Lehre vom Abhängen 103

RECHT

Recht gleich Sprechung oder: Der Ibis im Nebel 113
Justitia in Schlaghosen 123
Der Eierkuchen 139
Supranationales Glänzen 157

SCHREIBEN

What a mess 175
Marmeladenseiten 183
Genie Royal 194
Von der Heimlichkeit des Schreibens 201
Auf den Barrikaden oder hinterm Berg? 214
Sag nicht ER zu mir 220

REISEN

Fehlende Worte 237
Theo, fahr doch 245
Niedliche Dinge 257
Sarajevo, blinde Kühe 265
Jasmina and friends 268
Aus den falschen Gründen 280
Stadt Land Fluß, Stop: B 284

Nachweise 293

ALLES AUF DEM RASEN

POLITIK

1 stadt- oder staatsgeschäfte,
staatsangelegenheiten
2 regir- oder weltkunst
3 im engeren sinne dann auch die klugheit und
verschlagenheit einzelner in erreichung ihrer
zwecke

Das Prinzip Gregor

Früher gab es Gregor. Auf die Frage, was er an seinem Studium der Betriebswirtschaft gut finde, pflegte er zu antworten: Ich will eine goldene Kreditkarte mit meinem Namen darauf und einen Porsche 911 mit einer blonden Frau auf dem Beifahrersitz.

Das Prinzip Gregor war in der kleinen Universitätsstadt stark verbreitet. Seine Anhänger waren notorisch gut gekleidet und schon vor Markttauglichkeit des ersten Mobiltelephons in der Lage, jedes Kaffeehaus in das Büro einer Unternehmensberatung zu verwandeln, indem sie sich einfach nur hinsetzten. Es war nicht schwierig, Gregor unerträglich zu finden. Ein materialistischer Mensch in einer materialistischen Welt, ohne Begeisterung, ohne Ideen und Werte. Wenigstens machte er kein Hehl aus seinem umfassenden Desinteresse gegenüber Dingen, deren monetärer Gegenwert im Unklaren liegt.

Zum Prinzip Gregor gehörte auch Füsser. Er war die andere Seite, ohne die keine Medaille existieren kann. Füsser wusste nicht, ob er sein Philosophiestudium der Wissenschaft zuliebe in Tübingen beginnen sollte oder wegen des Biers in Köln. Seine Bücher bewahrte er in Haufen auf dem Boden auf, weil er in Regalen nichts wiederfand. Füssers Freunde waren zu dick oder zu dünn und mochten Geld, wenn es in einen Zigarettenautomaten passte. Das geisteswissenschaftliche Studium betrachteten sie als perfekte Vorbereitung auf die Arbeitslosigkeit. Man lernte von Anfang an, mit freier Zeiteinteilung, innerer Leere und sozialer Degradierung zurechtzukommen.

Gregor und Füsser begegneten sich nie, weil der eine aufstand, wenn der andere zu Bett ging; die Natur hatte ihnen unterschiedliche Lebensräume geschaffen. Trotzdem ähnelten sie sich wie die entgegengesetzten Enden einer Fahnenstange. Beide begehrten auf unterschiedliche Weise dieselbe Sache: Gregor die Anwesenheit, Füsser die Abwesenheit von möglichst viel Geld.

Nina und Nele waren mit beiden befreundet. Sie studierten Jura, weil man damit »alles Mögliche« machen kann, und Geld war ihnen egal, solange die Rotweinbestände gut gefüllt und Secondhandläden samstags bis sechzehn Uhr geöffnet waren. Aus purem Interesse lernten Nina und Nele drei Sprachen, belegten Doppel-, Zweit- und Aufbaustudiengänge, absolvierten Praktika in den globalen Machtzentren der Welt und sprachen auf Partys über die Osterweiterung der EU. Meisterhaft täuschten sie sich selbst und ihre Eltern darüber hinweg, dass die Paradeausbildung nicht auf eine Berufswahl hinauslief.

Nina und Nele fanden Gregor und Füsser rührend: Angehörige einer Gattung, die noch nicht weiß, dass sie vom Aussterben bedroht ist. Sie selbst nämlich waren

Prophetinnen eines neuen Zeitalters. Sie konnten mit oder ohne viel Geld leben, weil sie sich selbst und ihre Umgebung über andere Dinge definierten. Ihre Lieblingssätze lauteten: Geld macht nicht glücklich. Zweitens: Glück macht nicht satt. Drittens: Denkt an unsere Worte.

Ein paar Dinge hatten sie alle gemeinsam. Sie sollten es im Leben besser haben als ihre Eltern und wurden gleichzeitig wegen Anspruchsdenken und Wohlstandskindertum verunglimpft. Sie waren hochintelligent, überdurchschnittlich begabt, körperlich bei Kräften, kurz: Musterbeispiele künftiger Leistungsträger, Hoffnungsschimmer einer gerade wiedervereinigten Republik. Orientierungslosigkeit hatte man ihnen schon nachgesagt, bevor sie auf die Welt kamen.

Oft markiert ein unscheinbares Ereignis die Sollbruchstelle im System. Die Jahrtausendwende war schon vorbei, und Gregor, Füsser, Nina und Nele hatten sich in alle Winde zerstreut, als der Reissack umfiel. Nicht in China, sondern auf einer der Gartenpartys, von denen die Elterngeneration nicht genug bekommt, seit die Kinder aus dem Haus sind.

Auf einem dieser Feste im Sommer 2002 stellte sich durch Zufall heraus, dass erstens der gesamte mitgebrachte Wein und Sekt von ALDI stammte und zweitens alle Anwesenden inklusive der Gastgeberin dies längst an den Etiketten erkannt hatten. Plötzlich erzählten die Mütter von Gregor, Füsser, Nina und Nele einander, wie sie drei Jahrzehnte lang beim ALDI-Einkauf hinter dem Gebäude geparkt, die Einkäufe in mitgebrachte Edeka-Tüten verpackt und für den Fall, dass ihnen ein Bekannter begegnete, den immer gleichen Satz bereitgehalten hatten: ALDI füllt teure Markenprodukte in billige Verpackungen – da wäre es doch idiotisch, mehr Geld auszugeben.

Die Erleichterung war groß, das ausbrechende Gelächter laut und lang. Es läutete eine Zeitenwende ein.

Zwei, drei Jahre später rief Gregor bei mir an. Er hatte meinen Namen im Internet gefunden und wollte erzählen, was er so macht. Nach seinen beiden Prädikatsexamen war er in die Hauptstadt gezogen und arbeitete bei *Whoever & Whoever Incorporated.*

»Wie schön!«, rief ich und freute mich ehrlich für ihn, »wie geht's dem Porsche?«

»Weiß nicht«, sagte Gregor langsam, »plötzlich wollte ich doch keinen haben.«

Außerdem überlegte er, zum Jahresende zu kündigen. Und schwieg. Auch mir fiel nichts mehr ein. Als ich das Gespräch beendete, klang mir etwas in den Ohren. Es war das Echo eines langen Gelächters.

Kaum lag der Hörer auf der Gabel, nahm ich ihn wieder ab und begann eine Bestandsaufnahme. Ich rief Freunde an und deren Freunde, Bekannte und deren Bekannte, und stellte ihnen eine Frage: Braucht ihr Geld?

Die Ähnlichkeit der Antworten war verblüffend: Nö. Ein bisschen. Wenn ich was brauche, geh ich arbeiten. Nur für Unabhängigkeit, Freiheit und Selbstbestimmtheit. Alles Wichtige ist unkäuflich. Meine Egoprobleme löse ich beim Sport. Verzicht schafft Freiraum. Nur eine Befragte antwortete: Ich habe mir einen hohen Lebensstandard erarbeitet und will ihn behalten. Sie kommt aus Russland.

»Freunde«, rief ich in die unendlichen Weiten des Telephonnetzes, »wir befinden uns in einer Wirtschaftsrezession. Wie wäre es, wenn ihr euch zusammenreißt, jede Menge Geld verdient und es wieder unter die Leute bringt?«

Keine Antwort. Jemand gähnte, ein anderer lachte.

»Herzchen«, fragte Nina, »fährst du eigentlich immer noch diesen schicken, sechzehn Jahre alten VW Polo?«

Wieso, das ist ein super Auto, 250 000 km gelaufen und noch über ein Jahr TÜV.

Nach zwanzig Anrufen und einem Blick in den Spiegel wusste ich Bescheid. Wir sparen nicht, wir geben bloß kein Geld aus. Kreditkarten-Gregor ist die Galionsfigur einer sinkenden Handelsflotte. Die Besatzung hat sich ein Floß gebaut und treibt zu den Blockhütten an den Ufern einer Inselgruppe.

Was man weder mit autoritärer noch mit antiautoritärer Erziehung vermitteln kann, ist Existenzangst. Nach den Ergebnissen der Shell-Studie vom August diesen Jahres schaut die junge Generation trotz Börsenkrach, Pleitewelle, Massenarbeitslosigkeit und Terror optimistischer denn je in die Zukunft. Jeder in seine eigene, versteht sich. Nach wie vor fehlt es am ideellen Überbau – der wohlvertraute Werteverlust bleibt unausgebügelt. Trotzdem wäre der übliche Schluss auf frei flottierenden Egoismus und ich-bezogenes Meistbegünstigungsprinzip voreilig. Soziales Engagement ist den Befragten wichtig, viel wichtiger als politisches. Überschüssiges Geld würden sie lieber an eine private Hilfsorganisation abtreten als ans Finanzamt. Als »Gewinner« bezeichnet die Studie das Lager der »pragmatischen Idealisten«, während die »robusten Materialisten« auf der Verliererseite stehen. Nicht umgekehrt? Nein, so rum. Freundschaften, Liebe, Unabhängigkeit und Freizeit stehen als Ein-Mann-Werte hoch im Kurs. Und kosten nichts. Die junge Generation, als Vorbote einer künftigen Gesellschaft gern mikroskopiert, wendet sich entgegen der Prognosen nicht einem immer oberflächlicheren, konsumorientierten und sinnentleerten Dasein zu.

Das müsste all jene freuen, die in der Konsumversessenheit den ewig bevorstehenden Untergang des Abendlandes heraufdämmern sahen. Weniger froh wird sein, wer Konsum als notwendige Voraussetzung der Marktwirtschaft begreift. Das Nachkriegsmotto »Wer essen will, muss auch arbeiten« hat schon seit längerem an Durchschlagkraft verloren. Nun gerät auch ein zweites, ungeschriebenes Gesetz in Vergessenheit: Wer arbeiten will, muss auch essen. Und zwar etwas Teures. Oder anders: Ohne Konsumenten keine Investoren und keine Jobs.

Wie immer, wenn ich nicht weiterweiß, rufe ich meinen Freund F. an.

»F.«, sage ich, »seit ich dich kenne, schläfst du auf einer alten Matratze. Deine Kleider hängen auf einem fahrbaren Gestell, das Geschirr stapelst du auf der Fensterbank. Warum kaufst du nicht Bett, Schrank und Küchenregal?«

»Was!«, ruft F. entsetzt. »Modernität ist Mobilität, heutzutage braucht man Luftwurzeln. Eigentum verpflichtet, und zwar zum Möbelschleppen beim nächsten Umzug.«

Damit gebe ich mich nicht zufrieden. Wer viel verdient, kann sich ein Umzugsunternehmen leisten.

»Stimmt«, gibt F. zu. »Aber große Summen für nichts auszugeben, hat etwas Unappetitliches.«

Deshalb trinkt F. auch keinen Cappuccino bei Mitropa. Nicht aus Geldmangel. Sondern aus Prinzip.

»Geldausgeben«, sage ich, »war mal ein nettes Hobby. Ist es dermaßen in Verruf geraten, bloß weil ein paar Konsumextremisten es eine Weile übertrieben haben? Stellen wir jetzt eine neue Kollektion auf dem Laufsteg der Weltanschauungen vor: die Neo-Askese? Was ist mit dem Prinzip Gregor passiert?«

Wer viel fragt, wird von F. mit einer Theorie bestraft. Es ist ganz einfach: Unsere Gesellschaft fällt sukzessive vom Glauben ab. Der Tod Gottes liegt lang zurück, auch die Trauerzeit ist vorbei. Der sogenannten Politikverdrossenheit sehen wir mit schreckgeweiteten Augen entgegen, während sie längst eingetreten ist und uns schon überholt hat. Die Abkehr vom Wirtschaftlichen ist die letzte Stufe eines logischen Dreischritts:

Nach der Emeritierung von Religion und Politik verlieren nun die Götzen des Kapitalismus an sinnstiftender Kraft. Wir glauben nicht mehr, dass Mars mobil macht, Edeka besser als ALDI ist und in tollen Autos tolle Typen sitzen. Abgesehen von global organisierter Globalisierungsgegnerschaft gibt es eine stille, private und gerade deshalb ernst zu nehmende Verweigerung. Sie speist sich aus der Erkenntnis, dass, wer kein Geld verbraucht, auch keines verdienen muss. Irgendwann muss schließlich zu Ende geführt werden, was die Aufklärung angezettelt hat. Sich mit Ersatzsystemen durchschlagen – das kann jeder.

Fliegen wir also demnächst aus dem letzten transzendentalen Obdachlosenheim? Wenn ja, werden wir vielleicht feststellen, dass das Wetter draußen wärmer und trockener ist als befürchtet. Im Grunde sind wir dabei, Uneigentliches durch das Eigentliche zu ersetzen. Genau wie Religion und Politik dient der Wirtschaftskreislauf den sich gegenseitig bedingenden Essentialien menschlichen Zusammenlebens: Regulierung und Kommunikation. Durch das Verdienen und Ausgeben von Geld drückt der Einzelne seine Anerkennung oder Ablehnung bestimmter Produkte, Ideen und Entwicklungen aus und erfährt umgekehrt Wertschätzung oder Ablehnung seiner Person. Seit technische Mittel den Gedankenaustausch eines jeden mit jedem zu ermöglichen beginnen, wird Geld als Medium der Wertschätzung überflüssig. Inzwischen widmen Menschen Stunden um Stunden dem Erstellen einer Homepage oder dem Programmieren einer neuen Software, nicht um daran zu verdienen, sondern um zu hören, dass ihre Arbeit gut war und anderen weitergeholfen hat. Und bei *ebay* ist der beste Verkäufer nicht der mit den teuersten Produkten, sondern jener mit den meisten positiven Bewertungen.

»Stop«, unterbreche ich F., »erzähl mir nichts von der Einleitung des Postkapitalismus durch Internetkommunikation. Daran glaube ich, wenn die erste *open-source*-Bäckerei in meiner Nachbarschaft eröffnet hat.«

»Darum geht's nicht«, sagt F. »Die Kommunikationstechnologie ermöglicht es, ein grundlegendes menschliches Bedürfnis zu befriedigen. Wenn dieses Bedürfnis nicht mehr über ökonomisches Verhalten vermittelt werden muss, verliert der Konsum seine Kompensationsfunktion und die Wirtschaft damit eine Triebfeder.«

»F.«, sage ich, »willst du mir erklären, dass du keinen Kleiderschrank besitzt, weil du E-Mails schreiben kannst?«

Sobald meine Telephonrechnung die Mietzahlungen übersteige, werde ich ihn verstehen, sagt F. und legt auf.

Wer oder was auch immer dabei ist, das Prinzip Gregor zu verabschieden – die endgültige Suspendierung hätte jedenfalls ein Gutes. Arbeitszeitverkürzungen als Job-Sharing-Maßnahme werden wir mit Freude entgegennehmen. Der bevorstehenden Senkung des Lebensstandards erwidern wir achselzuckend: Schon geschehen. Wir warten auf Nachricht, ob Gregor tatsächlich zum Jahresende bei *Whoever & Whoever*

Incorporated kündigt. Danach werden wir uns Abend für Abend mit einem Lächeln auf den Lippen und einem recycelten Teebeutel in der Tasse auf unsere Strohmatten legen.

2002

Der Kreis der Quadratur

Müsste ich die Kapitalismusdebatte zeichnen, würde ich zunächst ein Quadrat malen und senkrecht in zwei Hälften teilen. Auf die eine Seite schriebe ich ein »L« für das linke, auf die andere ein »R« für das rechte politische Lager. Dann zöge ich mit geschlossenen Augen einen Zickzackstrich quer hindurch, die Buchstaben zerschneidend. Der Strich würde nicht einmal von Ecke zu Ecke reichen. Das wäre sie dann, die Kapitalismuskritik.

Nicht sein Inhalt macht den Kapitalismusstreit interessant, sondern vor allem sein symptomatischer Charakter für den Zustand unseres politischen Meinungsspektrums. Ein für seinen Konservatismus berühmter Professor wirft dem Marx zitierenden Müntefering aufgrund einer missglückten Metapher nationalsozialistisches Gedankengut vor. Kürzlich erst hat derselbe Professor die Folter im Kampf gegen mutmaßliche Terroristen für legitim erklärt. Der sozialdemokratische Münte hingegen verlangt plötzlich »Recht und Ordnung« auf den Märkten und ein Vorgehen »mit aller Härte« gegen die Beschäftigung osteuropäischer »Billigarbeiter« auf deutschen Schlachthöfen (sic!). Gleichzeitig gehört Münte einer Partei an, die eben erst durch

Steuerbefreiungen zu einem rasanten Anstieg der Private-Equity-Praktiken von Firmenaufkäufern beigetragen hat und die seit Jahren an einer Verbesserung des »Standorts Deutschland« arbeitet – ein anderes Wort für kapitalismusfreundliche Wirtschaftspolitik. In dieser Partei wiederum finden seine Ansichten ebenso viele Freunde wie Feinde, und Gleiches gilt selbstverständlich in der CDU. Zu guter Letzt komplettiert das hauptberufliche Republikgewissen den Meinungswirrwarr mit der ebenso wohlklingenden wie inhaltslosen Forderung nach einer parlamentarischen Kontrolle der Märkte. Wenigstens bleibt Grass sich selber treu.

Markanterweise gilt für die Gesamtdiskussion: Altersfreigabe ab 50. Keiner der Disputanten entstammt der jüngeren Generation. Die steht stumm vor Staunen daneben und fragt sich mit offenem Mund: Glaubt hier wirklich irgendjemand, gekürzte Managergehälter würden die Arbeitslosenzahlen senken? Wird ernstlich behauptet, unser vom Wachstum abhängiges Wirtschaftssystem könne erhalten werden, wenn man gleichzeitig den Leithammeln das Verdienen und den größten Firmen das Gesundschrumpfen verbietet? Oder geht es nur darum, auf der Suche nach Ursachen für das Elend der Nation die sprichwörtliche Dummheit der Politiker gegen die ebenso sprichwörtliche Rücksichtslosigkeit der Wirtschaftsbosse auszutauschen?

Es ist nicht einmal so, dass bloß die zyklisch wiederkehrende Jammerei der Elterngeneration über den bösen Kapitalismus nerven würde. Die Debatte bezieht sich dem Ansatz nach auf wichtige Fragen, bleibt aber noch vor der Schwelle zum Eigentlichen in oberflächlichen Forderungen und Schuldzuweisungen stecken. Und es ist schwierig, sich in einer Diskussion zurechtzufinden, in der niemand, auch nicht Müntefering, die geringste Ahnung hat, was er will.

Versucht man nämlich, aus der Kapitalismuskritik praktische Konsequenzen zu ziehen, die über das leerformelhafte Einfordern von »mehr ethischer Verantwortung bei Unternehmern« hinausgehen, ergibt sich ein merkwürdiges Bild. Wir bräuchten Einkommensregulierungsgesetze für Spitzengehälter. Ein Abwanderungsverbot für deutsche Firmen, ein Mitarbeiterentlassungsverbot, vielleicht auch Importbeschränkungen für Billiggüter aus China. Weiterhin Ordnungsgesetze für die Kreditpolitik der Banken, ein Börsenspekulationsverbot sowie ein Verbot der Einstellung ausländischer Arbeitskräfte aus Lohnkostengründen. Alle diese Gesetze kann man erlassen – wenn man vorher einen Teil der Grundrechte abschafft, die Europäische Union auflöst und sich klar macht, dass unser ökonomisches System, egal ob Turbokapitalismus oder soziale Marktwirtschaft, darunter zusammenbrechen würde. Das will niemand. In Wahrheit will man nicht einmal einen ökonomisch-deutschen Sonderweg. Was wollt ihr dann? – Ratlose Gesichter. Vielleicht Mao-am.

Wirtschaftsnationalismus, Protektionismus und eine Stärkung staatlicher Eingriffsmacht in die Handlungsfreiheit des Einzelnen – die Kapitalismusdebatte macht die Rechts-Links-Schwäche im politischen Meinungsbild, Papa Marx hin oder her, endgültig zum vorherrschenden Normalzustand. Mit Heuschreckenmetaphern und an den Haaren herbeigezogenen Antisemitismusvorwürfen hat dieser Befund nicht das Geringste zu tun. Erst wenn man im oben gezeichneten Quadrat das »L« und das »R« ausradiert und durch ein »F« für Freiheit und ein »S« für Sicherheit ersetzt, lässt sich die Debatte in besser unterscheidbare Meinungslager teilen. Und das gilt, übrigens, nicht nur für diese. Ob Anti-Terror-Kampf vs. Datenschutz, Softwarepatente vs. *open source*, physische Selbstbestimmtheit vs. Gesundheitspolitik oder Sterberecht vs. Euthanasieverbot – hinter vielen politischen Diskussionen der Gegenwart verbirgt sich der Widerstreit zwischen dem Konzept individueller Freiheit auf der einen und jenem von staatlich herbeigeführter Sicherheit und Kontrollierbarkeit auf der anderen Seite. Diese beiden Werte ergänzen und begrenzen sich; bis zu einem gewissen Grad schließen sie sich sogar gegenseitig aus. Es scheint an der Zeit, sie zu einem neuen Ausgleich zu bringen. Solange der Kapitalismusstreit sich nicht selbst an dieser Wurzel packt, wird er unfruchtbar bleiben. Hinter dem Mangel an konkreten Vorschlägen steckt wie so oft das Fehlen einer grundlegenden Idee.

Denn natürlich geht es nicht um die genaue Höhe von Managergehältern. Die gegenwärtige Kapitalismuskritik ist bereits ein Kind der populärer werdenden Globalisierungsgegnerschaft. Auch hinter deren notorischer Schwammigkeit verbirgt sich die ungelöste Frage, wie unsere moderne Welt optimaler- oder gar utopischerweise gestaltet sein soll. Antworten auf derart grundsätzliche Fragen sind nicht durch das Erstellen von Sündenbocklisten, durch Einkommenskabbala und Meinungsumfragenpoker zu gewinnen. Sondern nur durch eine Reflexion auf unser Welt- und Menschenbild.

Es ist nicht der Mensch als Teil eines unmündigen, von Verkaufsstrategien manipulierten, ausgebeuteten und entmenschten Konsumentenkollektivs, der unsere Epoche prägt. Auch nicht der schafdumme Endverbraucher, den man zum Schutz vor sich selbst mit Verboten umstellen und erst wieder lehren muss, was der Sinn des Lebens ist. Viel eher leben wir doch in einem Zeitalter, das durch ein hohes Maß an allgemeiner Bildung und Aufgeklärtheit sowie durch eine weitgehende Verwirklichung von Freiheitsidealen gekennzeichnet ist. Aus der Befreiung von gesellschaftlichen Zwängen folgt ein breit angelegter Individualismus, der (leider?) auch die ideellen Grundlagen für Mitgefühl, Verzichtwillen und eine Philosophie des Teilens schwinden lässt. Überindividuelle Wertvorstellungen, die sich aus den Ideen von Religion, Vaterlandsliebe oder Familie ergeben und das Zusammengehörigkeitsgefühl einer Gemeinschaft befördern, haben in der zweiten Hälfte des 20. Jahrhunderts an Bedeutung verloren.

Über Jahrzehnte hinweg wurde von den Menschen in allen Lebensbereichen Selbstbestimmtheit und Eigeninitiative verlangt. Das Ideal der Mobilität, ohne das der internationalisierte Kapitalismus nicht möglich wäre, wird durch einen lust- und leistungsorientierten Typus verkörpert, den man bis heute auf jedem Werbeplakat bewundern kann. Im Gegensatz zur Mobilität ist Moralität eine Form der Verantwortung für das eigene Handeln in Bezug auf andere. Sie gründet auf eine innere und äußere Verwurzelung in Kontexten, die nicht nur das Individuum selbst betreffen. Mobilität und Moralität sind keine Partner, sondern Kontrahenten. Das soll nicht heißen, dass ein Mensch unter keinen Umständen zugleich mobil und moralisch sein könnte. Für jenen Typus, den wir über so lange Zeit hinweg allein nach den Kriterien von Freiheitstauglichkeit und Beweglichkeit bewertet haben, stellt es jedoch eine Überforderung dar.

Anders gefragt: Wollen wir diesen Typus noch? Oder ist es jetzt so weit, dass wir verloren gegangene Werte durch staatliche Zwangsmechanismen ersetzen müssen? Wenn ja – geht das überhaupt? Und was bedeuten in diesem Zusammenhang die Grundrechte? Spielen sie eine untergeordnete Rolle, weil wir an einen Punkt geraten, an dem wir den Staat vor dem Bürger schützen müssen und nicht mehr den Bürger vor dem Staat? Sehnen wir uns nach einer kleinen, sicheren Welt, oder arbeiten wir weiter an dem Versuch, die Ränder der Chancengleichheit (und damit des Risikobereichs) möglichst weit auszudehnen, auch über staatliche Grenzen hinaus? Und wären wir bereit, für eins unserer alten oder neuen Ideale in materieller Hinsicht etwas aufzugeben? Wie wollen wir denn nun sein: stark, schön und erfolgreich – oder edel, hilfreich und gut?

Quod esset disputandum. Keine dieser Fragen wird bislang von der Kapitalismusdebatte vertieft diskutiert. Angesichts der allgemeinen Überzeugung, vielleicht in keiner guten, jedoch in der besten aller denkbaren Staatsformen zu leben, ist das möglicherweise verständlich. Man kann aber nicht Speck haben und das Schwein behalten – nicht die Freiheiten des Kapitalismus genießen und gleichzeitig nach einer sicheren Kuschelwelt verlangen. Wenn der aktuelle Streit, wie seine rasante Ausweitung vermuten lässt, tatsächlich Ausdruck eines tief- und weitgehenden Unbehagens gegenüber dem »Ob« oder »Wie« unseres wirtschaftlichen (und damit auch des politischen) Systems ist, wird das geheuchelte Bemühen um kosmetische Verbesserungen die Spannungen eher verschärfen als lösen. Man liest, die Menschen im Land seien verunsichert und hätten Angst. Wenn das stimmt, liegt etwas im Argen, das über Hartz IV und Ackermanns Renditeerwartungen hinausreicht. Wir, das heißt unsere Gesellschaft als Ganzes und jeder Einzelne von uns, sind kürzlich in eine jener Identitätskrisen geraten, die Jahrhundertwenden geradezu typischerweise mit sich führen. In solchen Situationen können eine Menge Dinge auf den Prüfstand gehören – Menschenbild, Wirtschaftssystem, Weltordnung, der Zuschnitt unserer parlamentarischen Demokratie. Und nicht ohne Grund: Änderungen der Verhältnisse, die nicht rechtzeitig zur Kenntnis genommen werden, tendieren zu unangenehmen Überraschungen.

Müntefefings ungelenker Vorstoß hat immerhin einen ersten Zipfel des eigentlichen Themas gepackt. Wenn wir daran in die angedeutete Richtung – unter Zuhilfenahme der einen oder anderen jüngeren Hand? – kräftig ziehen, verwandelt sich das fruchtlose Zerlegen des Meinungsspektrums vielleicht noch in das, was wir wirklich gebrauchen könnten: eine gemeinsame Standortbestimmung des gegenwärtigen Menschen und seiner Rolle in der (deutschen) Gesellschaft und der (globalisierten) Welt. Dann wäre er gelungen, fernab von Heuschrecken, NRW-Wahl und neuem Klassenkampf: Der Kreis der Quadratur.

2005

Sind wir Kanzlerin?

Ein belebtes Café im Zentrum einer beliebigen europäischen Großstadt. Die Jung-Literatin (JuLi) sitzt in einer Ecke und rührt in einer großen Tasse Milchkaffee. Ihre Beine, die in abgetragenen Jeans stecken, hat sie übereinander geschlagen. Auf der anderen Seite des kleinen Tischs sitzt eine Journalistin im eleganten Kostüm und trinkt Tee. Ihr Haar ist sorgfältig zu einem blonden Helm frisiert. Irgendwie erinnert die Journalistin ein wenig an Margaret Thatcher (MT).

MT: Frau Zeh, Sie sind eine junge Frau ...
JuLi: Dafür kann ich nix.
MT: ... mit einigem beruflichen Erfolg.
JuLi: Ersparen Sie mir die Frage. Nein, ich habe mich noch nie im Leben diskriminiert gefühlt.
MT: Gehen wir zur Vermeidung des Dauerkonjunktivs einmal davon aus, dass Angela Merkel die nächste Kanzlerin wird.
JuLi: (erleichtert) Ach so, darum geht's!
MT: Wie finden Sie das?
JuLi: Was? Eine deutsche Kanzlerin oder Angela Merkel?
MT: Ist das nicht dasselbe?

JuLi: Nein. Wissen Sie, als Helmut Kohl die heutige CDU-Vorsitzende aus dem ostdeutschen Zauberzylinder zog, taufte er sie »Das Mädchen«. Für mich und viele andere war sie von Anfang an »Das Merkel«. Konsequenterweise müsste das Merkel auch das Kanzler werden. Klingt das gemein?

MT: Ziemlich. Hat man Sie schon mal »Das Zeh« genannt?

JuLi: Nein, das wäre grammatikalisch falsch. In der Schule nannte man mich »Der Zeh« – entweder kleiner Zeh oder großer Zeh, je nachdem, welches Fach gerade unterrichtet wurde.

MT: Hängen Sie der These an, nach der es in Wahrheit drei Geschlechter gibt: Mann, Frau und Karrierefrau?

JuLi: Nein... Ich glaube nicht.

MT: Aber Sie sprechen Frauen in Führungspositionen die Weiblichkeit ab?

JuLi: Das fragen ausgerechnet Sie?

MT: Wie bitte?

JuLi: Entschuldigung... Sie erinnern mich an jemanden. Wie heißt Ihre Zeitung noch mal?

MT: *Muttis und Tanten.*

JuLi: Wirklich? Das muss ein Deckname sein. – Aber zurück zum Thema. Ich möchte die Gelegenheit nutzen, eine öffentliche Protestnote gegen die Schizophrenie der Lage einzureichen: Über eine Kanzlerin würde ich mich durchaus freuen – aber nicht über diese! Das einzig Gute an Frau Merkel ist nämlich, dass sie keinen Doppelnamen trägt. Däubler-Gmelin, Leutheusser-Schnarrenberger oder sogar Wieczorek-Zeul wären mir trotzdem lieber.

MT: Was spricht gegen Angela Merkel?

JuLi: Vor allem Angela Merkel. Eine Frau, die ...

MT: Es gibt da ein merkwürdiges Phänomen: Emanzipierte Frauen mögen emanzipierte Frauen nicht. Ich glaube, das heißt Stutenbissigkeit ...

JuLi: Wieso? Haben Sie was gegen mich?

MT: So war das nicht gemeint.

JuLi: Jetzt lassen Sie mich erst mal ausreden. Eine Frau, die kurz vor dem Irakkrieg nach Washington fährt, um George Bush die moralische Unterstützung der deutschen Opposition zu versprechen, hat sich auf ewig diskreditiert. Und abgesehen davon, dass Frau Merkel ihr Meinungsfähnchen nach jedem Umfragewind hängt, sind aus ihrem Mund nur Nörgeleien statt konstruktiver Vorschläge zu hören. Jetzt will sie auch noch Günther Beckstein zum Innen- und Wolfgang Gerhardt zum Außenminister machen. Deshalb ist es hundsgemein, dass ich mich darüber freuen muss, wenn sie Kanzlerin wird!

MT: Müssen Sie ja nicht.

JuLi: Eben doch. Weil ich irgendwann einmal in einem Deutschland leben möchte, in dem ein weiblicher Kanzler kein besonderes Aufsehen mehr erregt. Ich hasse Quoten und Zwangsemanzipation. Ich will nicht öffentlich angegriffen werden, wenn ich mich selbst als »Jurist« und »Schriftsteller« bezeichne. Ich will lieber über das Programm eines Politikers reden als über sein biologisches Geschlecht. Deshalb ist es wichtig, dass Frau Merkel den Anfang macht und zur Kanzlerkandidatin avanciert – nicht als Quotenfrau, sondern weil sie noch härter, noch konservativer und noch opportunistischer ist als ihre männlichen Kollegen. Im Grunde ist das ein Normalisierungsprozess.

MT: Ich verrate Ihnen ein Geheimnis. In Wahrheit heißt meine Zeitung *Matriarchat Total*.

JuLi: Dachte ich's mir doch. Jedenfalls will ich trotzdem niemanden wählen müssen, nur weil er, äh, sie eine Frau ist. Ist das verständlich?

MT: Nein.

JuLi: Sehen Sie, ich gehöre einer Generation an, die mit einem neuen, ja, man könnte sagen: beinahe ohne Rollenverständnis aufgewachsen ist. Als Kind habe ich weder mit Puppen noch mit Waffen gespielt. Mein Lieblingsspielzeug war ein Bagger. In der Schule führte ich eine Kinderbande und verprügelte aufmüpfige Klassenkameraden. Ich habe zwei juristische Staatsexamen und besiege noch heute Schriftstellerkollegen im Armdrücken. Alice und ihren Schwestern bin ich wirklich dankbar dafür, was sie quasi pränatal für mich getan haben. Aber das verpflichtet mich nicht, auf leeren Schlachtfeldern zu kämpfen.

MT: Nehmen wir folgenden Fall: Eine Frau arbeitet hochqualifiziert in ihrem Job. Sie ist erfolgreich und fleißig. Trotzdem ziehen bei allen Beförderungsrunden die männlichen Mitbewerber an ihr vorbei. Soll sie da nicht wütend werden?

JuLi: Theoretisch schon. Nur ist mir das nicht passiert. Es ist Ihnen nicht passiert, und wir kennen auch niemanden, dem es passiert ist.

MT: Woher wollen Sie das wissen?

JuLi: Alle, die öffentlich über Benachteiligung reden, sind selbst nicht benachteiligt. Sonst würde man sie nicht fragen.

MT: Das ist Zynismus.

JuLi: Das ist Diskurskritik. Ab einem gewissen Punkt gibt es nichts Diskriminierenderes als Diskriminierungsdebatten.

MT: Wie finden Sie eigentlich diese jungen, unpolitischen, egozentrischen Individualisten, die immer glauben, die Welt sei in Ordnung, solange es ihnen selber gut geht?

JuLi: *Touché*! Aber ich weiß eine politisch korrekte Antwort: Natürlich gibt es in Sachen Gleichberechtigung noch eine Menge zu tun. Aber diese Fragen lassen sich am besten aus einem anderen Blickwinkel betrachten. Wenn unser Land Kinderbetreuung und flexible Arbeitszeiten nicht in den Griff bekommt, wird es seine Nachwuchsschwierigkeiten nicht lösen, das Rentensystem nicht retten und die Arbeitslosenzahlen nicht in den Griff bekommen. Wenn es keine Frauen in Führungspositionen holt, wird es im internationalen Kompetenzvergleich zurückfallen. Und so weiter.

MT: Wird Frau Merkel diese Probleme in Angriff nehmen?
JuLi: Ich fürchte, in diesem Sinn wird sie eher ein Kanzler als eine Kanzlerin.
MT: Wenn ich Sie bis hierhin richtig verstanden habe, dürfte Sie das eigentlich nicht stören?
JuLi: Nein. (hustet) Doch. Also... Die Frage verwirrt mich. Ich wähle den Publikumsjoker...
MT: Mehr als die Hälfte der deutschen Frauen würden sich für Frau Merkel als Kanzlerin entscheiden.
JuLi: Das ist schon fast eine klassische Tragödie. Sagen wir so: Wer erwartet, dass weibliche Hände immer sanfter, einfühlsamer und frauenfreundlicher regieren, der glaubt auch an den Osterhasen.
MT: Wäre Ihnen das Stoiber... ich meine: Herr Stoiber als Kanzlerkandidat lieber?
JuLi: (entsetzt) NEIN! – (nachdenklich) War das eine Fangfrage?
MT: Ja.
JuLi: Dann habe ich bestanden? Sie halten mich jetzt nicht mehr für eine Frauenfeindin?
MT: Ich verrate Ihnen noch ein Geheimnis...
JuLi: Ihre Zeitung heißt in Wahrheit *Müntes Talfahrt*?
MT: Wie haben Sie das erraten?
JuLi: Weibliche Intuition.
MT: Was unsere Leser und Leserinnen interessieren würde: Soll es mehr Frauen geben in der Politik?
JuLi: (seufzt) Wissen Sie... (setzt eine Intellektuellenmiene auf und zündet sich eine Zigarette an) Es ist ja

nicht so, dass Politik Spaß macht. Manchmal denke ich, wir können froh sein, dass sich noch ein paar dickfellige Kerle finden, die die Dreckarbeit erledigen. Wenn die bereit sind, sich für einen anachronistisch-maskulinen Machtbegriff bis ganz nach oben zu schinden, dann lassen wir sie doch einfach. Bald ist das Regieren auf nationaler Ebene ohnehin nur noch ein Verwaltungsjob. Die wirklich intelligenten, wirklich mobilen, wirklich kreativen Menschen gehen einstweilen nach Brüssel. Oder in die Wirtschaft.

MT: In deutschen Aufsichtsräten liegt der Frauenanteil bei drei Prozent.

JuLi: Ich meinte die ausländische Wirtschaft. Und was die Politik betrifft – sogar Pakistan, Indonesien und die Türkei hatten längst Frauen als Regierungschefs, und das sind muslimische Länder. Wenn Deutschland das Merkel braucht, um seine Rückständigkeit zu überwinden, dann kann ich nur sagen: Jedes Land kriegt die Staatsmänninnen, die es verdient.

MT: Jetzt möchte ich Ihnen noch die vier unoriginellsten Fragen zum Thema »Merkels Kanzlerkandidatur« stellen. Sind Sie bereit?

JuLi: Wenn Sie es sind.

MT: Ist Angela Merkel ein *role model*?

JuLi: In gewissem Sinne, ja. Es gibt nämlich nur zwei Geschlechter. Auf der einen Seite Karrierefrauen und -männer. Auf der anderen Seite der Rest der Menschheit.

MT: Können Sie sich mit Frau Merkel identifizieren?

JuLi: Da würde ich mich sogar Barbie näher fühlen.
MT: Das wird unsere Leserinnen freuen. Unser Magazin heißt nämlich...
JuLi: *Miezen und Tussen*, ich weiß.
MT: Was würden Sie von Frau Merkel wissen wollen, wenn Sie ihr eine Frage stellen dürften?
JuLi: Ob es ihr nicht peinlich ist, andere Leute zu kritisieren, während sie selbst keine besseren Ideen hat.
MT: Welche drei Politiker würden Sie mit auf eine einsame Insel nehmen?
JuLi: Gustav Stresemann, Winston Churchill und Willy Brandt.
MT: Die sind ja alle tot.
JuLi: Eben.
MT: Können Sie zum Abschluss etwas Positives über Frau Merkel sagen?
JuLi: Hmm... Wenn ich mich zwischen einer Frau Merkel und einem Herrn Merkel entscheiden müsste und sie wären identisch bis auf das Geschlecht – dann würde ich Frau Merkel wählen!
MT: Nur unter diesen Umständen?
JuLi: Nur unter diesen Umständen.
MT: Wahrscheinlich danken wir Ihnen für dieses Gespräch.

Das fiktive Interview führte Juli Zeh mit Juli Zeh

2005

Deutschland wählt den Superstaat

Diese Wahl bot ein Fegefeuer der Paradoxien. Eine Partei wird abgewählt, obwohl sie noch gar nicht regiert hatte. Eine andere zieht ins Parlament ein, obwohl sie nicht regieren will. Ein Politiker, der keine Regierungsmehrheit mehr hat, behauptet, dennoch Kanzler zu bleiben. Und der gelbstrahlende Gewinner der Wahl ist gleichzeitig ihr größter Verlierer. Deutschland wählt den Superstaat.

Das Ergebnis des heißen Sonntags spiegelt eine enervierende Unübersichtlichkeit, die, allen Ankündigungen einer bahnbrechenden Richtungsentscheidung zum Trotz, auch die Debatten der vorangegangenen Wochen und Monate deutlich bestimmte. Da beklagte man den innerdeutschen Stillstand und schimpfte zugleich auf Veränderungen in den sozialen Sicherungssystemen. Man fürchtete sich vor sozialer Kälte und votierte trotzdem für die CDU. In Wahlsendungen klatschte das Publikum politischen Diskutanten Beifall, die mehr oder weniger deutlich den Wegfall von Privilegien, weniger Arbeitnehmerschutz und eine Angleichung von Westlöhnen an das Ostniveau versprachen. All diesen Merkwürdigkeiten ist eins gemeinsam: Sie sind nicht die Auswirkungen eines Kampfes widerstreitender Ideen, schon gar nicht des Ringens um eine Richtungsentscheidung, sondern das Ergebnis einer großen, ja, flächendeckenden Einigkeit. Die dazugehörigen Leitmotive sind schnell benannt. Deutschland braucht mehr Arbeitsplätze, deren Entstehen durch Wachstum zu erreichen ist. Deshalb müssen gewisse ökonomische Liberalisierungen eingeleitet werden, ohne eine menschenwürdige Grundsicherung zu gefährden. – Solchen und ähnlichen Aussagen würden wohl alle Parteien (vielleicht mit Ausnahme der regierungsunwilligen Linkspartei) zustimmen; aus den meisten Mündern hat man sie in der einen oder anderen Form gehört. Das Problem besteht nicht etwa darin, dass diese Annahmen falsch wären. Der Grund für die gegenwärtige Verwirrung liegt vielmehr im krampfhaften Festhalten an ihrer Richtigkeit.

Hinter dem beschriebenen Querschnittseinverständnis steht ein noch tiefer reichender Konsens. Er betrifft die gemeinsame Überzeugung von Wahlvolk, Medien und Politikern, dass für das künftige Wohl der Nation vor allem, wenn nicht gar ausschließlich, wirtschaftliche Fragen maßgeblich seien. Die Urnen-Entscheidungen der Bürger, die zum vorliegenden Wahlergebnis geführt haben, wurden vorherrschend aufgrund ökonomischer Erwägungen getroffen, also ausgerechnet mit Blick auf ein Gebiet, das der Politik die geringste Bewegungsfreiheit für gestalterische Eingriffe lässt und den Parteien damit am wenigsten Möglichkeiten bietet, sich voneinander abzuheben. Der Anschein, es gebe in Deutschland keine rechten und linken Standpunkte mehr, mag mit diesem Phänomen zusammenhängen. Offensichtlich wollten die Wähler nicht in erster Linie wissen, in welcher Partei sie die meisten ihrer Auffassungen und Interessen verwirklicht finden. Viel wichtiger war, wem sie das »Schaffen von Arbeitsplätzen« und das »Erzeugen von Wachstum« am ehesten zutrauen.

Entgegen einer gebräuchlichen Behauptung hat die Wirtschaft jedoch keine Kurbel, mit deren Hilfe man sie anwerfen kann wie einen Flugzeugmotor. Da die Politik nur in der Lage ist, gewisse Rahmenbedingungen herzustellen, ohne sich dabei auf eindeutig vorhersehbare Kausalverläufe verlassen zu können, nimmt es nicht wunder, wenn bei einer gleichzeitigen Fixierung der Debatte auf »Standortprobleme« und »Wachstumsraten« der Eindruck von Hilf- und Ratlosigkeit entsteht. Mit chamäleongleicher Geschwindigkeit hat die im Mai noch überwiegend schwarze politische Landkarte ihre Farbe gewechselt. Solange die Politik sich weiterhin als Steigbügelhalter der Wirtschaft geriert, stehen weitere und schnellere Farbwechsel zu befürchten. Ökonomische Lösungsvorschläge, denen ein eng gefasster Wirtschaftsbegriff zugrunde liegt, sind eben nicht in der Lage, die Wähler dauerhaft zu binden. Dass die eigentlichen Gewinner dieser Wahl die kleinen Parteien sind, gleich ob gelb, grün oder grellrot, deutet darauf hin, dass ein rein wirtschaftsthematisch geführter Wahlkampf mit seinen begrenzten Profilierungsmöglichkeiten nicht zur Interessenbündelung in den großen Lagern der Volksparteien geeignet ist.

Um Missverständnisse zu vermeiden: Hier soll nicht in antikapitalistischer Absicht die Bedeutung ökonomischer Zusammenhänge für unser Leben kritisiert werden. Auch geht es nicht darum, die grundsätzliche Wirtschaftsversessenheit unserer Gesellschaft zu beklagen. Diese ist Konsequenz eines zunehmenden Pragmatismus, der wiederum denknotwendig aus dem wünschenswerten Zurücktreten ideologischer Haltungen resultiert. Trotzdem sollte sich die Politik um ihrer selbst willen davor hüten, ihre Inhalte und ihr äußeres Erscheinungsbild zunehmend in ökonomischen Angelegenheiten aufgehen zu lassen. Hierfür finden sich neben den angedeuteten noch weitere Gründe, die sich (paradoxerweise!) unter anderem aus wirtschaftsbezogenen Überlegungen ergeben.

Die Vorstellung, es gebe eine isoliert zu betrachtende Wirtschaft, eine Art selbständiges, schwer zu bändigendes Wesen, auf das mit bestimmten politischen Instrumenten erzieherisch eingewirkt werden kann und muss, entspricht nicht der Realität. Für die Frage, ob und wie ein ökonomisches System funktioniert, ist nicht nur die Höhe von Mehrwertsteuer und Lohnnebenkosten ausschlaggebend. Ebenso wichtig ist, was die Menschen kaufen, wann, wie und wie viel sie am liebsten arbeiten und womit sie ihre freie Zeit verbringen. Die Ökonomie unterliegt kulturellen Bedingungen. Sie ist mit der Situation der Familien, mit dem Stand der Bildung und nicht zuletzt mit der außenpolitischen Haltung eines Staats aufs engste verflochten. Wer versucht, wirtschaftliche Zusammenhänge – und sei es nur zu Wahlkampfzwecken – von einem komplexen Geflecht aus menschlichem Miteinander auf die Wirkweise weniger politischer Lenkungsmechanismen zu reduzieren, wird den anstehenden Problemen nicht gerecht. Aus einer solchen Sichtweise ergeben sich keine attraktiven Ideen zur Verbesserung der Lage und damit keine eindeutigen Argumente für die eine oder andere Partei. Ganz zu schweigen von der Tatsache, dass den erwähnten und vielen weiteren Themen ohnehin Anspruch auf eine ernsthafte politische Auseinandersetzung zukommt.

Darüber hinaus verschärft die künstliche Einengung des Blickwinkels einen Teufelskreis, der uns in Deutschland seit längerem zu schaffen macht. Vor dem Hintergrund einer anwachsenden Existenzangst und der gefühlten Bedrohung unserer individuellen und kollektiven Sicherheit schüren Wir-regeln-das-Gesten von Seiten der Politiker Erwartungshaltungen in der Bevölkerung, die regelmäßig zu Enttäuschungen, Abwahlverhalten und neuen Allmachtsgesten führen. Man muss kein Meinungsforscher sein, um zu vermuten, dass Helmut Kohl vor sieben Jahren an (nicht) blühenden Landschaften und Gerhard Schröders zweite Legislaturperiode an der (nicht) halbierten Arbeitslosigkeit gescheitert sind. Eine Fortsetzung dieses Kreislaufs bindet die Unterstützung der Bürger für eine bestimmte politische Richtung eindimensional an das ökonomische Auf und Ab. Nicht gerade ein Garant für politische Stabilität.

Und schließlich steigert die rhetorische Konzentration auf Arbeitsplätze-Schaffen und Wachstum-Fördern die ohnehin vergleichsweise hohe Staats- und Obrigkeitsgläubigkeit in diesem Land. Die Nachteiligkeit unseres treuherzigen Blicks nach oben für das gesellschaftliche und ökonomische Fortkommen ist gerade in letzter Zeit verstärkt ins Bewusstsein gelangt. Solange aber durch wirtschaftliche Versprechungen der Politiker und die einfordernde Haltung der Medien der Eindruck erzeugt wird, Die-da-oben könnten und müssten die ökonomische Sache für uns in den Griff kriegen, wird die gebetsmühlenartige Aufforderung zu mehr Eigenverantwortung keine Früchte tragen.

Das Beklagenswerteste am zurückliegenden Wahlkampf ist, dass er hochbeinig über wichtige Themen hinweggestiegen ist, deren Behandlung vielleicht eine klare Entscheidung ermöglicht hätte. Außenpolitische Grundsatzentscheidungen, innere Sicherheit und Atomausstieg werfen nach wie vor Fragen mit viel Streitpotential und gesellschaftlicher Bedeutung auf. Es bleibt zu hoffen, dass wenigstens die Koalitionsgespräche nicht an hochstilisierten Unvereinbarkeiten in einem Bereich scheitern, in dem die Spielräume für Kooperation in Wahrheit am größten sind. Das wäre nicht nur paradox. Es wäre fatal.

2005

Oma stampft nicht mehr

Einmal pro Woche hat mein Freund F. seinen philosophischen Abend. Ich habe gerade das Radio ausgeschaltet und will mich über die Debatte zur Rentenreform ereifern, als er mir mit einem Gleichnis zuvorkommt.

»Du kennst das bestimmt«, sagt er. »Die Pfanni-Familie sitzt um den Abendbrottisch. Papa ist nach einem Neun-Stunden-Tag aus dem Büro zurück und stopft erwartungsvoll die Zipfel der Serviette in den Ausschnitt. Mutti verdient für Zweitwagen und Zweitkind das Zweitgehalt und ordnet Blumen in einer Vase. Da platzt der Jüngste herein und ruft: Oma stampft nicht mehr! – Die Eltern machen große Augen, die Tochter lässt ihre Zeitschrift sinken. Bevor die Situation eskalieren kann, erscheint Oma im Türrahmen. Mit rosigen Wangen und einer Schüssel Kartoffelbrei.«

Schmeckt fast wie selbstgestampft. F. klopft mir auf die Schulter.

»Denk mal darüber nach«, sagt er und wendet sich wieder seinen Kochtöpfen zu.

Ein paar Minuten später fällt mir ein, was Filosof F. damit sagen wollte. Der Unterschied zwischen Pfanni-Familie und uns besteht darin, dass Oma nicht zu

Hause wohnt. Wenn sie stampft, dann höchstens mit dem Fuß wegen permanenter Rentenkürzungen.

Einst war Altersvorsorge eine Sache der Drei-Generationen-Familie. Während die zweite Generation arbeitete, passte die erste auf die dritte auf und kochte Abendessen für alle. Das generationenvertragliche *do ut des* bestand im Austausch von Haushaltshilfe gegen Kost, Logis und Pflege. Wenn eine Seite mehr leistete als die andere, führte das nicht zum Bruch des Vertrags. Denn im kleinen Kreis wirken Gefühle. Eine geliebte Person lässt man nicht im Stich, und zwar *aufgrund* und nicht nur *trotz* ihres Alters und ihrer Schwäche.

Im Grunde war die Pfanni-Familie schon in den achtziger Jahren ein Anachronismus. Längst hatte die Familienverschlankung das private Abkommen zwischen Jung und Alt zum Kollektivvertrag gemacht. Emotionale Bindungen spielen im überpersönlichen Rahmen keine Rolle mehr. Wenn's gut läuft, übernehmen Ethik und Moral ihre Funktion.

F. schiebt mich zur Seite und prüft die Festigkeit der Kartoffeln mit einer Gabel.

»Wer dreißig Jahre alt ist und über Altersvorsorge nachdenkt, ist doch eigentlich ein Spießer«, sagt er. »So einer begreift auch problemlos die Werbeprospekte der LBS und hebt seine Notgroschen im Geheimfach einer Buchattrappe auf.«

Der um vierzig Jahre vorweggenommene Leidensdruck scheint ja beachtlich zu sein, findet F., wenn wir uns mit solchen Themen überhaupt beschäftigen. Schon seit einem Jahrzehnt flirte das Beitragsniveau mit der Zwanzig-Prozent-Marge. An der Beitragshöhe könne es also in Wahrheit nicht liegen, dass sich nun auf einmal innerhalb der Regierungspartei jugendliche Widerstandsgruppen gegen die Rentenlast bilden. Auslöser der Empörung sei allein der Eindruck mangelnder Gerechtigkeit.

»Statt die wenig vermehrungsfreudige dritte Generation unter Naturschutz zu stellen, lädt man die umgedrehte demographische Pyramide auf unsere schmalen Schultern. Zwar brauchen sich Angehörige einer Altersgruppe, die nicht mal die Arterhaltung auf die Reihe kriegt, über leere Rententöpfe nicht zu beschweren. Aber andererseits: Wann sollen wir Kinder zeugen, geschweige denn großziehen, wenn es Rentenbeiträge von zwanzig Prozent aufzubringen gilt?«

Mein Freund F. kennt eine ebenso einfache wie sarkastische Lösung: Holt die Pfanni-Oma zurück, dann habt ihr Zeit, um für eine Altersvorsorge zu arbeiten, die in der Drei-Generationen-Familie ohnehin keiner braucht.

Soweit der logische Zirkelschluss. F. gießt heißes Wasser ab.

Zur Großfamilie will niemand zurückkehren, und für umgekehrte Geburtenkontrolle in Form von Kinderpflicht ist unsere Gesellschaft zu demokratisch. Das bedeutet: Immer weniger junge Menschen haben die Versorgung von immer mehr alten Menschen sicherzustellen. Das Aufbegehren gegen eine solche Situation mag verständlich sein, wenn man es vom Standpunkt ökonomischer Tauschgerechtigkeit betrachtet. Aber wer hat es eigentlich erfunden, das schiefe Bild vom Generationenvertrag?

Außerhalb von Familienstrukturen ist das Verhältnis zwischen Jung und Alt kein synallagmatisches mehr. Der Generationenvertrag ist vielmehr eine Eimerkette: Was wir heute an die Älteren zahlen, hoffen wir später von den Jüngeren zurückzubekommen. Daran ändert auch die untergeschobene, pseudomoralische Erklärung nichts, unsere Großeltern hätten den bundesrepublikanischen Wohlstand erarbeitet und sich damit ihre Altersvorsorge redlich verdient. Würden wir sie denn andernfalls verhungern lassen? Sind ökonomische Prinzipien so tief in unsere Vorstellungen eingedrungen, dass wir uns gleich ungerecht behandelt fühlen, wenn das Prinzip von Geben und Nehmen einmal in Schieflage gerät?

Verzerrte Antworten auf die Gerechtigkeitsfrage sind bei diesem Denkansatz vorprogrammiert. Im Rentendilemma gibt es keine Gewinner und Verlierer und erst recht keinen Schuldigen. Den alten Menschen ist ebenso wenig vorzuwerfen, dass sie Unterstützung brauchen, wie den jungen, dass sie nicht geboren werden. Natürlich lässt sich der Sündenbock Politik in allen Lebenslagen etwas vormeckern: Das gegenwärtige Problem war schon vor mindestens zwei Jahrzehnten absehbar. Die Chancen zu rechtzeitigen, substantiellen Änderungen wurden verpasst, Unzufriedene mit kosmetischen Korrekturen ruhig gestellt. Die einzig sinnvolle Konsequenz aus dieser Erkenntnis bestünde darin, Erwartungen an gegenwärtige Reformvorhaben nicht zu hoch zu schrauben.

F. verbrennt sich beim Schälen heißer Kartoffeln die Finger und wird wütend: Ob die Grünen dem Regierungsentwurf zustimmen oder nicht, ob die Regierung als Gegenleistung eine mehr oder weniger verbindliche Zusage späterer Einsparungen abgibt – das wird weder bestehende Probleme lösen noch dem verfehlten Verlangen nach Generationengerechtigkeit Genüge tun. Am Ende geht es nur um eins: Die Versorgung alter Menschen muss sichergestellt werden, und zwar immer zum jeweils gegenwärtigen Zeitpunkt. Das gebietet die Menschenwürde, und über die zugrunde liegende Moralvorstellung bestand allzeit Konsens. In der verschärften Diskussion um steigende Rentenbeiträge greift der inflationär verwendete Gerechtigkeitsbegriff die ethische Einstimmigkeit an. Wenn das kollektive Verantwortungsgefühl nicht mehr ausreicht, um den Bruch im vermeintlichen Tauschgeschäft zu kitten, wird die Altersfürsorge sukzessive in die Kompetenz jedes Einzelnen entlassen werden. Und fertig. Verdienen wird auch daran keine der beteiligten Seiten. Sonst hieße es ja auch »Ernte« und nicht »Rente«.

F. schaut mich an, die Hände in einem Berg Kartoffelschalen vergraben.

»Themawechsel«, sagt er. »Wo ist eigentlich unser Kartoffelstampfer?«

2002

Verbotene Familie

Ein durchschnittlicher Sonntagmittag, eine deutsche Durchschnittsfamilie. Vater entspannt sich beim Rasenmähen und verfeuert Gartenabfälle in der Grundstücksecke. Mutter radelt mit den Kindern in den Park, trainiert den dicken Dackel mit Tennisballwürfen auf der Wiese und schaut gerührt zu, wie Sohn und Tochter der alten Frau auf der Parkbank beim Taubenfüttern helfen. Als sie nach Hause zurückkommen, wäscht Vater gerade mit ausgerolltem Gartenschlauch das Familienauto und verpasst allen eine kalte Dusche. Fröhliches Kreischen erfüllt die Garageneinfahrt. Für das Grillfest am Abend werden dicke Äste auf die Feuerstelle gelegt, Mutter spielt in voller Lautstärke ihre alten Beatlesplatten, die Kinder tanzen, es wird gelacht und gesungen bis nach Mitternacht.

Ein gelungener Sonntag. Um die fällig gewordenen Bußgelder aufzubringen, müsste die Familie ein halbes Monatseinkommen investieren.

Was nicht verboten ist, ist erlaubt: Einst war die Freiheit des Einzelnen Grundpfeiler unserer demokratischen Ordnung. Inzwischen passen in einer mittelgroßen Stadt wie Leipzig nicht nur Polizei und Ordnungsamt, sondern auch die Sächsische Sicherheitswacht (ehrenamtliche Bürger in Uniform), die Wachpolizei, dreißig private Sicherheitsdienste sowie der Bundesgrenzschutz auf das Wohlverhalten der Stadtbewohner auf. Wenn einmal keine Uniform zur Stelle ist, vermitteln die Überwachungskameras auf öffentlichen Straßen und Plätzen das beruhigende Gefühl, permanent unter Beobachtung zu stehen. Wen wundert's, wenn sich auch der Nachbar zum Hilfssheriff zwischen Treppenhaus und Hinterhof berufen fühlt? Sicher: Die Freiheit des Einzelnen findet ihre Grenze in der Freiheit des Nächsten. Dieses System wird jedoch *ad absurdum* geführt, wenn sich die Einzelfreiheit durch falsch geparkte Autos und Gartenpartys erdrosselt glaubt.

Ein paar Jahrzehnte lang lag dieses Land gespalten und eingequetscht zwischen atomar aufrüstenden Supermächten. Paradoxerweise fühlen wir uns seit Ende der Blockkonfrontation nicht weniger bedroht, sondern mehr. Wovon? Von Rinderfürzen und Klimaerwärmung, von Rauchen in öffentlichen Einrichtungen, Fahrrädern auf dem Bürgersteig und weggeworfenen Coladosen. Letztere belegt die Stadt Frankfurt a. M., unterstützt durch jeden anständigen Bürger, mit Geldstrafen ab 30 Euro. Es scheint, als würde Angst nicht durch tatsächliche Umstände ausgelöst. Sie ist immer schon da und sucht sich ihre Ursachen selbst.

Raubritternde Angst und Demokratie sind allerdings nur begrenzt kompatibel. Angst verlangt schnelle, harte Maßnahmen; Demokratie hingegen setzt auf Kompromisse und Interessenausgleich. Der Deal des klassischen Gesellschaftsvertrags – Verzicht auf Selbstverteidigung zugunsten eines Sicherheitsanspruchs gegen den Staat – kann nicht als Programm zur (Selbst-)Entmündigung der Bürger funktionieren. Dem panischen Ruf nach Sofortmaßnahmen steht auf staatlicher Seite entweder ein ungesunder exekutiver Machtüberhang oder eine überforderte Legislative gegenüber.

Spontanverbote in Form von Einzelfallgesetzen sind in demokratischen Systemen *qua* Staatsform verfassungswidrig. Dies zwingt zur Verallgemeinerung der Ergebnisse hektischer Gesetzgebungsaktionen: Ein einzelner Hund beißt ein einzelnes Kind – wenig später sind bestimmte Hunderassen landesweit verboten. Ein Amokläufer nimmt mehreren Schülern das Leben – kurz darauf stehen noch ein paar Ego-Shooter mehr auf dem Index, und zum Tragen von Schreckschusspistolen braucht man einen Waffenschein.

Jeder weiß, dass es kein Leben und schon gar kein Zusammenleben frei von Nebenwirkungen gibt. Ein freiheitliches System setzt Freiwilligkeit voraus, ein ungeschriebenes *agreement* aller mit allen, sich trotz räumlicher und geistiger Enge möglichst wenig auf die Nerven zu gehen. Dafür braucht man normalerweise keine Polizei, sondern Taktgefühl und die Fähigkeit, eigene Grenzen höflich abzustecken und zu verteidigen. Ohne Vertrauen in verantwortungsbewusstes Verhalten und die selbstregulierenden Kräfte einer Gesellschaft können wir den Laden gleich dicht machen.

Die verbotene Familie ist absurdes Ergebnis eines Zusammenhangs, der sich von der kleinsten gesellschaftlichen Zelle bis in die Weltpolitik quer durch alle sozialen und politischen Ebenen verfolgen lässt. Angst, gefolgt von Repression und neuer Angst, bildet die Haupttriebfeder eines fatalen Teufelskreises. Er lässt sich durchbrechen, indem man die nachtschwarze gegen eine graurosa Brille vertauscht und feststellt: Die Satansbraten unter uns sind trotz allem in der Minderzahl. Man muss nicht einmal den globalen Vergleich bemühen, um festzustellen, dass es uns so schlecht nicht geht. An klappernden Skateboards, Autowaschen am Sonntag und Taubenfüttern ist jedenfalls noch niemand gestorben.

2003

Ersatzteilkasten

Als »es« geschah, wäre man am liebsten in die Garage gegangen, um die dort für Katastrophenfälle aufbewahrte, unabgenutzte Ersatzsprache herauszuholen und sie der Diskursmaschine unterzuschnallen, bevor diese sich schlingernd in Gang setzte und ins Rollen geriet. Wie ist es, dieses Attentat in New York, »grausam«, »fürchterlich«? So wie die Frisur der Nachbarin, so wie das Wetter? Und wir, sind wir »fassungslos«? Sprachlos sind wir, ohne Worte. Irgendwie haben wir es versäumt, uns eine Zweitsprache zuzulegen. Am besten schien es deshalb zu schweigen, und das nicht nur in staatlich verordneten Minuten, sondern auch in den vielen Stunden ungezügelter Verbalisierung von Berichterstatteremotionen.

Sei's drum. Um über mögliche oder nötige Konsequenzen der Ereignisse zu reden, braucht man keine Ersatzsprache. Hier fehlt es, weitaus schlimmer, an einem Ersatzhandlungskonzept. Seit Wochen werden wir nicht müde, es uns selbst zu versichern: So etwas ist noch nicht da gewesen. Altbekannte Kategorien versagen. Die Spaßgesellschaft ist nun mit Sicherheit vorbei und die gerade gültige Kulturepoche zu Ende. Weltbilder und Weltordnungen lassen sich ebenso schnell einklappen und verstauen wie Campingmöbel. Jetzt wird sich alles ändern, und Plan B ist nicht in Sicht. In einer solchen Situation ist es wohl am besten, für oder gegen die Amerikaner zu sein. Die wissen wenigstens immer, was als Nächstes zu tun ist.

Aber was genau ist eigentlich noch nie da gewesen? Hatten wir nicht vor einigen Jahren einen Krieg auf dem Balkan, der unter religiöser Flagge geführt wurde und über dreihunderttausend Opfer forderte? Gab es dort nicht ebenfalls eine zum personifizierten Bösen hochstilisierte Führerfigur, Slobodan Milošević, um den sich eine Gruppe Fanatiker, »die Serben«, scharte, während die Muslime in diesem Fall die Opferrolle einnahmen? Ist es nicht immer ein Angriff auf die westliche Zivilisation, wenn Unmengen unschuldiger Menschen grundlos zu Tode kommen, oder ist das eine Frage der Geographie?

Der Katastrophe auf dem Balkan wurde mehr oder weniger entlang der Prinzipien des Völkerrechts begegnet, welche uns den Verzicht auf Gewalt als Mittel der Politik auferlegen und den oft genug schmerzhaften Versuch friedlicher Konfliktlösung in den Vordergrund stellen. Im Verlauf des bosnischen Bürgerkriegs wurde die Einhaltung von international-rechtlichen Regeln als Versagen der westlichen Welt wahrgenommen. Es hieß, die internationale Gemeinschaft sei auf die neuen Erscheinungsformen von Gewalt seit Ende des Kalten Kriegs nicht vorbereitet. Solche Vorwürfe wurden immer laut, wenn es um die »Blockierung« internationaler

Institutionen und der in ihnen repräsentierten Staaten ging, wenn also ein (militärisches) Eingreifen aus rechtlichen Gründen undurchführbar blieb.

Jene völkerrechtlichen Normen, die zum Beispiel durch Verlangen von Einstimmigkeit im Sicherheitsrat der Vereinten Nationen zu einer solchen »Blockade« führen können, sind zu Friedenszeiten für den Konfliktfall formuliert. Ihre Erschaffung trägt der Erkenntnis Rechnung, dass in einer akuten Krisensituation von gegnerischen Parteien niemals eine übereinstimmende Definition und Ausdeutung des Gerechtigkeitsbegriffs getroffen werden kann und dass politisches Handeln, auf internationaler Ebene im Besonderen, niemals frei von Interessen ist, welche nicht das Wohl der Konfliktparteien im Auge haben. Sofern die Anwendung internationaler Regeln zu dem Ergebnis führt, dass das Einschreiten mit Kriegsmitteln rechtswidrig wäre, ist das nicht unbedingt eine Blockade, sondern möglicherweise beabsichtigte Konsequenz einer langfristig angelegten Einschätzung, die den Erhalt des Weltfriedens einem von den Konfliktseiten noch so dringend empfundenen Handlungsbedürfnis voranstellt. Kurz gesagt: Es ging bei der Errichtung der Nachkriegsordnung um die Vermeidung eines Super-GAUS. Keiner der vielen involvierten Politiker und Kommentatoren konnte bislang erklären, warum dieses Ziel obsolet geworden sein soll.

Im Fall des Terroranschlags auf die USA kann man vom Vorliegen eines Rechts zur Selbstverteidigung nach Artikel 51 der UN-Charta ausgehen, das auch die rechtliche Grundlage für Artikel 5 des Nordatlantikvertrags bildet. Problematisch bleibt, dass eine Anwendung von Gewalt zur Selbstverteidigung nur dann gerechtfertigt erscheinen kann, wenn sie sich gegen den Aggressor richtet. Die zitierten Artikel sind für den Fall eines kriegerischen Angriffs zwischen Staaten gedacht; die Frage nach der Ermittlung des Angreifers stellt sich bei Vorliegen einer Kriegserklärung nicht. Wenn nun Afghanistan zum Ziel eines militärischen NATO-Einsatzes werden soll, muss dieses Land zuvor als Aggressor identifiziert werden. Nicht einmal die eindeutige Feststellung der Täterschaft Bin Ladens könnte dies ohne Herstellung eines Zurechnungszusammenhangs leisten.

Angesichts der gegenwärtigen Vergeltungs- und Solidaritätsrhetorik hört sich solche juristische Kleinkrämerei geradezu vorgestrig an. Sie ist aber Ausdruck einer Disziplin, in der man nicht nur in Deutschland als prädestiniertem Schlachtfeld zwischen Supermächten wohltrainiert sein sollte: im Angst-vor-dem-dritten-Weltkrieg-Haben, in der Angst auch vor Anarchie in den internationalen Beziehungen und einer Weltordnung, in der allein das Recht des Stärkeren regiert. Die völkerrechtlichen Bedenken in diesem Fall sind nicht zuletzt Ausdruck der Vermutung, dass es mit einem Etat von 20 Milliarden Dollar möglich sein müsste, in einem Land wie Afghanistan auf andere Weise zum gewünschten Ergebnis zu kommen. Die Allokation von Ressourcen, wie sie zur Führung eines Kriegs notwendig ist, kann auch auf einen wirtschaftlichen und politischen Umsturz der nationalen Verhältnisse gerichtet werden, der zu einer Beseitigung der Taliban-Regierung nicht nur auch, sondern besser geeignet wäre und darüber hinaus vorteilhafte Nebenwirkungen für die Bevölkerung des Landes hätte. In einem funktionierenden Staat mit effizienten Institutionen können Verbrecher verfolgt und einem quälend langsamen, quälend demokratischen gerichtlichen Prozess zugeführt werden. Es gibt mildere Mittel als den Beginn eines Kriegs. Bei Abwägung der Alternativen darf nicht vergessen werden, dass die Legitimität des NATO-Kriegs gegen Serbien nicht nur *a priori* im Licht völkerrechtlicher Regelungen, sondern auch *a posteriori* im Licht der Erfolgsbilanz zweifelhaft bleibt.

Wenn am 11. September diese Kategorien – seit dem Zweiten Weltkrieg Ausdruck unserer zivilisierten Kultur, die wir uns jetzt zu verteidigen anschicken – paradoxerweise ihre Gültigkeit verloren haben, wenn der Anschlag auf das World Trade Center eine neue weltpolitische Epoche einläutet, sollten wir ehrlich genug sein, uns von der alten offen zu verabschieden. Dann brauchen wir nicht nur eine Ersatzsprache, nicht nur ein Ersatzhandlungskonzept, sondern auch eine Ersatzweltordnung. Und zwar schnell.

2001

Es knallt im Kosovo

Im Kosovo knallt es wieder! – Inzwischen nimmt jeder routinierte Medienkonsument diese Nachricht mit einem überdrüssigen Achselzucken hin: Wen wundert's! Da knallt es doch seit Jahrhunderten. So ist das halt auf dem Balkan.

Wem könnte man eine solche Reaktion verdenken? Seit Ausbruch des Bürgerkriegs im zerfallenden Jugoslawien vor zwölf Jahren hören wir Unverständliches, Verwickeltes, ja, Kryptisches aus der »ersten europäischen Kriegsregion seit 1945«. Wir beobachten Analysen und Berichterstattung über ein Durcheinander, das extra und ausschließlich für Experten geschaffen scheint. Wir erfahren von internationalen Einsätzen, Missionen, Tribunalen und *nation building* und sehen am Ende: alles vergeblich. Es knallt.

Eigentlich ist nicht schwer zu verstehen, worum es im Kosovo geht. Die Albaner wollen fünf Jahre nach dem NATO-Einsatz noch immer die Sezession des von ihnen bewohnten Gebiets, sie wollen ein autonomes Kosovo – siehe Baskenland, Nordirland, Kurdistan, Quebec. Dennoch hinterlässt die Frage, warum es erneut zu einem Gewaltausbruch kommen musste, eine Rat- und Hilflosigkeit, die für die gesamte Behandlung der Balkankrise prägend war. Um sich einem Verständnis für die Gründe der Unruhen vom 17. und 18. März 2004 anzunähern, ist es unvermeidlich, sich ein paar simplen und gerade deshalb schmerzhaften Erkenntnissen zu stellen.

In Ex-Jugoslawien tobte ein Bürgerkrieg. In einem solchen fügen Menschen einander Schreckliches zu, sie traumatisieren sich gegenseitig, entwickeln Ängste, aus denen Hass folgt, und Rachegefühle, die sich nicht mehr gegen Individuen, sondern gegen Gruppen richten. Sie bauen Feindbilder auf, leiden unter Schuldkomplexen oder übertriebenem Selbstmitleid, sie denken plötzlich in schwarz-weiß und sind bereit, jeder polarisierenden Strömung zu folgen, sei es Religion, ethnische Zugehörigkeit oder politische Ideologie, um die »richtige« Seite zu finden, auf der sie sicherer sind als zwischen den Fronten.

Die entstandene Gemengelage aus vielschichtigen, explosiven Emotionen bleibt als Altlast nach Beendigung der militärischen Ausschreitungen zurück und verseucht das ganze Gebiet. Anders als nach zwischenstaatlichen Konflikten sind die Parteien gezwungen, ihre Städte, Straßen, Schulen, ihre Kanalisation und ihr Schwimmbad, kurz: das ganze Leben mit den ehemaligen Gegnern zu teilen. Nichts ist leichter, als diesen Spannungszustand für beliebige Zwecke zu instrumentalisieren. Gleichgültig, ob ein Politiker persönliche Machtinteressen verfolgt, ob ein Glaubensführer neue Schäfchen braucht, ein Radiosender um Zuhörer wirbt oder ein randalierender Halbstarker Hassobjekte sucht, an denen er seine Aggressionen auslassen kann – in der beschriebenen Situation ist für jeden etwas dabei. Selbst aus Alltäglich-Menschlichem kann leicht eine Katastrophe entstehen. Vor etwa zwei Jahren hörte ich von einer jungen albanischen Kosovarin, die in der geteilten Stadt Mitrovica ungewollt von ihrem Freund geschwängert wurde. Aus Angst vor dem strengen Vater, der sie wegen des Fehltritts aus dem Haus gewiesen hätte, erzählte sie in der Stadt herum, ein Serbe habe sie vergewaltigt. Die Angelegenheit wurde sogleich zum Politikum; nicht viel fehlte, und es wäre zu Auseinandersetzungen zwischen den gereizten Volksgruppen gekommen. Glücklicherweise widerrief das Mädchen ihre Behauptung im letzten Moment. Auch im unglücklichen Fall der vergangenen Woche war es ein tragisches, aber unpolitisches Ereignis, nämlich ein Unfall albanischer Kinder im Fluss, das als Anlass für sinnlose Gewalttätigkeit herhalten musste.

Wenn man hinzudenkt, dass die ex-jugoslawischen Staaten schon vor Beginn eines politischen und wirtschaftlichen Transformationsprozesses, der auch in anderen ex-kommunistischen Ländern für erhebliche Probleme sorgt, von einem anarchisch anmutenden Krieg ergriffen und nach Ende desselben in ein institutionelles Vakuum entlassen wurden, kommt man zur ersten traurig-frohen Erkenntnis: Trotz der furchtbaren jüngsten Ereignisse im Kosovo haben wir immer noch Anlass zur Freude darüber, dass das Zusammenleben auf dem Balkan schon wenige Jahre nach den Kriegen im Ganzen so friedlich verläuft.

Bürgerkriegsregionen können schwerlich befriedet werden. Wer soll in einem innerstaatlichen Konflikt Sieger, wer Verlierer sein? Wie soll man Konflikte lösen, ohne zwischen Tätern und Opfern unterscheiden zu können? Ist jemals ein Krieg durch Kompromisse beendet worden?

Da es kein militärisch-salomonisches Verhalten gibt, hat die internationale Gemeinschaft in den Bosnienkriegen sowie im Kosovokonflikt die Rollen der Guten und der Bösen verteilt, um in die Auseinandersetzung eingreifen zu können. »Böse« waren die Serben; alle anderen galten als Opfer und damit mehr oder weniger als »gut«. So verständlich dieses Vorgehen sein mag, so unangenehm sind die bis heute spürbaren Auswirkungen. Im Kosovo sind die Serben in der schwachen Minderheit und erheben nun – möglicherweise in Teilen zu Recht – den Vorwurf, dass systematische Übergriffe von Albanern auf ihre Bevölkerungsgruppe nicht stattgefunden hätten, wenn diese nicht moralische und praktische Rückendeckung von KFOR (NATO-Truppe) und UNMIK (internationale Zivilverwaltung) erhalten würden. Die Unterteilung in Schuldige und Opfer wird sich nicht mehr rückgängig machen lassen; sie wird beim Ausfechten jedes beliebigen politischen Interessenkonflikts ins Feld geführt werden und noch den Streit um eine zerbrochene Fensterscheibe zu einem Problem ausweiten, welches das ganze Land betrifft. Die Politisierung des Alltäglichen und die Dramatisierung der Politik ist eine kaum zu vermeidende Folge eines gewaltsam beendeten Bürgerkriegs. Das internationale Eingreifen in eine militärische Auseinandersetzung führt vielleicht zum Friedensschluss, nicht aber zur Aussöhnung. Manchmal sogar zum Gegenteil.

Daraus folgt eine weitere, häufig vertuschte Wahrheit: Die Fähigkeiten der internationalen Gemeinschaft zur Lösung innerstaatlicher Konflikte sind äußerst begrenzt. Die Erfahrungen der letzten Jahrzehnte zeigen zwar, dass Menschen in demokratischen, wirtschaftlich prosperierenden Gesellschaftssystemen eher gewaltlos zusammenleben. Es bleibt aber *wishful thinking* zu glauben, man könne quasi jedes beliebige Kriegsgebiet – erst recht ein europäisches – mit ein paar Truppen, etwas Geld und einem gerüttelten Maß Demokratie in einen Paradiesgarten verwandeln. Der Vergleich mit dem deutschen Wiederaufbau nach Ende des Zweiten Weltkriegs führt hier zu einem verzerrten Blick auf die Wirklichkeit. In aller Kürze gesagt: Das deutsche Volk war sich nach 1945 weitgehend einig in seiner Täter- und Verliererposition, es gab keine vergleichbaren internen Konfliktlinien, und die allseitigen Bemühungen um Demokratieaufbau und internationale Integration spielten zudem in einer völlig anderen Liga.

Leider wird das Konzept *nation building* von der internationalen Gemeinschaft aus Legitimationsgründen – erst militärisch eingreifen, dann zivil verwalten – als eine funktionierende Methode zur friedlichen Staatenerschaffung gepriesen. In der Realität ist dieses Vorgehen nicht mehr als ein Feldversuch, der sich in seinen verschiedenen Anwendungsfällen bislang weder als gescheitert noch als erfolgreich erwiesen hat. Im Kosovo vereint UNMIK, verkörpert und vertreten durch den *Special Representative*, praktisch alle staatlichen Kompetenzen in einer Hand. Dies wird für erforderlich gehalten, um ein zerstrittenes Volk durch eine dritte, mehr oder weniger neutrale Instanz zu verwalten. Bei Einrichtung einer solchen Besatzungszone zum Zweck der Demokratisierung gerät jedoch in Vergessenheit, dass ein Land oder eine Region das demokratische Zusammenleben nur in eigener Verantwortung erlernen kann. Es gibt Geldmitteltransfers und Investitionen; einen wirtschaftlichen Aufbau allein von außen kann es jedoch nicht geben. Ein Volk wird sich nicht als ganzes, geeintes Gebilde mit seinem Gemeinwesen identifizieren, wenn die gesamte Souveränität in Händen eines fremden Hoheitsträgers liegt. In solch einem politischen Terrarium schwelen Konfliktherde unter internationaler Aufsicht. Lokale Autoritäten müssen sich nicht in die Pflicht nehmen lassen; wenn etwas schief geht, wird nach UNO und NATO um Hilfe geschrien. Im Zweifel tragen die Internationalen die Schuld und haben versagt.

In Ermangelung eines konkreten, auf Erfahrungswerten beruhenden Programms zur Konsolidierung von Bürgerkriegszuständen ist sich die internationale Verwaltung in Bosnien und im Kosovo nicht einmal darüber im Klaren, ob sie die verfeindeten Volksgruppen mittelfristig trennen oder zur Einigkeit zwingen will. Die neuen offiziellen und inoffiziellen innerstaatlichen Grenzen befestigen die demographisch homogenen Ergebnisse der ethnischen Säuberungen. Gleichzeitig soll ein Zerfallen der Staaten durch Sezession verhindert werden. Flüchtlinge werden an ihre früheren Wohnorte zurückgebracht, ohne zu berücksichtigen, dass diese Dörfer durch Angehörige der anderen Nationalität »gereinigt« und besetzt wurden. Politische Gremien werden paritätisch besetzt und führen daraufhin ein Dasein in Blockade und Handlungsunfähigkeit. Nicht selten ergibt sich aus den Bemühungen um Beilegung des inneren Streits ungewollt eine Aufrechterhaltung der Feindseligkeiten, weil den Parteien ein Agieren im geschützten Raum ermöglicht wird. Das Konzept *nation building* ist nicht nur nicht ausgereift – es ist eigentlich gar nicht vorhanden.

Wie stets könnte man vieles besser machen. Mit Blick auf die Unruhen im Kosovo will ich aber in erster Linie daran erinnern, dass Kriege und Nachkriegszustände auf unerfreuliche Weise »normal« bleiben, auch in Europa, auch heutzutage, und dass die Behauptung, man könne ein solches Problem schnell und kosmetisch lösen, immer ein Irrtum, wenn nicht gar eine Lüge ist. Wer in eine militärische Auseinandersetzung eingreift mit dem Ziel, für dauerhafte Befriedung zu sorgen, braucht jede Menge Geduld, Durchhaltevermögen und Geld. Zwischenfälle und Rückschläge müssen ernstgenommen werden, sie dürfen aber nicht zu panischen Reaktionen, verfehlten Schuldzuweisungen oder ungerechten Verallgemeinerungen führen. Der ganz überwiegende Teil der Kosovaren, gleich ob Serben oder Albaner, will Frieden, nicht Krieg. Vielleicht kann ein Mitdenken der erwähnten Hintergründe zu einer nüchternen Betrachtung führen. Wir sollten uns hüten, von außen zu einem erneuten Aufheizen der Teufelskreisläufe aus Schuld, Angst und Aggression beizutragen.

2004

GESELLSCHAFT

1 bande von räubern, verbrechern, bösewichten
2 bildlich, von thieren, die in geselliger ordnung leben
3 von personen die sich an einem orte zusammen befinden, sei es aus eigenem antrieb, oder durch einwirkung und befehl anderer, oder auch zufällig
4 das ganze menschliche geschlecht oder theile desselben in geordneten politischen verbänden und socialen einrichtungen, im gegensatz zum urzustand des wilden
5 bei tisch

Ficken, Bumsen, Blasen

An einem warmen Abend im Mai lädt mich mein fiktiver Freund F. ins Theater ein. Auf den Werbeplakaten am Eingang sitzt die Hauptdarstellerin mit hochgerutschtem Kleid und gespreizten Beinen auf der Rückbank einer Limousine. F. ist sicher, dass uns ein großartiger Abend bevorsteht.

»Ficken, Bumsen, Blasen / Alles auf dem Rasen« war neben »Ich bin klein / mein Herz ist rein« das erste auswendig erlernte Gedicht meines Lebens, und ich werde es noch aufsagen können, wenn Goethes Zauberlehrling eines Tages der Altersdemenz zum Opfer gefallen sein wird. Manch einem Theaterregisseur scheint das schon heute so zu gehen. Hinter der Bühne hängt das, was man traditionell ein Bühnenbild nennt; es besteht aus der zehn Quadratmeter großen Photographie eines weiblichen Geschlechtsorgans. Im Vordergrund wird gesprochen, geschrien und natürlich gepoppt. Bitte noch etwas drastischer. Das ist hier kein Volkshochschulseminar für Blümchensex.

Drei Stunden später sitzen F. und ich in meinem Wohnzimmer bei Kamillentee und leiser Musik. Die Aufführung hat keinem von uns gefallen; deshalb unterhalten wir uns über Pornographie in der Kunst. Bis

F. mir schließlich an die Titten greift und seinen Schwanz in meinen Mund schiebt.

»Nein!«, protestiert F. empört. »Das macht er gar nicht.«

»Natürlich nicht«, sage ich. »Es geht auch nicht darum, es zu tun. Man muss es nur hinschreiben. Abmalen. Nachspielen. Photographieren.«

»Wenn das so ist«, sagt F., »inszenieren wir eine Versuchsanordnung. Rezeptionsästhetische Feldforschung.«

Während ich im Sessel sitze und aus meiner Tasse schlürfe, wirft F. sich in Pose.

»Ficken«, rezitiert er. »Pimpern. Schwanz, Möse, Möpse. Hintern, ich meine: Arsch, und, äh ...« Er überlegt einen Moment. »Penis!« Freudestrahlend breitet er die Arme aus. »Na, wie war ich? Kommt's dir?«

»Was soll kommen?«

»Bist du geschockt?«

»Nein.«

»Verwirrt? Provoziert? Stimuliert?«

»Nein.«

»Was bist du dann?«

Ganz einfach. Wenn F. nicht so lustig aussähe, wäre ich vor allem eins: zu Tode gelangweilt.

»Eine wichtige Erkenntnis!«, frohlockt F. »Du bist dreißig Jahre alt, ledig und kinderlos und damit repräsentativ für eine ganze Generation. Und du langweilst dich bei Pornographie.«

Kein Wunder. Ich habe ein entspanntes Sexleben und

Zugang zum Internet. Seit zwei Jahrzehnten lehren mich die Medien, dass sexuelle Tabuisierungen ein Zeichen mangelnder Lebensqualität sind, dass ich trotzdem im Bett keine rhythmische Sportgymnastik aufführen muss, wenn ich nicht will, dass also alles geht und nichts muss. Aber warum soll ich dann im Theater zwei Stunden lang auf eine Mega-Möse starren, von der ich nicht mal weiß, wem sie gehört? Warum soll ich Ölbilder kaufen mit Penissen drauf, Bücher lesen, in denen die Werktätigkeit von Schließmuskeln analysiert wird, und auf der Berlinale routinierten Erotikathleten bei ihren Rotlicht- und Leopardenfell-Nummern zuschauen? Wozu die Rushhour im Geschlechtsverkehr? Selbst F., den ich nur aus rhetorischen Gründen erfunden habe, weiß keine Antwort.

Die Pornographisierung der Kunst, meinen die Macher, sei nichts als ein Spiegel gesellschaftlicher Realitäten in Werbung, Web und Weltpresse. Die Werber hingegen behaupten, eine gesteigerte Nachfrage zu bedienen, die auch in Literatur und Theater zum Ausdruck komme. So spiegelt einer den anderen, und in der Mitte befindet sich ... nichts?

Dogmatisch heißt es mancherorts, ungeschminkter Sex sei künstlerisch unverwertbar. Sein Abbild könne nichts anderes transportieren als Erregung, Ekel oder Schmerz. Direkte körperliche Reaktionen also, die viel mit Schlüsselreiz und Triebreflex zu tun haben, dafür wenig mit Kunstrezeption. Anders gesagt: Wer vögelt, hat nichts zu erzählen. Es sei denn, die Hauptfigur rutscht dabei auf einem vollen Kondom aus oder fällt aus dem Bett. Haha.

Stimmt nicht, meint F., es gebe Gegenbeweise. Und das nicht nur bei Henry Miller. Auch junge Bücher wie *Politics* von Adam Thirlwell machten Sex zu einem Schauplatz statt zur undurchsichtigen Oberflächenbemalung auf einer leeren Kiste, und so werde die schönste Sache der Welt erträglich, stellenweise sogar zum literarischen Genuss. Jenseits der Gähn- und Überdrussgrenze bestehe noch Hoffnung, dass das, was wir heute Pornographie nennen, zum Träger von Geheimnissen, Bedeutungen, zum Vermittler von irgendetwas über sich selbst Hinausweisendem mutieren kann.

Einverstanden – weitermachen. Aber nicht vergessen, von Zeit zu Zeit ins pralle Leben zu greifen, denn wo man's packt, ist's ...

»Genau«, unterbricht F., »wie steht es damit?«

Man liest, das Lotterleben halte Einzug in die Reihenhäuser. Partnertausch, Pornogucken und Peepshow seien für Bausparversicherte längst nicht mehr tabu. Im Gegenteil werde die Ausschweifung zur Neuform des Spießertums, als Anpassung nämlich, als Massenmimikry in der allgegenwärtigen Spaß- und Erlebniskultur. Billiger als Extremsport ist Sex allemal, und vielleicht verspricht er den letztmöglichen Kick nach erfolgreicher Durchnudelung sämtlicher Fun-Techniken. Überraschend ist nur, dass Trendscouts heute aufgeregt durch die Schlüssellöcher eines zügellosen Zeitgeistes spähen, während sie vor wenigen Jahren noch die Wiedergeburt der Prüderie besangen. Man sei wieder monogam, lautete die damalige Diagnose, die Jüngsten und Knackigsten unter uns gingen unberührt in die Ehe und wählten zu allem Überfluss CDU. Freiwillig.

In Wahrheit, weiß F., sind unsere schnellen Zeiten gar nicht so schnell.

Die allumfassende Unübersichtlichkeit entstamme vielmehr dem medial flackernden MTV-Blick auf Moden und Mentalitäten. Immer schon gehe der eine lieber in die Kirche, der andere ins Bordell und der dritte beides abwechselnd. Gleichzeitig sorge die kontinuierliche Liberalisierung dafür, dass alle drei es nicht mehr ganz so heimlich tun. *So what?*

»Wir sollten zwei Phänomene trennen«, wende ich altklug ein.

Auf der einen Seite praktiziert, konsumiert oder ignoriert eine unaufgeregte Gesellschaft unter der Maxime »Jeder, wie er will« ihre wachsenden sexuellen Möglichkeiten, vorsichtig enthemmt von der fortschreitenden Salonfähigkeit geschlechtlicher Angelegenheiten. Aus dieser sanften Samstagnachmittag-Bewegung gehen Bücher, Theaterstücke und Bilder hervor, die auf pornographischem Parkett erste künstlerische Schritte wagen.

Auf der anderen Seite postuliert ein hysterischer Kunst- und Literaturmarkt das totale Fallen aller Hüllen und Hemmungen, erklärt »Schwanz und Fotze« zum neuen Sprachmaterial und Geschlechtsteile beiderlei Art zum innovativen Bildgut. Einige Künstler behaupten aus Gewohnheit, es handele sich dabei um einen politischen Akt. Andere geben wenigstens zu, dass es vor allem darum geht, die letzte, nicht erneuerbare Reserve eines wertvollen Rohstoffs auszubeuten: das Öl der Originalität. *Sex sells*, denkt der Markt mit Seitenblick auf leere Theaterkassen, übervolle Büchertische und das jahreszeitenübergreifende Sommerloch der Inhalte und Ideen. Und macht nach, was die Werbung seit Ewigkeiten vormacht: Mit Hintern, Brust und Keule kann man sogar Rentenversicherungen verkaufen – warum also nicht Gar-Nichts? Wenn die barbusigen Nivea-Tanten keinen Hund mehr hinterm Ofen hervorlocken, erfindet man eben etwas Deftigeres. Skandal!, ruft die Presse bei jeder Dame in Lederstrapsen. Uuuuaaaah, macht der Konsument. Und auch in deutschen Theaterhäusern kommt das Publikum trotz schockierend lauter Musik und abspritzenden Leinwand-Jünglingen nicht aus dem Gähnen heraus.

Jetzt bekommt F. rote Backen wie ein BRAVO-Leser auf der Wie-war's-bei-mir-Seite: »Wir haben eine These!«

Der sogenannten breiten Masse ist es gelungen, die von Berufs wegen progressive und provokative Kunstszene stillschweigend zu überholen. Während Klaus im Reihenhaus gemütlich seinem wie immer gearteten Vergnügen frönt, stampfen die Künstler wie cholerische Kinder mit den Füßen und brüllen »Ficken! Ficken! Ficken!«, bis jeder Zuhörer genervt die Augen verdreht: Bist ja ein böser Junge, ach, was für böse Wörter du kennst! – Und wie immer übt sich der öffentliche

Diskurs im Aufputschen von Fragen, die keiner gestellt hat. Bleibt die Frage: Gibt es nichts Dringenderes?

F. lächelt selig. Selten enden Theaterbesuche mit einem Sieg der Wirklichkeit über die Kunst. Ich lächele zurück. Der Tee ist ausgetrunken.

»Genug geredet«, sage ich. »*Let's do it!*«

Aber F., mein fiktiver Filosof, erschrickt zu Tode und verblasst.

2004

End/t/zeit/ung

Prolog

Meine sehr verehrten Damen und Herren, liebe Analphabeten und Analphabetinnen, Legastheniker und Legasthenikerinnen, liebe Feinde des gedruckten Wortes!

Es ist so weit. Sie werden bemerkt haben, dass sich die deutsche Presse in einer schwerwiegenden Krise befindet, die sie mit Hilfe von Anzeigenrückgang und Leserverunsicherung nicht zuletzt selbst herbeigejammert hat. Hinter dem andauernden Klagen ist Überdruss auf allen Seiten zu spüren. Man hat diesseits und jenseits der Redaktionstische keine Lust mehr. Die Leser klagen über das sinkende Niveau der Berichterstattung, die sie für dumm verkaufe, während das Pressewesen die fortschreitende Verblödung ihrer Leserschaft bedauert, der sie sich anzupassen habe. Zudem arbeitet die Rechtschreibreform seit Jahren an der Abschaffung der deutschen Schriftsprache, und das mit zunehmendem Erfolg. Wer will schon Zeitungen lesen? Dank Funk und Fernsehen kann man heutzutage über alles reden, und beim Reden hört man auch die orthographischen Fehler nicht. Zeitungen kosten, wie der Name schon sagt, eine Menge Zeit. Die haben wir nicht. Inaff ist inaff, wie der Engländer sagt. Irgendwann gilt es, Konsequenzen zu ziehen. Warum soll ich zwanzig Minuten in das Lesen eines Artikels investieren, wenn ich zum gleichen Thema eine zweistündige Talg-Schau mit Christiansen sehen kann? Warum soll ich zum Briefkasten gehen, wenn der Fernseher neben dem Bett steht? Warum soll ich die Augen öffnen, wenn ich Radio hören kann? Hat eine Zeitung eine Fernbedienung? Kann man sie ausschalten? Eben. Reden ist Silber, Schreiben ist Schrott.

Diese Parolen murmele ich bei angeschaltetem Diktiergerät in den langen Bart des Kommunikationszeitalters. Meine Freunde von der *taz* werden sie drucken, bevor sie ihren veralteten Laden endgültig dicht machen. Danach gibt es Texte wie diesen nur noch auf CD-ROM, als Power-Point-Präsentation, Hörbuch, Kurzfilm, Internetportal oder per SMS direkt aufs Handy. Sie sehen, man braucht kein bedrucktes Papier, um ein Schlagwort in die Welt zu tragen, das heute zum Beginn des großen Blätterwaldsterbens aus der Taufe gehoben wird:

Entzeitung!

Meine Damen und Herren, mit Jahresende werden sämtliche deutschsprachigen Zeitungsverlage geschlossen. Wir steigen aus. In anderen EU-Ländern zeichnen sich Bestrebungen ab, unserem Beispiel zu folgen. Ich heiße Sie zum Ende einer Epoche willkommen!

Als Zeitungsleser werden Sie vielleicht glauben, die tägliche Papierlektüre erfülle wichtige Funktionen in Ihrem Leben. Nachdem Sie zehn Jahre lang auf die

Presse geschimpft haben, meinen Sie im Moment ihrer Abschaffung plötzlich, dass es ohne sie auch nicht gehe. Ich kann Sie beruhigen: Es handelt sich hierbei um reine Gewöhnungseffekte, die mit den Konditionierungsmaßnahmen des folgenden Schnellkurses mühelos beseitigt werden können. Mit ein paar Tipps und Ratschlägen machen die folgenden Paragraphen Sie fit für den Post-Printismus. Schließlich soll Ihnen nichts weh tun. Ich wünsche Ihnen eine gute, zeitungsfreie Zeit.

§ 1: *Print-Gymnastik*

Sie ist Ihnen wohlvertraut, die weitherzige Gebärde, mit der Sie segnend die Arme ausbreiten, um eine großformatige Zeitung wie die F.A.Z. oder die ZEIT aufzuschlagen. Sie halten sich rechts und links an den Rändern bedruckten Papiers fest, weiten die Brust und führen die Hände auf Augenhöhe rechts und links in die Luft hinaus, als wollten Sie die ganze Welt umhalsen. Und genau darum geht es! Zwischen den ausgestreckten Armen des Zeitungslesers liegt alles, was die Menschheit sich täglich selbst zu erzählen weiß. Ein Mikrokosmos aus Liebe, Hass, Geld, Macht, Glück und Leid. Die betreffende Geste hilft Ihnen dabei, sich auf unserem unübersichtlichen Planeten zu Hause zu fühlen. Beginnen Sie deshalb frühzeitig mit substituierenden Übungen, warten Sie nicht auf das Verlustgefühl! Extra für Sie haben die Experten der *Entzeitung* einen wirksamen Ausgleichssport entwickelt: die Print-Gymnastik.

1. Suchen Sie einen besinnlichen Ort auf. Benutzen Sie öffentliche Verkehrsmittel, setzen Sie sich in ein Café, ins Wartezimmer eines Zahnarztes oder an den Tresen einer Bar in Bahnhofsnähe.

2. Zuerst bringen Sie Ihren Körper in eine entspannte Haltung, Hände auf den Oberschenkeln, die Lippen zu einem O geformt, das für »Ohne Druckerschwärze geht's besser« steht. Atmen Sie langsam ein und doppelt so lange aus.

3. Jetzt strecken Sie die Arme schwungvoll zu beiden Seiten, holen dabei tief Luft und ballen die Hände zu Fäusten.

4. Wenn Sie Ihrem Nebenmann dabei die Brille von der Nase stoßen, sagen Sie: »Verzeihung, ich habe nie verstanden, warum die Idioten ihre Blätter so übertrieben formatieren.« Dabei lachen Sie befreit.

Wiederholen Sie diese Übung mehrmals am Tag. Regelmäßige Anwendung fördert Kommunikationsfreude und Weltbezug. Sie bewahren Ihre innere Stärke sowie die Verbindung mit dem Göttlichen.

§ 2: Erkennungszeichen

Bestimmt kennen Sie das. Schon zu Schulzeiten und erst recht auf der Universität war es von enormer Wichtigkeit, wer welche Zeitung in Klassenzimmer oder

Hörsaal aus der Tasche zog. Ein Krawattenträger mit dem Berufsziel BWL-Abschluss-in-sechs-Semestern las die deutsche Ausgabe der *Financial Times*. Hatte jemand ein Jahr auf Oxford High verbracht, war es *The Guardian* oder *The Observer*. Angehende Deutschlehrer, Soziologiestudenten und sonstige Klein-Intellektuelle fühlten sich hinter der *Süddeutschen Zeitung* am wohlsten, während sich schwarze Rollkragenpullover und eckige Architektenbrillen mit hoher Wahrscheinlichkeit hinter der ZEIT aufspüren ließen. Über der Oberkante des *Neuen Deutschlands* schauten die grüngefärbten Spitzen einer Irokesen-Frisur hervor, und wer das geräuschvolle Einläuten des postmaterialistischen Zeitalters noch nicht vernommen hatte, blätterte im Werbeblättchen des *Media Markts*. Zeitungsentfaltung war Selbstentfaltung.

Auch nach der *Entzeitung* soll niemand darauf verzichten müssen, seine Geisteshaltung unter dem Arm zu tragen. Sie wollen zum *blind date* und dachten daran, den STERN in die Manteltasche zu stecken? Stapeln Sie stattdessen die gesammelten Werke von John Grisham gut sichtbar in der rechten Armbeuge. Sie legen Wert darauf, im ICE Ihre überlegene Stellung als intelligenter Zugreisender gegenüber dem lärmenden Wochenendticket-Pöbel zu betonen? Sortieren Sie eine vierundzwanzigbändige Ausgabe des *Brockhaus* ins Gepäcknetz und stehen Sie gelegentlich auf, um sich einen Band herauszugreifen. Sie machen Urlaub auf Mallorca und sind deswegen noch lange kein Tourist?

Kaufen Sie eine Schubkarre und nehmen Sie die Faksimile-Ausgabe von *Zettels Traum* mit an den Strand. Bei Berücksichtigung dieser einfachen Ratschläge haben Sie keinen Identitätsverlust zu befürchten. Im Gegenteil werden sich die Konturen Ihrer äußeren Person erheblich schärfen. Erleben Sie, was es bedeutet, ein unvergessliches Erlebnis zu sein.

§ 3: Altpapier

Um den menschlichen Frischluftbedarf zu decken und die Verbrennung von wenigstens 400 Kilokalorien in der Woche sicherzustellen, hat sich der regelmäßige Gang zum Altpapiercontainer für Studenten, Künstler und andere Freiberufler als unverzichtbar erwiesen. Zur Erweiterung des Wohnvolumens war der Zeitungskonsument gezwungen, alle paar Tage seine Höhle zu verlassen, sich dem Sonnenlicht auszusetzen und in Kontakt mit der Außenwelt zu treten. Vor allem in Schriftstellerhaushalten schichtete sich der Altpapierausstoß dreier Tageszeitungs-Abonnements zur Fluchttreppe aus dem Elfenbeinturm, sorgte für Bodenhaftung und eröffnete wichtige Recherchemöglichkeiten auf den häufigen Spaziergängen zur blauen Tonne.

Während des Zeitungsentzugs werden Sie vielleicht das Bedürfnis verspüren, zum Alkohol zu greifen, Berge von leeren Flaschen zu erzeugen und auf diese Weise einen Vorwand für substituierende Ausflüge zum Glascontainer zu schaffen. Aber das muss nicht sein. Es gibt auch ohne Zeitung Alternativen zur Alkoholsucht. Da die Zeitungspreise bekanntermaßen ins Unermessliche gestiegen sind, wird es Sie freuen zu hören, dass Sie ganz einfach Ihr eigenes Altpapier erzeugen können. Und das schon ab 200 Euro im Monat. So wird's gemacht:

1. Kaufen Sie einmal täglich im Schreibwarengeschäft 20 Blatt Papier im Format DIN A2 (ca. 5 Euro).

2. Bedrucken Sie die Blätter mit den Inhalten irgendeiner ReadMe-Datei aus Ihrem Computer (Farbverbrauch ca. 2,10 Euro). Falls die großen Seiten nicht in den Drucker passen, rate ich zur einmaligen Investition in eine Druckmaschine (gebraucht schon ab ca. 3000 Euro).

3. Nun werden die Blätter übereinander gelegt, in der Mitte geheftet und gefaltet.

4. Fangen Sie nicht an, die fertige Zeitung versehentlich zu lesen. Dafür ist sie nicht gedacht.

5. Sammeln Sie Ihr selbstgemachtes Altpapier auf einem Stapel in der Küche.

Mit einem Arbeitsaufwand von zwei Stunden pro Tag – nur sechsmal mehr, als sie früher zum Überfliegen der Leitartikel gebraucht haben –, werden Sie zum Chef Ihres eigenen Papiermülls. Genießen Sie die Unabhängigkeit von Verlagskrisen und halsabschneiderischen Preiskalkulationen. Schließlich kostet schon ein Abonnement der *taz* 28 Euro im Monat.

§ 4: Quellennachweis

Jeder Mensch hat gern Recht. Um Recht haben zu können, bedarf es allerdings des Anscheins von objektiver Wahrheit. Hier hat die Presse immer gute Dienste geleistet. Wissenschaftskritische Intersubjektivitätsdebatten, das philosophische Ringen um die Fragmentierung von Wirklichkeit und der Siegeszug postmoderner Beliebigkeit endeten abrupt vor den Türen der Zeitungsredaktionen. Ein Journalist sagt nicht: »Ich glaube ...«, er sagt nicht einmal: »Meinen Informationen nach ...« und schon gar nicht: »Man kann doch eigentlich nichts wissen.« Er sagt: »Das ist so und so.«

Eine stabile Faktengrundlage ist für jeden Besserwisser unentbehrlich. Besonders ein bekanntes Hamburger Nachrichtenmagazin, dessen Name wie jener Unseres Herrn im Alltagsgebrauch nicht direkt ausgesprochen werden sollte, arbeitete gemeinsam mit seinem Nachahmer *FOCUS* hartnäckig an der Abschaffung des Subjektiven zugunsten einer Welt aus Statistiken, Säulenmodellen und Tortendiagrammen. Wollte jemand im Verlauf einer Diskussion Zweifel am So-Sein der Dinge anmelden, konnte der Name des Allmächtigen ausnahmsweise direkt angerufen werden: »Das stand aber im *SPIEGEL*!«

Auch in diesem Sinn bringt die *Entzeitung* einen mächtigen Postmodernisierungsschub mit sich. Fernsehen und Internet als uneigentliche Medien vom Dienst werden der Zerschlagung des anachronistischen Objektivitätsmonopols nicht im Wege stehen. Gewöhnen Sie sich möglichst bald daran, Ihre Diskursbeiträge auf zeitgemäße Art zu formulieren. Beweisen Sie relativistische Weltsicht durch Verwendung des Konjunktivs II. Üben Sie folgende Sätze:

1. Das hätte im *SPIEGEL* gestanden haben können.
2. Die Existenz einer überregionalen Tageszeitung vorausgesetzt, würde meine Auffassung durch den Leitartikel vom heutigen Tag belegt werden.
3. Die folgende Behauptung wäre durch ein Tortendiagramm darstellbar und besitzt somit ein hohes Wahrheitspotential.

Testen Sie selbsterfundene Wendungen an Freunden und Bekannten. Wenn sich ein Gesprächspartner kopfschüttelnd abwendet, tun Sie dasselbe. Er hat diesen Artikel nicht gelesen.

§ 5: *Einfalt*

Nichts ist vielfältiger als Einfalt – wer einmal einen Falkplan besessen hat, weiß das. Der protestantische Bischof Spangenberg formulierte es vor 250 Jahren auf diese Weise: Heilge Einfalt, Gnadenwunder / tiefste Weisheit, größte Kraft / schönste Zierde, Liebeszunder / Werk, das Gott alleine schafft! – Spangenberg konnte nicht wissen, dass es eines Tages Menschen geben würde, die in der Lage sind, den Anzeigenteil der *Leipziger Volkszeitung* mit nur drei Knicken auf die Größe des interessantesten Immobilienangebots zusammenzulegen, um es sich in einer überfüllten Straßenbahn stehend vor die Augen zu halten. Ein erfahrener Zeitungsleser kann einen Haufen abgezogener Tapeten mit wenigen Handgriffen zu einem ordentlichen Heftchen falten. Mit viel Übung gelingt es ihm, einen Fortsetzungsartikel im *Herald Tribune* bis zum Ende zu verfolgen, ohne die Schere zu Hilfe zu nehmen. Fortgeschrittene können eine bereits gelesene Ausgabe der ZEIT so zusammensetzen, dass Wirtschaftsteil, Wissen, Feuilleton und Literatur in richtiger Reihenfolge zu liegen kommen. Man sagt, ein fanatischer Zeitungsfreak habe nach vierzigjährigem Abonnement der *New York Times* das Telephonbuch von Manhattan auf Briefmarkengröße geknifft.

Spätestens an dieser Stelle werden Sie fragen, wofür das gut sein soll. Die einfache Antwort lautet: Im Zeitalter von GPS gehört die Disziplin des Einfaltens in den Bereich des *l'art pour l'art*. Falls das kunstvolle Knicken von Papier eine meditative Wirkung auf Sie ausübt, schlage ich folgende Übersprungshandlungen vor:

1. Räumen Sie Ihren Schreibtisch auf.

2. Belegen Sie einen Origami-Kurs an der Volkshochschule.

3. Verschenken Sie eine Espressomaschine ohne Karton und packen Sie den Gegenstand formgenau in Geschenkpapier ein.

Vor allem aber sollten Sie sich darüber klar werden,

dass Sie Ihre Gottesähnlichkeit à la Spangenberg auch auf moderne Weise unter Beweis stellen können, zum Beispiel durch das Programmieren eines Videorecorders. Denn: »Wie viele ihn aber *aufnahmen*, denen gab er Macht, Gottes Kinder zu werden...« (Johannes 1,12). – Sie werden erleben, dass das Drücken von Knöpfen und Tasten auch nicht leicht ist und vergleichbare transzendentale Effekte wie das Einfalten erzeugt.

§ 6: Versteck

Sie kennen das aus Comics, Kinderbüchern und Agentenparodien: Ein Mann mit Hut und Handschuhen sitzt auf einer Parkbank, Gesicht und Oberkörper völlig von der aufgeschlagenen Zeitung verborgen. Bei genauem Hinsehen entdeckt man im Titelblatt zwei Löcher, durch die er unbemerkt sein Opfer beobachtet. Ein ganz ähnliches Verfahren kommt täglich in Tausenden von Situationen zum Einsatz – nur ohne Gucklöcher. Beim Frühstück errichtet die Lokalzeitung eine Spanische Wand und begrenzt die tägliche Sprechzeit verheirateter Paare auf die statistisch vorgegebenen neun Minuten. Angeklagte halten sich Zeitungen vor die Gesichter, während sie das Gerichtsgebäude verlassen. Der morgendliche Regionalexpress transportiert einen ganzen Campingplatz aus Ein-Mann-Zelten mit der Aufschrift *BILD*. In New Yorker U-Bahnen verstecken Manager ihren *Harry Potter* hinter der *Washington Post*. Was dem

Kind die Tarnkappe aus dem Märchen, ist dem erwachsenen Menschen sein tragbares Versteck.

Unbestreitbar hat die Presse viel dazu beigetragen, die sprichwörtliche Isolation des Massenbürgers auch in noch so beengten Lagen angemessen in Szene zu setzen. Inzwischen aber hält die Kommunikationsgesellschaft andere technische Errungenschaften zur Unterbindung von Kommunikation bereit, die vom Normalverbraucher bislang nicht umfassend genutzt werden.

Halten Sie Schritt! Die *Entzeitung* wird viele liebgewonnene, aber wenig effektive Verhaltensweisen durch verbesserte Maßnahmen ersetzen. Auf eine quer über den Küchentisch gespannte Großbildleinwand können Sie mit Hilfe eines Tageslicht-Beamers die Morgennachrichten projizieren, um Kontakte mit Ihrem Lebensgefährten endlich komplett zu verhindern. Wenn Sie einen Gerichtssaal betreten, schnallen Sie sich Ihren *Nokia Communicator* mit einem bequemen Gummiband vors Gesicht. Im öffentlichen Nahverkehr schafft ein blickdichter 24-Zoll-Bildschirm auf dem Schoß die anheimelnd anonyme Atmosphäre eines Großraumbüros. Sie werden ganz neu erfahren, was es heißt, sich allein zu fühlen.

§ 7: Schimpfen auf die Presse

Die BILD ist ein geschwätziges Schundblatt, das mit Skandalmache den Republikfrieden bedroht. In der

F.A.Z. treffen sich Besserverdienende und Besserwisser zum gemeinsamen Zurechtschwafeln des kapitalismusgestützten Elfenbeinturms. Die ZEIT versammelt vom Aussterben bedrohte Intellektuelle, um demnächst einen Preis als erstes gedrucktes Freilichtmuseum der Welt zu erhalten. Seit es das Streiflicht in Buchform gibt, fällt der *Süddeutschen Zeitung* nicht mehr ein, warum man sie außerhalb SPD-regierter bayerischer Großstädte lesen sollte. Die WELT deckt täglich einen hochsubventionierten Stammtisch mit gestärktem Leinen und Tafelsilber. Die *taz* bietet geschützte Räume für Altlinke zum kollektiven Tagträumen und stenographiert auch noch mit. Die *Frankfurter Rundschau* beschränkt ihre Überregionalität auf Frankfurt am Main, und wer bis jetzt nicht erwähnt wurde, hat es auch nicht verdient.

Das Schimpfen auf die Presse ist unverzichtbare Voraussetzung moderner Realitätsbewältigung. Denn: Die Welt ist alles, was den Anschein hat, und für Anschein in allen Facetten sorgt die vierte Gewalt. Schuld an Chaos, Dummheit und Ungerechtigkeit trägt derjenige, der die chaotische, dumme und ungerechte Welt Tag für Tag medial erschafft. Machen wir uns nichts vor: Das Schimpfen auf Politiker, die links am Faden der öffentlichen Meinung, rechts an jenem ökonomischer Großinteressen hängen, ist schon lange nicht mehr das Wahre.

Um mit der *Entzeitung* zurechtzukommen, müssen Sie Ihr Weltbild ändern. Besinnen Sie sich darauf, dass es nicht Zeitungen sind, die die Wirklichkeit erschaffen. Es ist das Fernsehen. Machen Sie sich klar, dass beim Fernsehen außer den Kameraleuten auch Journalisten arbeiten. Führen Sie Listen für die Übergangszeit (*ARD = Frankfurter Rundschau*, ZDF = F.A.Z., *3sat = Süddeutsche Zeitung*, Sat.1 = DIE WELT, RTL = BILD, *arte* = DIE ZEIT, usw.), damit Sie sich daran gewöhnen, verschiedene Weltanschauungen in bestimmten Sendern zu lokalisieren. Auf diese Weise erleiden Sie keinerlei Feindbildeinbußen. Bis Sie eines Tages das Zeitalter der Enttelevisierung herbeigezetert haben werden. Aber das ist ja noch eine Weile hin.

Epilog

Das besondere Knistern des ersten Auseinanderfaltens. Der Geruch von Tee und frischer Druckerschwärze. Ein verregneter Sonntagnachmittag im Café, die langen Holzspangen am Haken, Wochenendausgaben zwischen Flügelschrauben. Wie die Sonne durch jene einzelne Seite scheint, die ein alter Mann vormittags auf seiner Parkbank liest! Wie der Wind sich jede weggeworfene Zeitung nimmt und aufgeregt darin blättert. Wie unendlich traurig bedrucktes Papier aussehen kann, wenn der Regen es auf die Straße klebt. Generationen von Kindern war sie Hut, Boot und Düsenflugzeug. Tausende von kleinen Katzen sind den Topmeldungen am Bindfaden hinterhergejagt. – Rief da eben jemand: »Ist es nicht schön«? Ein so viel-seitiges Wunderwesen sei durch nichts zu ersetzen? Haptisch, olfaktorisch und, ja, selbst akustisch bleibe sie einzigartig? War das einer von denen, die jüngst ihr Abo abbestellten, weil sie immer nur Zeit zum Überfliegen der Headlines auf *SPIEGEL ONLINE* finden? – Nein, da hat niemand gerufen. Ich denke, ich habe mich verhört. Wir wollen doch das eine nicht abschaffen und durch etwas anderes ersetzen, nur um gleich darauf den Verlust des ersten zu beweinen. Sie können doch, meine Damen und Herren, so kurz vor dem Ziel keinen Rückzieher machen??

Wenn doch – hier der *last exit to Gutenberg*:

1. Nehmen Sie dieses Blatt im Ganzen aus der *taz* heraus.
2. Heften Sie die kurze Seite mit Klebeband an einen Besenstiel.
3. Hissen Sie die weiße Flagge.
4. Danach gehen Sie los und kaufen sich eine Zeitung. Dann noch eine.

Oder noch ganz viele.

2004

Von Cowgirls und Naturkindern

*»Du bist fett geworden«, sagte ich eines Tages zu ihr.
Ich wusste, dass es sie verletzte, aber sie lachte nur.
»Umso besser für dich«, sagte sie. »Wenn du mich
nicht begehrst, wird es weniger wehtun, mich nicht
zu bekommen.«*

Seit ich mich erinnern kann, befindet sich in meinem Kopf ein Vorrat an Frauen, diffus, verschwommen und gleichzeitig so klar, dass ich sie ohne weiteres beschreiben kann. Da gibt es die kühle Schöne mit Pagenkopf in Blond oder Schwarz, mit weißer Haut und einer unbezwingbaren Arroganz. Oder das Naturkind, lockig, fröhlich, sommersprossig, dazu ein Lachen, das jeden Gang zum Supermarkt in eine Abenteuerreise verwandelt. Oder das selbstbewusste, burschikose Cowgirl, mit wiegenden Schritten und einem Blick, der stets den Horizont nach wilden Pferden abzusuchen scheint.

Lange regierten diese und ein paar andere als weibliche Despoten das Reich meiner Phantasie. Ich habe viel Zeit damit verbracht, mich in eine von ihnen verwandeln zu wollen. Weiblichkeit ist eine Facette des Wunsches, jemand oder etwas anderes zu sein. Das werden viele bestreiten. Vielleicht würde Bettina Rheims mir zustimmen.

»Ich liebe dich«, sagte ich.
»Übertreib nicht«, sagte sie.
Als ob es Liebe ohne Übertreibung gäbe. Ihr Blick klatschte mir wie etwas Stoffliches ins Gesicht. Manchmal vergaß ich, dass ihr Herz nicht größer war als eine Cocktailkirsche.

Mit fünfzehn ist die Zeit der Faschingsumzüge vorbei, man kann sich nicht mehr kindlich unbefangen verkleiden. Manchmal trug ich trotzdem eine Perücke zur Schule oder flocht mir das Haar zu kleinen Zöpfen. Hauptsächlich aber bestand meine Kostümierung nicht aus Schmuck und Schminke, sondern aus Gesten, Blicken, einer Haltung und einem Tonfall. Meine Traum-Frauen waren nicht bloß Einträge auf einer Palette von Schönheitsidealen. Sie verkörperten Kampftaktiken für die alltäglichen Zusammenstöße mit der Außenwelt. Unterkühlte Schöne, Naturkind und Cowgirl beantworteten die Frage, ob ich schweigen, lachen oder zurückschlagen sollte, wenn mich etwas verletzte.

Leider waren ihre Halbwertszeiten stets mit der Länge des Schulwegs identisch. Schon bei den ersten Kontakten zu anderen Menschen begann die jeweilige Rolle zu verblassen und wich einem allgemeinen So-Sein: der Normalität. Das Überlebensreservat von Ikonen ist nun einmal auf die Gebiete der Vorstellungskraft beschränkt. Wirklich werden sie nur in der Inszenierung, und auch dann nur für einen Augenblick. Sie müssen stumm und reglos stehen wie auf vermintem Boden. Bei der ersten falschen Bewegung sterben sie.

Als ich sie zum ersten Mal sah, hatte sie Schaum vor dem Mund. Ihr Oberkörper war nackt, der Stiel einer Zahnbürste ragte ihr aus dem Gesicht wie ein seltsames Fresswerkzeug, beide Hände steckten tief in den Taschen ihrer ausgebeulten Jeans. Sie stand im Vorraum einer öffentlichen Toilette und starrte in den Spiegel.
Nicht anders geht es den Frauen von Bettina Rheims. Sie sind gefangen in jener Bruchteilsekunde, die der Verschluss einer Kamera zum Auf- und Zuschnappen benötigt, und man merkt ihnen an, dass es kein Leben vor und nach dem »Klick« für sie gibt.

Da steht ein rothaariges Blumenkind vor einer weißen Wand, ihre nackte Haut noch heller als der Hintergrund. Eine schneewittchengleiche Dunkelhaarige hebt mit beiden Händen eine Brust aus dem Ausschnitt ihres grünen Mantels, als wollte sie eine Frucht zum Verkauf anpreisen. Eine Asiatin sitzt, klein und flachbrüstig wie ein Kind, in geblümter Unterhose auf einem großen Stuhl. Sie stehen, liegen, kauern, hocken, spreizen die Beine, kehren uns den Rücken zu. Einige von ihnen kennen wir, sie heißen Madonna, Brooke Shields oder Kylie Minogue, und das Interessante daran ist, dass ihre Namen in diesem Fall keine Rolle spielen. Die Frauen befinden sich in Privatwohnungen oder Hotelzimmern vor geblümten Tapeten, in Gesellschaft von Telephonen, Bettüberwürfen oder Bidets, und immer umgibt sie ein Hauch fiktiver Vergangenheit, in dem sie wie seltsame Zukunftswesen schillern. Sie sind ausgeschlossen von der Zeit, festgehalten von einem Blick, der nicht länger andauert als ein Wimpernschlag. Trotzdem oder gerade deswegen halten sie einen Zipfel Unendlichkeit in Händen – einer Unendlichkeit, die nicht ihrer Existenz, sondern dem Theaterfundus in der Seele des Zuschauers entstammt. Bettina Rheims und ihre Modelle präsentieren eine Menagerie aus ewig-flüchtigen Prototypen einer Weiblichkeit, die im echten Leben nur als Streben, nie als Vollendung vorkommt. Sie erschaffen und fixieren jenen geheimnisvollen Augenblick, in dem es gelingt, endlich etwas anderes zu sein als immer nur Fleisch, Blut, Haut und Knochen.

»*Es ist schön, dich atmen zu hören*«, *sagte ich.*
»*Ich atme doch gar nicht*«, *antwortete sie.*
Wenn eine Frau nackt ist, spricht ein Mann von Erotik. Wenn eine nackte Frau auf einem Bild erscheint, spricht er von erotischer Photographie. Wenn eine Frau dieses Bild gemacht hat, nennt man sie einen weiblichen Helmut Newton. – Schockierend sei diese Arbeit, finden ihre Kritiker, obszön und frivol, und das nicht nur, wenn Rheims einen weiblichen Jesus ans Kreuz nagelt oder eine halb nackte Salome den blutigen Kopf des Johannes servieren lässt. Sie arbeite über das Phänomen des »Glamour«, behaupten ihre Fans, bediene sich dabei ihrer Mannequin-Erfahrungen aus der Welt der Reichen und Schönen und zitiere die Ästhetik von Werbung und Film.

Aber was ist Glamour? Zitiert Bettina Rheims wirklich die Werbung, oder bedient sie sich einfach an einem ähnlichen Reservoir moderner Visionen? Und was soll daran das Verstörende sein? Sind wir nicht reichlich versorgt mit nackter Haut auf allen Kanälen, finden wir es nicht längst viel zu anstrengend, beim Anblick jeder Brustwarze in Schockstarre zu verfallen?

Erschreckend ist immer das Fehlen von Distanz. Dabei geht es in diesem Fall nicht um die Distanz zwischen Photographin und Modell und damit auch nicht um jene zwischen Modell und Betrachter. Derart starke Inszenierungen bringen Persönlichkeiten hinter Oberflächen zum Verschwinden und lassen wenig Raum für Intimität. Distanzlos ist die Art, in der Rheims' Bilder den Betrachter mit sich selbst konfrontieren. Anders als Newtons Werke erschaffen sie kein geschlossenes System, das sich selbst als Erfindung eines einzigen, obsessiven Geistes ausweist. Eher reißen sie jedem Hingucker die eigenen, verborgenen Ideen aus dem Kopf und heften sie wie Schmetterlinge mit Nadeln auf das Papier. Vielleicht sind die dargestellten Szenen nicht nur der Einbildungskraft der Photographin entsprungen, vielleicht wurden sie von den unzähligen Photographierten mitbestimmt und erreichen deshalb in ihrer Vielzahl und Vielfalt den Status einer wunderlichen Allgemeingültigkeit. Sie erwecken im Betrachter den Eindruck, auf fast unanständige Weise an ihnen beteiligt zu sein.

Wir standen umschlungen. Das Licht der Laterne baute ein Zelt, das keiner von uns verlassen wollte. Wir konnten uns nicht entscheiden, welcher Mo-

ment der letzte sein sollte. Dieser? Oder doch der nächste? Wie sollte man eine Sekunde auswählen, wenn es ihrer so viele gab und sie sich alle so verdammt ähnlich sahen?
Irgendwann habe ich aufgehört, eins meiner Hirngespinste sein zu wollen, und bin dazu übergegangen, sie in kursiv gesetzten sprachlichen Momentaufnahmen immer wieder von neuem, ja, zu inszenieren. Für mich sind Rheims' Photographien überraschende Treffen mit alten Bekannten, die in der Außenwelt eigentlich nichts verloren haben. Solche Begegnungen erinnern an die Flüchtigkeit jeder Idee, an das Paradoxon einer nur in Momenten möglichen Unsterblichkeit und damit auch an die größte aller Fiktionen: an die Zeit und die vergebliche Suche des Menschen nach einem Platz in ihr. Das ist Glamour, das ist das Glamouröse der Weiblichkeit. Vielleicht hat auch Männlichkeit mit dem Wunsch zu tun, jemand oder etwas anderes zu sein. Aber ich habe noch keinen Photographen gefunden, der mir das zeigt.

2005

Fliegende Bauten

Sie war elf, ich achtzehn Jahre alt, als ich sie zurückließ, um in einer fernen Stadt zu studieren. Ohne mit der Wimper zu zucken, zog ich ans andere Ende der Republik, während sie schon zu schreien begann, wenn sie den Katzenkorb sah, der eine Reise zum Tierarzt bedeutete. Ihre Landkarte reichte bis zu einem Radius von fünfhundert Metern rund um das Haus, dahinter begann ein Meer aus Angst, in dem es keine Freunde mehr gab. Quer über meine Brust verläuft eine Narbe, ein weißer, gerader Strich: eine Spur des Versuchs, sie auf dem Arm über die unsichtbaren Grenzen ihres Reviers hinauszutragen. Da waren wir beide noch Kinder, und schon damals wohnte in meinem Bauch, genau unter der Stelle, an der sie warm und schnurrend lag, das schlechte Gewissen. Denn ich wollte weg von zu Hause. Und damit auch weg von ihr.

Heimat läuft auf allen Kanälen. Die ARD zeigt die letzten sechs Filme der großen Hunsrück-Trilogie von Edgar Reitz. Theater und Kunstausstellungen kümmern sich um Entortung, Sehnsuchtsplätze und das Nirgendwo. Die Feuilletons sind sich einig, dass *sie* für die Deutschen wieder ein Thema ist: die Heimat. Vor meinem geistigen Auge lässt der Begriff die Grashalme einer ungemähten Wiese im Wind schwanken und schiebt Abendsonne hinter den Horizont einer liebenswerten Landschaft, während Stimmen aus dem Off Dialektales murmeln. In allen Einzelheiten könnte ich die mit »Heimat« untertitelten Bilder beschreiben. Und das, obwohl ich nicht einmal den Dialekt meiner eigenen Geburtsstadt verstehe. Die liebenswerte Landschaft habe ich noch nie gesehen. Sie ist das Substrat einer medialen Vermittlung, ähnlich dem Hintergrund einer Waschmittelreklame. Ein Etikett auf einer Leerstelle.

Weil die deutsche Sprache im Gegensatz zu vielen anderen das Wort »Heimat« kennt, fühlt man sich hierzulande ständig berufen, dem Begriff einen passenden Inhalt zu suchen. Der DUDEN macht es sich leicht: Heimat sei der Ort, an dem man geboren wurde und aufgewachsen ist. Aber weit gefehlt. Herbert Grönemeyer bringt die einschlägige öffentliche Meinung viel eher auf den Punkt: »Heimat ist kein Ort / Heimat ist ein Gefühl«. Im Zeitalter von Globalisierung, Wirtschaftskrise und Werteverfall kann man etwas Kompliziertes wie Heimat nicht einfach an banal-geographischen Koordinaten festmachen. Abgesehen davon ist örtliche Heimatliebe keine leichte Übung, wenn man von Kindesbeinen an gelernt hat, dass der Boden unter den eigenen Füßen mit dem Tatort eines grauenvollen Verbrechens identisch ist. Deshalb soll Heimat kein konkreter Platz, sondern vielmehr eine Sehnsucht oder Erinnerung sein. Sie ist Liebe, Vertrauen, Sprache, Religion, das Verbundenheitsgefühl zu Menschen und, wenn alle Stricke reißen, ein breitmäuliger Dialekt oder der sonntägliche Geruch nach Leberkäse und Sauerkraut. Das polyphone Gerede lässt vermuten, dass Heimat schlichtweg alles sein kann, was der Fall ist. Solange es beim Individuum X ein irgendwie angenehmes Bauchkribbeln auslöst.

Das Ziehen im Bauch unter der Stelle, auf der die Katze immer gelegen hatte, nahm ich mit, als ich meine Geburtsstadt verließ. Die Katze selbst musste bleiben, weil sie zwei Querstraßen von der Haustür entfernt in Panik verfallen wäre. Was waren 650 Kilometer gegen zwei Querstraßen? Das war schon keine Distanz mehr, das war ein anderer Aggregatzustand. Ich habe nie geglaubt, dass Katzen kein Gedächtnis haben.

Angekommen in der neuen Stadt merkte ich, dass mir etwas fehlte. Solange es mir gelang, nicht an die Katze zu denken, hätte ich soeben vom Himmel gefallen sein können. Mir fehlte das Heimweh. Ich entschied, dass das ein Vorteil sei, kaufte einen Hund und fuhr ihn im Auto herum, bis er sich die Reisekrankheit abgewöhnt hatte und nicht mehr kotzte.

Der Mensch will mehr als einen Geburtsort mit einer Postanschrift. Er sehnt sich nach einem metaphysischen Asyl für seine transzendentale Obdachlosigkeit, nach einem Hauptwohnsitz für die Seele, also nach jenem komplizierten Geflecht, das den inneren Menschen mit seiner äußeren Existenz verbindet. Aber brauchen wir dafür einen Heimatbegriff, der jede noch so existentielle Frage mit dem Kuschelkitsch karierter Küchenvorhänge vermischt? Müssen wir zuvor unisono die Entwurzelung des modernen Globalisierungsbürgers beklagen, der neuerdings sein Eckchen Geborgenheit in der gleichzeitig groß und klein gewordenen Welt vermisst? Ich weiß nicht einmal, wer oder was ein Globalisierungsbürger ist. Das türkische Gastarbeiterkind der zweiten Generation oder der Kriegsflüchtling aus Bosnien sind sicher nicht gemeint. Vielleicht ein Bäckermeister in Castrop-Rauxel, der am liebsten CNN-Nachrichten guckt. Ein Unternehmer, der Geschäftspartner im Ausland hat. Ein deutscher Arzt, der in Dänemark mehr verdient. Ein Miles-and-More-Sammler? Ein Internet-Surfer? Ein Holländer, der sich in Ungarn in eine Französin verliebt?

Die meisten Kommilitonen schienen bereits diverse Langzeitaufenthalte im Ausland hinter sich zu haben, während ich nur zum Schüleraustausch in England und Frankreich gewesen war. Ich fragte mich, ob ich feige sei, oder schlimmer noch: ortsgebunden. Das klang nach »lebenslänglich«. Erasmus und Sokrates verschickten Studenten in sämtliche Mitgliedsländer der Europäischen Union. Meine WG-Mitbewohner und ich planten künftige Berufstätigkeit für internationale Organisationen, multinationale Unternehmen oder den diplomatischen Dienst. Wir lästerten über Bekannte, die jedes Wochenende zur elterlichen Waschmaschine und sogenannten alten Freunden in die Heimatstadt pendelten. In Bewerbungsschreiben für Praktika gaben wir selbstbewusst an, dass wir daran gewohnt seien, jederzeit »woanders« zu leben. Der Gedanke an dieses Woanders ließ mich nachts nicht schlafen. Ich fühlte mich wie ein Kreisel, der nur in schneller Bewegung ruhig und aufrecht stehen kann.

Im Lauf der folgenden Jahre lebte ich jeweils einige Monate in fünf verschiedenen Ländern und besuchte zehn weitere auf Reisen. Der Hund als mobiler Repräsentant der Tierwelt begleitete mich. Es dauerte nicht lang, bis uns Luftwurzeln wuchsen. Ich lernte, an jedem neuen Ort eine bestimmte Anzahl von Gewohnheiten zu errichten, wie ein Zelt, in dem man gemütlich sitzt und das sich mühelos einfalten lässt, wenn man weiterzieht. So mache ich es bis heute. Gleich am ersten Tag verlege ich meine übliche Joggingroute durch die neue Stadt. Sobald ich herausgefunden habe, in welchem Laden ich Wein und Hundefutter kaufen, auf welcher Herdplatte ich Nudeln kochen und welche Tür ich zum Arbeiten oder Schlafen hinter mir schließen kann, bin ich zu Hause. Dabei fühle ich mich weder entwurzelt noch globalisiert, sondern endlich ruhiger. Zum ersten Mal erlebe ich das Gefühl, irgendwo angekommen zu sein. Paradoxerweise wohnt es in der Fähigkeit, mich an fremden Orten möglichst schnell und gut zurechtzufinden. Man könnte das eine tragbare Heimat nennen. Aber in der inflationären Verwendung des Begriffs zeigt sich seine Bedeutungslosigkeit. Eine tragbare Heimat ist keine.

Unser neues Nomadentum ist gar nicht so neu, wie es

der Alles-wird-schlechter-Diskurs gern hätte. Zu allen Zeiten gab es Leute, die ausreichend Geld, Intellekt und Handlungsfreiheit besaßen, um sich als Forscher, Kriegsherren, Handels- oder Bildungsreisende nach allen Regeln der Kunst zu globalisieren – oder zu Hause zu bleiben, wenn ihnen das lieber war. Auf der anderen Seite gab es Menschen, die die heimatliche Scholle zu hüten hatten und nicht über Mittel verfügten, um auch nur die Dorfgrenze zu überschreiten. In unserem Teil der Welt hat sich die erstgenannte Gruppe so rasant vergrößert, dass wir heute ein ehemaliges Vorrecht in den Kategorien von Verlust und Bedrohung behandeln können. Nach einer unvergleichlich langen Phase von Frieden und Wohlstand dürfen wir uns auf nostalgische Weise ein bisschen heimatlos fühlen. Das ist echter Luxus. Und es ist kokett.

In melancholischen Momenten lese ich die Definition des Rechtsbegriffs »Fliegende Bauten« im Lexikon nach: »Fliegende Bauten sind bauliche Anlagen, die geeignet und bestimmt sind, an verschiedenen Orten wiederholt aufgestellt und zerlegt zu werden. Beispiel: Zirkuszelte, Jahrmarktsbuden, Toilettenwagen, Karusselle.«

Die Worte verbreiten eine unverantwortliche Traurigkeit. Aufbauen. Zerlegen. Weiterziehen. Wehmut kann man erzeugen, indem man in New York herumsitzt und sich nach der Beschaulichkeit eines deutschen Provinzstädtchens sehnt. Aber man kann auch an seinem Heimatort herumsitzen und sich nach der weiten Welt da draußen verzehren. Das Ziehen im Bauch bleibt das Gleiche. Jeder Schritt, den wir tun oder unterlassen, wird begleitet vom leisen Getrappel unendlich vieler Schritte, auf die wir für immer verzichten. Leben ist ein permanentes Vergehen und erhält seinen Rhythmus von der Hintergrundmusik des Wunsches nach Dauerhaftigkeit. Wir können einer Heimat zustreben oder der Fremde, wir können der Melancholie die verschiedensten Namen geben – festhalten wird uns nichts von alldem. In jedem Fall müsste es der Anstand gebieten, ein existenzielles Verlorensein nicht mit den Privilegien zu verwechseln, für die einige unserer Vorfahren jahrhundertelang gekämpft haben und um die uns neun Zehntel der Welt beneiden. Man sollte gewonnene Freiheit nicht als verlorene Heimat beklagen.

In meiner Herkunftsstadt habe ich kaum noch Freunde. Das spart Marathontreffen zu Weihnachten und an Geburtstagen, wenn ich meine Mutter besuche. Was mir niemals erspart blieb, war die Katze. Ich ertrug ihre Freude nicht, wenn sie erst meine Stimme, dann meine Schritte und schließlich meinen Geruch erkannte. Ich ertrug es nicht, wie sie entsetzt zurückwich, sobald der Hund dazwischenging. Ich ignorierte sie, verbot mir, sie anzusehen, auf ihr Schnurren zu hören, das sich quietschend überschlug, wenn ich ihr flüchtig über den Kopf streichelte. Ich tätschelte den Hund, vor dem sie schließlich in die hintersten Winkel des Hauses floh. Fliegende Bauten. Sie tauchte wieder auf, wenn wir abgereist waren. Ich war immer froh, dem Gedächtnis der Katze zu entkommen. Vor zwei Jahren ist sie in hohem Alter gestorben. Die Erinnerung an sie wohnt noch immer als winziges Körnchen Schmerz in der Mitte meines Körpers, dort, wo sie am liebsten gelegen hat. Ihre Nachfolgerin war drei Tage alt, als ich sie in den Straßen von Sarajevo fand. Heute reist sie auf der Autorückbank zwischen zwei Hunden und findet sich in jedem Hotelzimmer, in jeder neuen Wohnung zurecht, sobald ihr Klo mit Streu und die Schüssel mit Futter gefüllt ist.

Vielleicht haben wir eines Tages keine Lust mehr, uns wie Zirkuszelte zu benehmen. Dann werden wir einen Ort suchen, an dem wir bleiben. Auch das würde ich nicht die Wiedererrichtung einer verlorenen Heimat nennen. Sondern die Gründung eines Hauptquartiers.

2003

Die Lehre vom Abhängen

Es war einmal ein Ideal. Mann und Frau, zwei vom Schicksal füreinander bestimmte Hälften, treffen aufeinander, lernen sich lieben, und wenn sie nicht gestorben sind ...

Inzwischen klingt das anders. Man kann es nachlesen in all den buntbebilderten Heftchen, in denen die Menschheit sich heutzutage ihre Geschichten über sich selbst erzählt. Der Mensch, frei geboren, liegt endlich nicht mehr in Ketten! – Gemeint ist vor allem der westliche, weibliche, am besten junge, ledige und kinderlose Mensch. Männlein und Weiblein haben sich losgesagt vom Korsett herkömmlicher Beziehungsvorstellungen. Überkommene Rollenverteilungen, lebenslange Treueschwüre, Geschlechterkampf, biologische Uhren, Monogamie, Chauvinismus, Feminismus, Küche, Kinder, Kirche und überhaupt die ganze gute, altmodische Familie gehören – ebenso wie ihre Widersacher – auf den Müll. Das heißt nicht, dass man keine Beziehungen eingehen und keine Familien gründen dürfte. Es heißt nur, man habe es auf eine *erwachsene* Art zu tun.

Wenn eine meiner Freundinnen erzählt, sie führe jetzt eine wahrhaft erwachsene Beziehung mit ihrem neuen Macker, weiß ich sogleich, was gemeint ist. Zwei eigenständige, unabhängige, selbstbewusste Wesen haben zueinander gefunden. Sie begegnen sich von Gleich zu Gleich, sie können den anderen lieben, weil sie gelernt haben, sich selbst zu mögen. Ihrem Zusammensein liegt eine freie Entscheidung zugrunde. Alles, was sie gemeinsam tun, beruht auf Freiwilligkeit, denn es ist keineswegs so, dass man seine Unabhängigkeit aufgeben muss, nur weil man einen Partner oder eine Partnerin an seiner Seite hat. Im Gegenteil – geteilte Freiheit ist doppelte Freiheit! So stellt es beispielsweise kein Problem dar, wenn einer von beiden für ein paar Monate ins Ausland muss. Soll man wegen einer Beziehung, die doch ein großes Geschenk ist, auf etwas Schönes verzichten? Das wäre widersinnig. Daher auch die Entscheidung, zwei Wohnungen zu behalten. Schließlich sagt die Frage, wie viele Kühlschränke man insgesamt besitzt, nichts über die Nähe zwischen zwei Menschen aus. Man kann gemeinsam weggehen und genauso gut allein, und selbst seine beste Freundin und ihr bester Freund erzeugen keine Probleme, weil Eifersucht keine Rolle spielt, solange man einander vertraut. Und im Bett – ja, im Bett ist alles erlaubt, solange es beiden gefällt. Man will eine gute Zeit miteinander haben, man sperrt sich nicht ein. Wenn er mal mit einer anderen pennt, kann man darüber reden. Das macht einen noch lang nicht zum Hippie. Hauptsache, kein Stress. Hauptsache, kein Zwang. In Endlichkeit, Amen.

So also wurde die Spreu vom Weizen getrennt: Liebe ist gut, Abhängigkeit böse. In Abhängigkeiten begeben sich schwache, rückständige Menschen aus der Kategorie »Versager«, während die starken, postmodernen Siegertypen freie Bindungen eingehen – oder gar keine. Wenn sie allein bleiben, weil sich der passende Mitspieler nicht findet, tragen sie das Kinn hoch im Bewusstsein, dass selbstgewählte Einsamkeit immer noch besser ist als Knechtschaft. Auf dem Buchmarkt und im Internet finden sich haufenweise Ratschläge, wie man Abhängigkeitsmuster identifiziert, falsche Bindungen löst und es beim nächsten Mal besser macht. Was nicht in den Büchern steht, ist, dass die Halbwertszeit einer erwachsenen Beziehung meist nur ein paar Jahre beträgt. Und dass die meisten, die in einer solchen zu leben behaupten, sich selbst in die Tasche lügen.

Es ist nun einmal so: Von den äußeren Bändern, die einst dazu dienten, Mann und Frau in guten und schlechten Zeiten zusammenzuhalten, ist kaum etwas übrig geblieben. Ich wäre die Letzte, die das beweinen wollte. Es ist schön, kein Kind haben zu dürfen, und wenn man eins hat, nicht heiraten zu müssen. Tut man es doch, kann man sich wieder trennen. Gegen die Gültigkeit des am Altar bekräftigten Schwurs spricht die Statistik: Fast jede zweite Ehe in Deutschland wird nicht vom Tod geschieden, sondern vor einem Familiengericht. Weder Staat noch Gesellschaft erhöhen heutzutage die Hemmschwelle vor einer Trennung. Es gibt keinen Zwang zur Treue mehr – aber damit auch keine Garantie.

Als Kind haben die meisten Menschen in schlaflosen

Nächten Bekanntschaft mit einem perfiden Folterknecht gemacht: mit der Angst, nicht geliebt und deshalb verlassen zu werden. Spätestens nach Erreichen der Volljährigkeit beginnt diese Angst vom Untergrund aus zu operieren, sie treibt uns zu Höchstleistungen, zu Ehrgeiz und Erfolg, wird wichtiger Quell von Kraft und Motivation in einer sinnbereinigten, entideologisierten Welt. In Momenten des Zweifels kehrt sie unmaskiert zu uns zurück. Ein solcher permanenter Zweifelsfall ist die Liebe. Man kann behaupten, dieser Angst standzuhalten oder gar nicht erst von ihr heimgesucht zu werden – und lebt im Modellversuch »erwachsene Beziehung«. Wenn die rosafarbenen Wolken verweht sind, die ersten Krisen eintreten und beide Partner sich als fehlbare Wesen herausstellen, bekommt die Freiwilligkeit häufig ein anderes Gesicht. Sie wird zum umkämpften Gut, zum Drohpotential, vielleicht zum Trennungsgrund.

Obwohl ich schon mit fünfzehn an der Kinokasse nicht mehr nach dem Ausweis gefragt wurde, habe ich mich für alles, was erwachsen ist, immer zu jung gefühlt. Das hat sich bis heute nicht geändert. Ich fühle mich wohler, wenn ich meine Ängste lokalisieren kann, als wenn ich ständig die Power-Frau spielen muss. Das Gerede von der Unabhängigkeit klingt in meinen Ohren wie Pfeifen im Walde. Wer will schon wirklich frei sein? Spätestens seit den großen Sicherheitsdiskussionen der letzten Jahre ist deutlich zu erkennen, was es damit auf sich hat. Jeder Mensch braucht Berechenbarkeit, Beständigkeit und damit Bedingungen, auf die er sich verlassen kann – und die errichte ich lieber zu Hause, als sie vom Staat in Form von neuen Anti-Terrorismus-Gesetzen zu verlangen. Der Widerwillen dagegen, einen anderen zu brauchen, ist eine Folge des fortschreitenden Individualismus, der unsere Gesellschaft in einen Zusammenschluss von 80 Millionen Ein-Mann-Staaten zu verwandeln beginnt.

»Für mich ist es wichtig, auch allein sein zu können.« – »Ich will beim Gedanken daran, verlassen zu werden, nicht verzweifeln müssen.« – »Ich führe mein eigenes Leben.« – So lauten die wohlklingenden Parolen der Unabhängigkeit. Und wenn ich erkläre, dass ich ein attraktives Auslandsangebot ablehnen würde, wenn mein Freund nicht mitkommen kann, stoße ich auf zweifelnde, ja misstrauische Gesichter. Habt ihr Kinder? – Nein, keine Kinder. – Du bist doch eine starke Frau, bist du sicher, dass alles in Ordnung ist? Ist das nicht Abhängigkeit?

Ist es. Und ich bin stolz darauf, denn sie hat viel Mühe gekostet. Die physikalische Gleichung ist einfach: Wenn Stabilität von außen abnimmt, muss sie durch innere Stabilität ersetzt werden, sofern das System nicht zusammenbrechen soll. Das Aushalten von Unsicherheit und Angst kostet viel Kraft, die ich für schönere Dinge gebrauchen kann. Abhängigkeit regiert ohnehin in die meisten zwischenmenschlichen Beziehungen hinein – warum sollte ich sie leugnen, allein dem Bild vom tapferen Einzelkämpfer zuliebe?

Meine Freundin X ist der Prototyp einer strahlenden, hochqualifizierten, selbständigen Frau. Sie war viele Jahre mit einem Mann zusammen, dem es gelungen war, ihr zu suggerieren, sie sei dumm. Er hatte ihre versteckte Sorge entdeckt, eine Hochstaplerin zu sein, ein Versagermodell, das sich in höhere Kreise eingeschlichen hat, und machte sich unentbehrlich zur Aufrechterhaltung der Fassade. Meine andere Freundin Y, zwei Uni-Abschlüsse, drei Fremdsprachen, Auslandsaufenthalte in allen Teilen der Welt, ließ sich fast ebenso lang von einem Typ herumschubsen, der nicht bereit war, sich vollkommen zu ihr zu bekennen. Im ständigen Wechselspiel von Abstoßung und Anziehung hatte er sie sicher. Eine Dritte verschrieb sich dem ersten Mann, der ihr nach einem Haufen unglücklicher Affären das Vexierbild von Bürgerlichkeit und Ruhe bot – und lässt sich jetzt in ein Leben pressen, das ihr nicht entspricht. Ich selbst habe erlebt, was es bedeutet, von der Sucht eines anderen abhängig zu werden, und endete irgendwann vor der letzten Alternative: mit fliegenden Fahnen vor einem Trümmerhaufen davonzulaufen.

Die vernünftige Konsequenz aus diesen Erfahrungen ist nicht das, was in den Magazinen steht. Es bringt nichts, die Abhängigkeit zu fürchten wie der Teufel das Weihwasser, solange wir sie nötig brauchen als letzte Bastion gegen die Beliebigkeit. Man kann fast alles domestizieren, wenn man bereit ist, ihm ins Auge zu schauen, gleichgültig, ob es sich um ein Tier handelt oder um ein Gefühl. Mit ein bisschen Arbeit, Aufmerksamkeit und Feingefühl lässt sich ein Gleichgewicht herstellen. Zur Belohnung gibt es dann auch ein schöneres Wort: Symbiose.

Er ruft nicht gern bei Behörden an und ist nicht imstande, ein simples Formular auszufüllen. Ich gehe in die Knie, wenn ich in einem Supermarkt einkaufen soll, der größer ist als ein Tante-Emma-Laden. Die eine hat Angst vor Spinnen, der andere vor abgelaufenen Haltbarkeitsdaten. Er bekommt Blackouts, wenn er in einer Gruppe von Leuten etwas erzählen soll, ich kann nicht einschlafen, ohne dass er mir vorliest. Ich begutachte seine Photos. Er lektoriert meine Texte. Wir verstehen die Welt nicht, wenn wir nicht gemeinsam die Zeitung lesen. Kein Wunder, dass wir am Rad drehen, wenn wir uns ein paar Tage nicht sehen. Manchmal muss das sein. Meist lässt es sich vermeiden.

Ein solches symbiotisches Geflecht lässt sich weiter auffächern bis hinab zu Bereichen, über die ich an dieser Stelle nicht reden will. Beim Gedanken daran, dass er mich verlassen könnte, dreht sich mir der Magen um. Es gäbe kaum eine Ecke, die sich retten ließe, nichts, das mir für mich selbst verbliebe. Ich müsste von vorn anfangen, ein neuer Mensch werden – der Super-GAU. Das Geheimnis liegt darin, dass es ihm nicht anders erginge, und dieses Bewusstsein lässt uns ruhig schlafen und macht unsere Küsse arglos und süß. Wir brauchen einander im schrecklichsten Sinn des Wortes. Na und? Der Horror des Verlustes wächst proportional zum Glück dessen, was man sein Eigen nennt, und eine gesunde Abhängigkeit ist allemal haltbarer als ein Trauschein mit Ausstellungsdatum aus dem 21. Jahrhundert. Die Liebe ist immer von Furcht und Zweifel durchzogen. Sie braucht eine Krücke, etwas, das sie stützt. Nennen wir es Abhängigkeit. Nennen wir es Symbiose. Einander-Brauchen. Die volle Hinwendung zum anderen Ich, die Ergänzung, die Perfektionierung des fehlerhaften Selbst in der Gemeinsamkeit. Das Ergebnis ist dasselbe: Ich bin keine unabhängige Frau. Ob ich emanzipiert bin, stark, selbstbewusst – ich weiß es nicht. Jedenfalls nicht mehr oder weniger als der Mann, den ich liebe.

Es war einmal ein Ideal, und, Hand aufs Herz, es lebt immer noch. Ich sehe es in den Augen derer, die uns beneiden.

2004

RECHT

1 was sich gehört oder gebührt
2 die vom sittengesetz gegebene norm,
vorschrift für unser sittliches handeln, und
das demgemäsze
3 das dem denken, beobachten, urtheilen
gemäsz richtige; gewöhnlich in festen
verbindungen
4 gesetzliche norm, welche die stellung der
menschen in einem staatswesen nach
maszgabe ihrer verbindlichkeiten regelt

Recht gleich Sprechung oder:
Der Ibis im Nebel

Die juristische Sprache ist ein Mysterium. Der Jurist versteht nicht, was andere Menschen an seiner Redeweise seltsam finden, und die Nichtjuristen verstehen nicht, was der Jurist gerade gesagt hat. Justitias Dialekt steht im Ruf, verschraubt zu sein, man findet ihn lach- oder brechreizerregend, er wird gescholten, gefürchtet, verspottet und parodiert. Aber was ist juristisches Sprechen? Und wofür braucht man es? Eine Werbeschrift in zehn kleingebackenen Brötchen für mehr Verständnis und Verständlichkeit.

1. Sprache

Was Sprache ist, weiß jeder. Manche wissen es ganz genau, zum Beispiel *Kröners Lexikon der Sprachwissenschaft*: »Auf kognitiven Prozessen basierendes, gesellschaftlich bedingtes, historischer Entwicklung unterworfenes Mittel zum Ausdruck bzw. Austausch von Gedanken«, oder, wenn man die Semiotiker zu Rate zieht: jedes zu Kommunikationszwecken verwendete Zeichensystem. Also auch der aufs Richterpult geklopfte Hammer. Oder ein hochgereckter Finger. Immer gilt: Am schönsten ist's, wenn man weiß, was es heißt.

2. Juristen

Um nichts zu verstehen, muss man nicht notwendigerweise ins Ausland fahren. An einer Kinokasse stehen Menschen auf engem Raum, darunter zwei Männer in Anzug und Krawatte, hinter ihnen eine Mutter mit Kind. Der eine Mann erzählt, wie ihn seine Frau seit Wochen wegen eines kleinen Fehltritts abstraft und eine Szene nach der anderen macht.

Darauf der andere Mann (lachend): »Die hat wohl noch nie was von *ne bis in idem* gehört?«

Hinter ihm das Kind (neugierig): »Mami, was ist ein Ibis im Nebel?«

Die Mutter (unterdrückt): »Weiß ich nicht.«

Das Kind: »Aber Mami, warum redet der denn so komisch?«

Die Mutter (peinlich berührt): »Schweig still, mein Kind, der ist Jurist.«

3. Griechen und Römer

Aus der Sicht unserer aktuellen Rechtsauffassung mag überraschen, dass es in der ersten Blütezeit der antiken

Jurisprudenz wenig um die Sache, gar nicht um die Wahrheit und nur gelegentlich um die Anwendung juristischer Normen ging. Die öffentliche Rede war darauf gerichtet, den Richter, die Zuhörerschaft und am besten noch die Gegenpartei von der Alleingültigkeit des eigenen Standpunkts zu überzeugen. Wem es gelang, einen bluttropfenden Schwerverbrecher zum Unschuldsengel zu stilisieren, der konnte sich einen Meister nennen. Die juristische Rhetorik war Kunst und in diesem Sinne Selbstzweck. Es ist kein Zufall, dass der berühmte Gerichtsredner Lysias als einer der ersten und wichtigsten attischen Prosaschriftsteller in die Geschichte eingegangen ist.

Wenn aber die Vertreter des Rechts zu den Vätern des literarischen Sprechens gehören – warum muss ich mich dann auf jeder Lesung fragen lassen, wie zum Teufel man gleichzeitig Juristin und Romanautorin sein könne? Und warum werde ich ausgelacht, wenn ich am Telephon wissen will, ob die Vorbestellung eines Tischs im betreffenden Restaurant und am Abend des vorliegenden Tages Aussicht auf Erfolg habe?

4. *Der Ibis im Nebel*

Materiell gesehen ist es weniger das griechische als das römische Erbe, das vom Zwölftafelgesetz über Prätorenedikte, *Corpus Iuris Civilis* und Glossatoren in weiten Teilen Europas rezipiert wurde und das unser Rechtssystem bis heute bestimmt. Eine Auffälligkeit des juristischen Sprechens, die beliebte Verwendung lateinischer Formeln und Merksätze, scheint also die mehr oder weniger tief empfundenen Verbindung des Rechtswissenschaftlers zu seinen römischen Urahnen zu spiegeln.

Auf den ersten Blick ist daran nichts Ungewöhnliches. Auch Priester reden gern Latein, die Philosophen Griechisch, die Köche Französisch und MTV Englisch. Jede berufliche oder soziale Gruppierung hat ihren Fachjargon – er ist Geheimsprache und Erkennungscode. Mit seiner Hilfe wird an Kinokasse oder Kneipentisch unstreitig gestellt, wer dazugehört und wer nicht. Der Außenstehende sitzt dabei und fühlt sich wie der Ibis im Nebel.

5. *Bibel und* BGB

Sprache, die, anders als oben definiert, nicht dem Austausch von Gedanken, sondern eher ihrer Geheimhaltung dient, ist nicht selten ein Idiom der Macht. Die katholische Kirche hat bewiesen, dass sich Glaube und Folgsamkeit durch das Vorenthalten von Wissen unterstützen lassen. Die lutherische Übersetzung, die den Inhalt der Bibel begreiflich und hinterfragbar machte, war neben einem reformatorischen Ereignis auch ein revolutionärer Akt.

Ähnlich der Religion ist das Recht ein gesellschaftliches Ordnungssystem; wie diese beinhaltet es machterzeugende und machterhaltende Mechanismen. Gewisse sprachliche Hürden, die den gemeinen Bürger vom Verständnis des heiligen Textes ausschließen, sind heutzutage nicht mehr offiziell beabsichtigt, dem Wirken und Weiterbestehen des Systems jedoch nicht abträglich. Darüber hinaus zeigt sich in der Formelhaftigkeit der mächtigen Rede ihre grundsätzlich konservierende Funktion. Ein Normenkomplex ist auf Dauer angelegt, er muss sich selbst und die in ihm niedergelegten Werte bewahren, und seine Sätze sollen übermorgen noch in etwa dasselbe bedeuten wie heute. Modeworte kommen und gehen, der Aphorismus bleibt. So wurde das Bürgerliche Gesetzbuch (BGB) über tausend Jahre alt und die Bibel noch ein bisschen älter.

Allein, deutsche Gesetze sind nicht auf Lateinisch verfasst. Ein guter Demokrat weiß, dass der Erlass von Normen in einer fremden Sprache gegen unsere Verfassung verstieße. Zugunsten der Rechtssicherheit bedarf demokratisches Recht der klaren und eindeutigen Formulierung. Seine Legitimität hängt nicht zuletzt von der Möglichkeit ab, vom Rechtsunterworfenen verstanden zu werden. Klar und eindeutig? Man drücke dem Ibis im Nebel eine Sammlung des deutschen Zivilrechts in die Hand und frage ihn, an wen, wie und wann er sich nach einer geplatzten Kinovorstellung wegen seiner nutzlos gewordenen Eintrittskarte wenden kann. Er liest und liest und hat keine Ahnung.

6. Gefahr, Genuss und Guter Glaube

Wieso eigentlich? Unsere Gesetze als eine Form, vielleicht sogar als das Substrat juristischen Sprechens enthalten keine Vokabeln wie Granulomatose oder Gnathoschisis. Stattdessen finden wir einfache Wörter wie Gefahr, Genuss und Guter Glaube, Wörter, die wir kennen. Kennen wir sie?

Ein Blick ins Wörterbuch. Gefahr, das ist drohendes Unheil. Unter Genuss versteht man das Schwelgen im Angenehmen. Aber was ist dann für den Juristen ein Gefahrübergang oder der Genussschein? Und heißt Guter Glaube, dass man an das Gute glaubt?

7. Juristische Textrezeption

Das juristische Sprechen entkoppelt Wörter von ihrer ursprünglichen Bedeutung. Die Fachterminologie speist sich aus dem allgemein gebräuchlichen Sprachmaterial, kreiert eigene Definitionen und schafft auf diese Weise einen spezifischen semantischen Gehalt. Wörter wie »Gefahr«, »Genuss« und »Glaube« sind innerhalb eines gesellschaftlichen Kontextes mit bestimmten Inhalten belegt. Beim Leser oder Hörer erregen sie Assoziationen, die seinem individuellen Erfahrungsschatz entsprechen. Sie rufen Gefühle, Vorstellungen, Erinnerungen hervor und werden vor diesem Hintergrund entschlüsselt.

Der Jurist lernt ein anderes Verfahren der Textrezeption. Es folgt den Prinzipien der Auslegung. Nach dem Grundsatz, dass eine juristische Regel in einer Vielzahl von Fällen Gültigkeit und eine möglichst einheitliche Bedeutung haben muss, ist es notwendig, ein überindividuelles, »mechanisches« Deutungsverfahren zu befolgen. Der Jurist darf nicht lesen und verstehen, wie er will und was er will. Er muss sich einer Methode bedienen, die er mit allen Kollegen aus der Branche teilt. Deshalb liest er anders als der Normalbürger.

Und spricht auch nicht so.

8. Sondern, zum Beispiel, so:

Nach einer Gesamtbetrachtung der Umstände und Abwägung der widerstreitenden Interessen unter Einbeziehung des allgemeinen Verkehrsinteresses kann festgehalten werden, dass für den Juristen die sprachliche Anerkennung seiner lateinischen Wurzeln eine nicht unbeträchtliche Rolle spielt. Des Weiteren gilt zu berücksichtigen, dass der Jurist gesetzestextlektürenbedingt seine eigenen Wörterbücher pflegt. Hinzu kommt, dass er ein Leben lang gezwungen ist, sich kurz zu fassen, weshalb er jederzeit eine Substantivierung dem längeren Nebensatz vorzieht. Einem In-Frage-Stellen des soeben Hergeleiteten könnte nur mit größter Verwunderung begegnet werden.

In der Praxis mag es vorkommen, dass man sich wohl

wahrscheinlich auch mal eher nicht so gern genau festlegt. Grundsätzlich aber ist davon auszugehen, dass korrekter Ausdruck sowie die Vermeidung idiomatischer Wendungen einer exakten und objektiven Präsentation der vorzutragenden Inhalte förderlich ist. Wie soll man die rechtswissenschaftlichen Kenntnisse eines Anwalts ernst nehmen, der völlig aus allen Socken fällt, weil das Vorbringen der Gegenpartei dem Fass doch glatt die Krone ins Gesicht schlägt? Auch heute noch macht in der dritten Gewalt der Klang die Musik.

Zuletzt bleibt darauf hinzuweisen, dass die Syntax des Juristischen der in sie gekleideten Argumentationsstruktur zu folgen gehalten ist. Der rechtswissenschaftliche Gutachter sammelt Fakten und zieht seine Schlüsse daraus: »Wir sind Juristen. Deshalb reden wir komisch« – während der Richter zuerst sein Urteil fällt: »Wir reden komisch. Aus den folgenden Gründen: ...«

9. Entindividualisierung der Rede

Wenn das Ausdeuten von Sprache im Normalfall eine persönliche Angelegenheit ist, so gilt das erst recht für den Akt des Sprechens. Nicht nur Kleider machen Leute: Sag mir, wie du sprichst, und ich sage dir, wer du bist.

Im Herrschaftsbereich der blinden Justitia aber darf es keinen Unterschied machen, »wer« jemand ist. Weil man dem Recht nicht auch noch Mund und Ohren zubinden kann, muss auf andere Weise deutlich gemacht werden, dass eine gerichtliche Entscheidung im demokratischen Rechtsstaat nicht der Weisheit eines salomonischen Urteilsfinders, sondern der möglichst objektiven Anwendung generell-abstrakter Rechtssätze entspringt.

Der Verurteilte im Strafprozess oder der enttäuschte Antragsteller vor dem Zivilgericht würde sein Urteil nicht akzeptieren, wenn es als die Partikularmeinung eines Herrn Mustermann daherkäme, der zufällig hinter dem Richtertisch sitzt. Der Rechtsunterworfene akzeptiert – wenn überhaupt – die Gültigkeit von etwas Absolutem, des Rechts an sich und dessen Handhabung durch einen von Justitias Verrichtungsgehilfen. Deshalb versteckt der Sprecher des Rechts seine Individualität nicht nur unter der uniformen Robe, sondern auch unter einheitlichen Formulierungen. Kein Individuum ist im Spiel, das etwas feststellen könnte – und trotzdem »wird festgestellt«. Niemand ist da, der von irgendetwas ausgehen würde – dennoch »ist davon auszugehen«. Nämlich davon, dass der Jurist unter keinen Umständen »ich« sagen darf.

Ganz anders als die Kunstredner im alten Griechenland geben moderne Juristen vor, ihre Argumente und Entscheidungen einem überindividuellen, abstrakten und absoluten Kontext zu entnehmen. Ein Jurist spricht mit fremder Zunge. Manchmal eben auch an der Kinokasse.

10. Übersetzer gesucht

In einer Kultur, in der schon am Anfang das Wort war und die seitdem die Akzeptanz ihrer Autoritäten auf Niedergeschriebenes stützt, besteht Bedarf an Rednern, die, wie Priester und Anwalt, Funktionen eines Vermittlers übernehmen. Im demokratischen Optimalfall entleihen sie weder Inhalt noch Form des Sprechens ihrem persönlichen Erfahrungsschatz, sondern einem allgemein gültigen und in seinen Darstellungsmöglichkeiten formelhaft strukturierten Diskurssystem. Auf diese Weise verkörpern sie die hinter ihnen stehende Macht und spiegeln in ihrer Sprache den Versuch, die Gefahr von Willkür und Missbrauch auf das kleinstmögliche Maß zu reduzieren.

Was häufig ebenfalls auf das kleinstmögliche Maß reduziert wird, ist das Verständnis des Nichtjuristen. Der Ibis im Nebel fragt sich zu Recht: Wer übersetzt mir den Übersetzer? – An dieser Stelle reckt sich durch die glatte Oberfläche des Texts ein semantisch auszudeutender Zeigefinger: Die juristische Sprache soll der Autorität des Rechts dienen – der des Juristen gegenüber dem Rest der Welt nur in bescheidenem Umfang.

2000

Justitia in Schlaghosen

»Warum hast du dir eigentlich die Haare blau gefärbt?«, fragte mich neulich ein Kollege.

Ich sah ihn ratlos an und überlegte, was ich antworten sollte, denn die Frisur einer Frau kann man schön finden oder nicht, aber warum – warum?

»Weil es mir so gefällt«, sagte ich.

Das stellte ihn nicht zufrieden.

»Na ja, sieht ungewöhnlich aus«, meinte er zögernd und verschwand.

Erst als er weg war, verstand ich, was er eigentlich hatte fragen wollen: »Kann man mit Schlaghosen und solchen Haaren Juristin sein?«

Juristen sind konservativ, und Klischees sind nichts weiter als auf einen Nenner gebrachte Erfahrungswerte. Ein wenig Feldforschung in der juristischen Bibliothek der Universität Passau ergibt: Zumindest kleiden sie sich konservativ. Keine Punks, keine Ökolatschen, kein Grunge und kein Techno, höchstens ein paar gebremste Girlies unter den jüngeren Semestern. Zu Beginn des Studiums wunderte ich mich über die vielen Anoraks mit grüner Wachsbeschichtung und Cordkragen. Ich wusste noch nicht, was eine Barbour-Jacke ist.

Anders als im ritualbewussten Großbritannien muss

sich ein Jurist hierzulande keine Zopfperücke über den Kopf stülpen, bevor er den Gerichtssaal betritt. Uns bleibt die traditionelle Robe, unter der sich im Normalfall ein klassisch geschnittenes Kostüm oder der Anzug in gedeckten Farben verbirgt. Statusbewusstsein? Standesdünkel? Oder hören Mandanten einfach aufmerksamer zu, wenn der Rechtsbeistand in feines Tuch gehüllt ist? Der *dress code* illustriert eine Autorität, die dem Recht innewohnt, als dessen Vertreter wir Juristen uns begreifen. Wir alle sind Angestellte derselben Firma *Justitia und Partner*. Wer der *corporate identity* schon im ersten Semester entspricht, wird »Kollege« genannt; wer im Hörsaal noch immer mit dem Kugelschreiber Herzchen auf die Jeans malt, ist nur ein »Kommilitone«.

Beiläufig äußerte Professor G. einmal in seiner Vorlesung: »Das Recht ist notwendig konservativ.«

Ich hatte schon Luft geholt, als ich begriff, dass diese apodiktische Aussage nicht im politischen Sinn gemeint war.

Das Recht an sich, wollte Professor G. sagen, ist in der Konstruktion statisch, in der Zielsetzung bewahrend. Eine Norm muss schon da sein, bevor sich der Sachverhalt ereignet, der an ihr gemessen werden soll. Dies ergibt sich nicht erst aus dem demokratischen Rückwirkungsverbot, sondern schon aus der Natur der Sache. Eine Regel, die nicht befolgt werden kann, ist sinnlos. Damit man sie befolgen kann, muss die betreffende Vorschrift im Moment des Ereignisses bereits existieren. Wie sollte der Bürger sich zurechtfinden, wenn jeden Tag etwas anderes verboten wäre? Die Effektivität einer Regel verlangt Geltungsdauer und bedingt somit eine gewisse Änderungsfeindlichkeit. Ein System, innerhalb dessen wechselnde Vorfälle mit Hilfe eines zum Teil seit Jahrhunderten bestehenden Instrumentariums bewertet werden sollen, ist darauf angewiesen, sich selbst zu konservieren.

Die Welt verändert sich, die Regel bleibt. Das Leben schreitet also dynamisch voran, zieht an seinen Füßen den statischen Betonklotz rechtlichen Regelwerks mit sich und wird dadurch auf ein erträgliches Tempo gebremst. Bestenfalls mit erheblicher Verspätung ist bei heftigem Zerren in eine Richtung ein mühseliges Mitschleppen der Fessel möglich: wenn das Faktische so lange normativ tätig wird, bis auch das geschriebene Recht nicht mehr widerstehen kann. – Ja, ganz bestimmt. Und Frauen mit blaugefärbten Haaren können keine guten Juristinnen sein.

Betrachtet man den auf »Regel« und »Folgen« reduzierten Vorgang bildlich, drängt sich eine abweichende Vorstellung auf. Das »Befolgte«, das schon Zuvorgekommene müsste als etwas Vorausgehendes betrachtet werden. Als Träger einer leitenden, richtungsweisenden Funktion. Ist Recht also die visionär-normative Ausformulierung einer zukunftsträchtigen Idee, ein nie ganz zu erreichendes Ideal, dem es nachzulaufen gilt, die ewige Karotte vor der Nase des Esels? – Na ja. Und gute Rechtswissenschaft verlangt notwendig Schlaghosen.

Die Aussicht von der Warte zweier forcierter Extrempositionen legt nahe, was auch ein Blick auf die Wirklichkeit ergeben hätte: So einfach ist das nicht. Wie so oft im Leben gibt es nicht das eine noch das andere, sondern nur das Zusammenspiel zweier gegensätzlicher Kräfte. Eine Bestandsaufnahme mit dem Ziel, die Bedeutung des Rechts für Entwicklungsprozesse in der heutigen Gesellschaft herauszufinden, kann folglich nur zu einer graduellen Festlegung auf einer Skala zwischen »statisch« und »dynamisch« führen. Und gute Juristinnen haben eben mehr oder weniger blaue...

Schnitt. Untersuchen wir in einer flüchtigen historischen Rückschau die Stellung des Rechts im Moment hochgradig verdichteter politischer Dynamik: im Moment der Umwälzung, der Revolution. Im Jahr 1789 ist das Recht ein monarchisches Regelsystem, innerhalb dessen eine Vielzahl von Rechtsunterworfenen einer rechtschöpfenden Einzelperson gegenübersteht. Im Umsturz trifft das Recht als statische Kraft auf eine eskalierende soziale Dynamik, es siegt der Stärkere – im Beispiel zumindest teilweise die Revolution –, und das Recht verliert mit der Beseitigung des Hoheitsträgers vorübergehend Geltungsgrund und Wirkung.

Im Zuge der Kräfteneuverteilung erhält das Recht jedoch sogleich eine entgegengesetzte Rolle. Mit der Erklärung der Menschenrechte vom 26. August 1789 erlangt eine politisch-philosophische Idee normative Verankerung, ohne dass in der gesellschaftlichen Realität eine Entsprechung im soziokulturellen Bewusstsein vorhanden wäre. Normen werden an den Anfang einer angestrebten Entwicklung gesetzt und sollen regulativ verändernd auf die Gesellschaft einwirken. Es ist zu beobachten, wie das Recht im Verlauf eines gesellschaftlichen Umbruchs zwei ganz unterschiedliche Funktionen erfüllt.

Damit ist Professor G. widerlegt (Recht ist nicht notwendig konservativ) und muss auf eine altbewährte Formel verwiesen werden, die jeder zutreffenden juristischen Antwort vorausgeht: Es kommt darauf an.

Aber worauf kommt es an? Vielleicht darauf, wo es herkommt. Sind Rechtsquelle, Rechtsetzungsbefugnis und das Verfahren des Normenerlasses verantwortlich für den statischen oder dynamischen Charakter eines Rechtssystems?

Legislative Kompetenz ist Teil der staatlichen Gewalt. Im demokratischen System geht diese Gewalt vom Volk aus. Auch die Rechtsmacht liegt demnach originär beim Volk und wird von diesem an Repräsentativorgane abgetreten. Im parlamentarischen Normenerlassverfahren werden die Anliegen von Interessengruppen abgewogen, bis eine Kräfteverteilung erreicht ist, die eine Mehrheitsentscheidung möglich macht.

Ein solches Procedere ist einerseits in hohem Maße durchlässig für gesellschaftliche Entwicklungen und die sich daraus ergebenden Interessen. Andererseits ist es behäbig in seiner Arbeitsweise und hat retardierenden Effekt. Damit ist das zentrale Paradoxon benannt, das die Rechtserschaffung im modernen demokratischen Staat beherrscht.

Eine komplexe, von ansteigendem Wandlungstempo bestimmte Gesellschaft verlangt nach einem Recht, das einerseits dynamische Impulse in sich aufnimmt und in entwicklungsfördernder Geschwindigkeit umsetzt, andererseits aber die demokratische Interessenabwägung abbildet. Und dann soll es auch noch die unhandlichen Wischiwaschi-Erscheinungen schnell festgeklopfter Kompromisse vermeiden. Das sind gleich drei Wünsche auf einmal. Deshalb steht dem Ruf nach einem dynamischen Recht an erster Stelle nicht die bewahrende Natur eines änderungsfeindlichen Regelsystems entgegen. Sondern die demokratische Idee selbst, die eine plurale Kristallisation von Meinungen und deren Vertretung im Legislativorgan verlangt. Am negativen Endpunkt des parlamentarischen Gedankens steht die bis zur Perversion verkomplizierte Entscheidungsfindung – und damit der Stillstand.

In den Disziplinen »schnelles Recht« und »eindeutiges Recht« wäre niemand so erfolgreich wie ein Tyrann, der das Normenerlassverfahren auf die Äußerung »Gute Idee, so wird's gemacht« beschränken könnte. Gleichzeitig ist nichts so unempfindlich gegenüber gesellschaftlichen Entwicklungen wie die Ein-Mann-Legislative, die erfahrungsgemäß vor allem ein Interesse vertritt: das der persönlichen Machterhaltung.

Für eine kurze Rast mit Panoramablick ziehen wir uns auf ein hügelförmiges Zwischenergebnis zurück.

Wenn die Rechtsmacht originär bei der größtmöglichen Personenmehrheit liegt, entspringt das Recht zwar einem hochdynamischen Ausgangspunkt, wird aber statisch durch ein um Gleichgewicht bemühtes Verfahren, in dem die überschießende, effektiv verändernd wirkende Kraftmenge klein ist. Liegt die Rechtsmacht hingegen bei einer einzelnen Person, ist zwar eine große Kraftmenge frei, die dynamische Entwicklungen ermöglichen würde – der Ausgangspunkt aber ist ein in sich ruhender, statischer, so dass es an Durchlässigkeit für entsprechende Impulse fehlt.

Ein Blick in die Runde führt zu der Frage: Steht dieses Paradoxon dem Versuch entgegen, unser Rechtssystem der zunehmenden Wandlungsgeschwindigkeit der Gesellschaft anzupassen? Das hieße: nicht mehr Demokratie, aber auch nicht weniger?

Am Horizont bewegt sich was. Mit zusammengekniffenen Augen erkennen wir: Es ist die Europäische Union (EU). Der hartnäckigen Behauptung überbordender Brüssel-Bürokratie zum Trotz arbeitet dort nur eine relativ kleine Gruppe Menschen. Was darauf schließen lässt, dass sie bei der Konstruktion und Errichtung des europäischen Hauses die zweite Alternative probieren – weniger Demokratie. Und tatsächlich: Das Haus wächst schnell.

Der Integrationsprozess in Europa stellt sich hauptsächlich als ein Werk der Regierungen dar, parlamentarische Beteiligung spielt noch immer eine untergeordnete Rolle. Das Zustandekommen einer Rechtsnorm hängt deshalb von der Mitwirkung einer vergleichsweise geringen Anzahl von Personen ab. Dieser Mangel an demokratischer Legitimierung von EU-Normen hindert selbstverständlich nicht das Entstehen eines Rechtssystems. Wir wollen nicht gleich vom Hügel schreien: Je weniger Demokratie, desto auf jeden Fall schlechter! – Es lohnt sich nachzusehen, ob im Rahmen des (tendenziell undemokratischen) Integrationsvorgangs schnelles Recht für eine schnelle Gesellschaft geschaffen wird.

Anerkanntermaßen bilden die europäischen Normen inzwischen eine »Rechtsordnung eigener Art«, die von den nationalen Systemen unabhängig ist und nicht nur auf dem ökonomischen Sektor immense Auswirkungen zeitigt. Getragen wird dieses supranationale Recht von einer eigentümlichen Legitimationskette. Die notwendigen Kompetenzen werden von den Mitgliedstaaten jeweils im Abstand von einigen Jahren paketweise durch eine Änderung der EG/EU-Verträge auf die übergeordnete Instanz übertragen. Diese souveränitätsbeschränkenden Akte müssen auf dem Weg der Ratifikation das schwerfällige parlamentarische Verfahren durchlaufen. Danach jedoch sind die rechtsetzenden Entscheidungen von EU-Kommission und Ministerrat nicht an die nationalen Parlamente und nur in geringem Maß an die Mitwirkung des europäischen Parlaments gebunden. So wird eine Beschleunigung der europäischen Integration ermöglicht, die, gemessen an ihrer Bedeutung, rasant genannt werden kann.

Man darf es ruhig aussprechen: Nicht eine der in den letzten Jahrzehnten verabschiedeten Richtlinien und Verordnungen wäre in Kraft getreten, wenn sie der Zustimmung nationaler Parlamente bedurft hätte. Wenn die europäische Integration einem durch ökonomische Globalisierung entstandenen Bedürfnis nach gesellschaftlichem Wandel entspricht, dann verwirklicht ihr schnelles Rechtsetzungsverfahren im positiven Sinn einen hochdynamischen Impuls.

Ein kleines Gedankenspiel zur Verallgemeinerungsfähigkeit dieses Prinzips führt zu der Vorstellung, man würde in unserem Land alle vier Jahre gewisse Rahmenkompetenzen auf die Bundesregierung übertragen, auf deren Grundlage die Minister während der Folgeperiode legislativ tätig werden können. Die Bundesregierung erlässt nach flüchtiger Anhörung des Parlaments ein Gesetz zur Anhebung der Einkommenssteuer auf 70 Prozent – das wäre eine Variation auf den EU-Vertrag. Nicht ohne Grund jagt diese Idee dem demokratisch versierten Bürger kalte Schauer über den Rücken. Was ist anders am Europarecht? Warum darf es so dynamisch sein?

Das Europarecht ist eine neuartige Erscheinung in Bezug auf die Anbindung der Rechtsmacht. War bisher in allen staatlichen Systemen die Rechtsetzungsbefugnis Teil der staatlichen Gewalt, begegnen wir hier einem gesetzgebenden Gebilde, das selbst keine Staatsqualität besitzt. Die erlassenen Regeln sind nicht solche der Vereinigten Staaten von Europa, denn diese gibt es nicht.

Seit aber das Europarecht vom Europäischen Gerichtshof und den nationalen Verfassungsgerichten als eigene Rechtsordnung anerkannt wird, ist es auch nicht mehr als Recht der Mitgliedstaaten anzusehen. Es ist also, streng genommen, kein staatliches Recht.

Entsprechend wird die momentane Gestalt des Europarechts als Übergangsstadium begriffen, das sich, explizit oder nicht, auf den Fluchtpunkt der EU-Eigenstaatlichkeit hinbewegt. Dabei fördert das Recht naturgemäß nicht die Bewahrung einer (nichtexistenten) staatlichen Gewalt, sondern allein ihre Erlangung. Es ist ein Integrationsrecht und damit von Grund auf dynamisch ausgerichtet. Im Moment der Begründung von Staatlichkeit, in dem das europäische Volk auf europäischem Gebiet einer rein europäischen Souveränität unterworfen würde, hätten die integrationsfreundlichen, dynamischen Rechtsetzungskonzepte ausgedient. Das Staatsvolk, so die demokratische Idee, kann nur sich selbst unterworfen werden und muss seine Gewalt im Wege von Mitwirkungs- und Repräsentationsverfahren ausüben dürfen. Was auf europäischer Ebene zu beobachten ist, muss von waschechten Demokraten als zeitlich begrenzter Zustand gedacht werden.

Das reicht schon fast für eine waghalsige These: Dynamisches Recht ist nichtstaatliches Recht. – Bevor wir sie formulieren, drehen wir uns auf unserem Panoramapunkt noch einmal um uns selbst und halten Ausschau nach einem weiteren Beispiel. Wo bewegt sich was, wo bewegt es sich außerhalb traditionell verrechtlichter Bereiche...

Inzwischen weiß jeder, dass »http://www« nicht das Geräusch transkribiert, das man Mitte Januar beim Warten an einer ungeschützten Bushaltestelle von sich gibt. Im World Wide Web herrscht noch immer vergleichsweise geringe Regelungsdichte, es ist ein grauer Fleck auf der Landkarte juristischer Durchdringung des menschlichen Miteinanders. Denn das Internet ist schwer zu erfassen, irgendwie... chaotisch. Schließlich liegt ihm die Unübersichtlichkeit als konstituierendes Prinzip zugrunde. Durch eine Vernetzung möglichst vieler Server glaubte das amerikanische Verteidigungsministerium seine Datenverarbeitung vor gezielten Übergriffen schützen zu können, und in dieser Idee lag eine der Geburtsstunden des Internets. Es entstand ein weltumspannender Kommunikationsraum, regelfrei und doch friedlich: paradiesisch?

Es gibt Bestrebungen, diesen Zustand zu beenden, und zwar durch Internetgesetze aus gewohnter Quelle (Parlament). Wie weiterführend es sein kann, ein globales System durch nationale Gesetzgebung erfassen zu wollen, mag dahingestellt bleiben. Hier soll behauptet werden: Es gibt bereits Recht im Internet, nur entstammt es nicht durchgängig der staatlichen Hand.

Für den Versuch einer Beweisführung muss zunächst zwischen zwei Funktionen des Internets unterschieden werden. Auf der einen Seite ist es ein Medium menschlicher Verständigung. Als solches dient es der Übermittlung von Informationen, ganz wie Telephon, Fax und die gute alte Post. In diesem Bereich betrifft die Diskussion um die Regelungsbedürftigkeit des Internets vor allem den Erlass oder die Änderung strafrechtlicher Normen. Die neu zu fassenden Tatbestände beziehen sich auf Verhalten, das – wie das Verbreiten illegalen pornographischen Materials oder die Verabredung von Verbrechen – auch außerhalb virtueller Welten strafbar ist. Hier muss der Gesetzgeber auf das Vorhandensein neuer Technologien zur Begehung altbekannter Delikte reagieren. Mangels Neuartigkeit des Vorgangs soll er in dieser Untersuchung vernachlässigt werden.

Auf der anderen Seite ist das Internet mehr als ein zusätzliches Kommunikationsmittel. Es ist ein neuer Lebensraum. So wie es Straßenverkehr und Wirtschaftsverkehr gibt, existiert nun auch der Internetverkehr, dessen Besonderheit darin besteht, dass er das gesellschaftliche Leben weitgehend durchdringt, indem er politische, kulturelle und wissenschaftliche Diskurssysteme in sich aufnimmt.

Die Regelungsbedürftigkeit des menschlichen Miteinanders ergibt sich aus seiner Konfliktträchtigkeit. Nach unserem Rechtsverständnis soll zur Aufrechterhaltung des gesellschaftlichen Friedens jedem Zusammenstoß von Interessen eine Norm vorausgehen, deren Geltung und Auslegung den Streitparteien entzogen ist. Der soziale Umgang im Internet hat sich jedoch weitgehend ohne derartige staatliche Verhaltensgebote und -verbote entwickelt. Noch gibt es im *Chatroom* keinen strafbaren Hausfriedensbruch; stattdessen gilt die *Netiquette*. Man kann diese Form milder Anarchie mit einer Gesellschaft im vorrechtlichen Zustand vergleichen und danach fragen, ob Ansätze zur selbstregulativen Rechtsentwicklung zu verzeichnen sind.

Der Kontakt von Personen auf virtuellem Weg ist in ungewohntem Maße pragmatisch und frei von Nebenwirkungen. Ein Teilnehmer am Internetdiskurs betritt den Kommunikationsraum nicht mit seiner natürlichen, widersprüchlichen und widerständigen Identität, sondern als Träger eines spezifizierten Interesses, das ihn relativ frei von Reibungspunkten zu bestehenden oder gerade entstehenden Interessenbündelungen leitet. In diesen geht es ausschließlich um eine entsprechende Bedürfnisbefriedigung. Abweichende Interessen bergen im körperlosen Raum nicht die Gefahr gewaltträchtiger Auseinandersetzungen, sondern führen zum Abbruch des Kontakts oder zu einer Aufspaltung und Neugründung der betreffenden Bündelung.

Darüber hinaus ist die Bereitstellung und Vermittlung von beliebig reproduzierbaren Informationen nicht dem Umgang mit gegenständlichen und deshalb verbrauchbaren Gütern vergleichbar. Grundsätzlich ist die Teilnahme am großen Informationshandel eine *winwin*-Situation: Die Verfolgung jedes Partikularinteresses führt zu einer Steigerung des gemeinsamen Nutzens. Hinzu kommt, dass im hierarchielosen Gefüge wenig Ansatzpunkte für Rangkämpfe gegeben sind. Und schließlich reduziert körperloser Umgang den

Einfluss emotionaler Reaktionen – ohne physisches Bedrohungspotential entsteht weniger Angst. Solange unter diesen Voraussetzungen die störungsfreie Herstellung eines Interessengleichgewichts möglich scheint, ist der Bedarf an übergeordneten Regeln gering, der Spielraum für Selbstregulierung hingegen groß.

Und sie findet statt. Die Entstehung der *open-source*-Gemeinde, die für die freie Nutzung, Verbreitung und Weiterentwicklung von Softwareprodukten eintritt, ein eigenes Institutionengefüge mit eigenen Lizenzen bereithält und den traditionellen Softwareherstellern empfindliche Konkurrenz macht, ist ohne den Datenbazar Internet nicht vorstellbar und bietet ein eindrucksvolles Beispiel nichtstaatlicher Regelungsmacht. Auch das selbstreinigende und rasant anwachsende Internetlexikon Wikipedia setzt zur Aufrechterhaltung des Seerechts im Informationenmeer auf ungeschriebene Verhaltenskodizes. Längst gibt es einen Internet-Knigge, der nicht nur *Emoticons* interpretierbar macht, sondern sich auch um elektronische Privatsphäre, geistiges Eigentum und qualitative Inhaltskontrolle kümmert. Auch das Anheuern erfolgreicher Hacker als künftige Sicherheitstechnologen kann zum selbstregulativen Umgang mit netzgesellschaftlichen Problemen gezählt werden.

Die Beispielliste ist nicht abschließend. Sie soll dennoch zeigen, dass das Internet etwas mit der völkerrechtlichen Sphäre gemeinsam hat: Beide kennen das *soft law* – ein Recht mit herabgemilderter Verbindlichkeit. Erstaunlicherweise belegen Implementierungsstatistiken, dass die Bindungskraft der aus »weichen« Vereinbarungen und einer gemeinsamen Übung hervorgegangenen Normen nicht wesentlich geringer ist als jene von rechtswirksam geschlossenen Verträgen. Obwohl es im überstaatlichen Rechtsverkehr ähnlich wie im global funktionierenden Internet nur eingeschränkte Sanktions- und Durchsetzungsmöglichkeiten gibt, existiert eine Bereitschaft der Akteure, die aus ihrer Mitte entstandenen Verhaltensregeln zu befolgen. Der Vorteil selbstregulativer Prozesse liegt auf der Hand: Sie passen den menschlichen Beziehungen, aus denen sie hervorgegangen sind, wie ein Handschuh der Hand. Sie sind ein Spiegel des Lebens und somit in identischer Weise – dynamisch.

Wir haben genug gesehen und überlegen, noch heute ins Tal der Erkenntnis aufzubrechen. Vorher eine kleine Bestandsaufnahme gesammelter Eindrücke.

Erstens: Das Statische am Recht ist seine Staatlichkeit. Zweitens: In unserer aktuellen Lebenswirklichkeit kommt nebenstaatlichem Recht eine große Bedeutung zu. Auf EU-Ebene entspringt es dem Wirken einer nichtstaatlichen Organisation in einem Verfahren mit verminderten Demokratiestandards. Im Internet wird es durch selbstregulative Prozesse geschaffen. Drittens: Dem nebenstaatlichen Recht wohnt die höchstmögliche Dynamik inne. Viertens: Anscheinend brauchen wir das. Fünftens: Weil es sich in beiden Fällen um im Entstehen begriffene Rechtsräume handelt, ist zu vermuten, dass die Entwicklung letztlich dem Fluchtpunkt einer »Verstaatlichung« der Normensysteme entgegenstrebt. Aber sicher ist das nicht. Sechstens: Alles hat Vor- und Nachteile.

Letzteres wussten wir schon.

Die Firma *Justitia und Partner* wird an ihrer *corporate identity* trotzdem nichts ändern. Aber vielleicht könnte sie ein paar Außendienstmitarbeiter beschäftigen. Freischaffende oder so.

1999

Der Eierkuchen

Gipfel und Gegner

Schon am Eröffnungstag des EU-Gipfels in Nizza stehen den europäischen Staatsmännern Tränen in den Augen. Verstohlen wischt man sie ab, betupft Augenwinkel mit Taschentüchern, geht gefasst zur Tagesordnung über. Vorschusstrauer, weil niemand an den Verhandlungserfolg glaubt? Oder wird auf die Tränendrüse gedrückt, in der Befürchtung, das Gewünschte nicht zu bekommen?

Durchaus vorstellbar. Aber in Nizza wird im Jahr 2000 aus anderem Grund geweint: Tränengas kriecht durch die Korridore des Konferenzzentrums.

Falls es nicht ohnehin schon ein altes chinesisches Sprichwort ist, kann es seit dem letzten Treffen des Europäischen Rats jedenfalls als wirkungsvolle Diagnosemethode gelten: Erkenne dich selbst in deinen Gegnern.

Auf der Straße bringt man mit jener Leidenschaft für europäische Fragen, die sich auch Regierungschefs gern auf die Fahne schreiben, Autos zum Kippen und Fensterglas zum Splittern. Drinnen kippt man Kompromissvorschläge, und zersplittert sind vor allem die Meinungen. Vor der Tür ist man »dagegen« und hinter ihr

»dafür«. Und obwohl eigentlich klar sein sollte, worum es auf beiden Seiten geht, was man voranzutreiben oder zu verhindern sucht – nämlich die »europäische Integration« –, erzeugt näheres Hinsehen eine gewisse Irritation.

Drinnen haben fünfzehn Staatenvertreter fünfundzwanzig Auffassungen und finden den Strang nicht, an dem sich gemeinsam ziehen lässt. Und was da draußen einträchtig an Polizeiautos rüttelt, entpuppt sich bei näherem Hinsehen als eine wirre Mischung aus spanischen Kommunisten, italienischen Anarchisten, dazu Separatisten aus dem Baskenland. Die französischen Bauern sind sowieso immer dabei, ebenso die deutschen Atomkraftgegner. Dann gibt es noch die Fraktion der universell demonstrationstauglichen Globalisierungsgegner, die inzwischen erstaunlich professionell global organisiert sind.

Die EU, das wäre die Diagnose, ist dermaßen widersprüchlich, dass sie es noch nicht mal zu einer homogenen Gruppe gewaltbereiter Gegendemonstranten bringt.

F. und Vogelperspektive

Das sei ja sehr scharfsinnig, bemerkt mein neben mir auf die Fernsehcouch gelagerter Freund F., aber nicht sonderlich überraschend. Widersprüche in Europa – ja was denn sonst?

»Schon seit der Antike«, fährt er fort, »zeichnet sich der europäische Kontinent durch die dialektische Entwicklung seiner Kultur in zwei gegensätzlichen, einander beeinflussenden und bedingenden Strömungen aus: Zum einen beobachtet man die Herausbildung einer hohen Anzahl unterschiedlicher Gesellschaften mit eigenen sozialen und politischen Strukturen auf relativ begrenztem Raum. Zum anderen bestand immer schon eine Tendenz zur Erschaffung gemeinsamer Ideen und Werte in einem suprakulturellen System. Auch das heutige Europa schöpft seine Gestalt aus jener Wechselwirkung zwischen Vielfalt und Einheit, und der Integrationsprozess innerhalb der Europäischen Union ist nichts anderes als die aktuellste Ausformung dieses Phänomens.«

»Du meinst«, frage ich, »indem man nach Vereinigung strebt, gleichzeitig aber eine zu weitgehende Vereinheitlichung der Besonderheiten der Mitglieder vermeiden will?«

»Genau«, sagt F. »Widersprüche sind vorprogrammiert, ja sogar erwünscht.«

F. ist Historiker und denkt als solcher in der Vogelperspektive. Das ergibt eine beruhigend organische Vorstellung vom Gewordensein der Dinge.

»Im Fall der EU«, wende ich ein, »finden sich Gegensätze auf ganz unterschiedlichen Ebenen. Es gibt sie horizontal zwischen den Mitgliedstaaten. Es gibt, vertikal, den von dir beschriebenen Widerspruch zwischen Vergemeinschaftung und dem Verteidigen nationaler

Eigenständigkeit. Das Konzept der Europäischen Gemeinschaften ist von Anfang an in sich widersprüchlich.«

Vor allem Letzteres findet F. interessant, aber mit der Antike hat es nichts mehr zu tun, weshalb er es sich schlecht vorstellen kann, und ich soll doch mal konkret werden, aus gegebenem Anlass am besten mit Bezug auf die aktuellen Probleme der Osterweiterung.

Weit und tief

»Das Vereinigte Königreich unterstützt die Erweiterung in der Hoffnung, dadurch das Integrationstempo zu verlangsamen und die Europäischen Gemeinschaften in eine lockere Freihandelszone zu wandeln«, zitiere ich.

Dieser Satz, der durchaus im Rahmen einer Diskussion über die Osterweiterung gefallen sein könnte, stammt aus dem Jahr 1977 und von der britischen Regierung selbst. Er betrifft die Süderweiterungen, also den Beitritt Griechenlands, Portugals und Spaniens, und zeigt, wie sehr die Vorstellungen schon immer darüber auseinander gingen, was die Europäischen Gemeinschaften sind oder sein sollten. Im Tiefenrausch denkt man bis zu den Vereinigten Staaten von Europa; wer das Weite sucht, träumt eher von einem flächendeckenden Wirtschaftsraum bei größtmöglicher Eigenständigkeit der teilnehmenden Staaten.

Betrachtet man den Atlantik, stellt man fest, dass die Attribute »tief« und »weit« sich nicht notwendig gegenseitig ausschließen. Allerdings muss sich der Atlantik, anders als die EU, auch keine Sorgen um seine Homogenität machen.

Nur wenn sich die Rechts- und Verwaltungssysteme, die sozialen und kulturellen Voraussetzungen in den einzelnen Staaten so weit wie möglich gleichen, kann die Effektivität einer Regel, die für das gesamte Gemeinschaftsgebiet erlassen wird, möglichst groß sein. Und weil jeder neue Teilnehmer an einer solchen Ordnung eine Fülle von historischen, politischen und gesellschaftlichen Eigenheiten mit sich bringt, gilt der Merksatz: Je mehr neue Mitglieder, desto größer die Heterogenität, desto weniger Integration. Deshalb bereitet es der Europäischen Union Schwierigkeiten, wie der Atlantik zu sein, nämlich weit und tief zugleich.

»Oder wie das«, sagt F., »was hinter dem Atlantik kommt: die USA.«

»*That's beyond question*«, sage ich.

»Wenn ich richtig zähle«, sagt F., »waren das Beispiele für zwei deiner Konfliktebenen. Auf zwischenstaatlicher Ebene hält es das agoraphobische Frankreich gern *très intim* mit den deutschen Nachbarn und ist damit potentieller Erweiterungsgegner, während England, latent klaustrophob und mit Sicherheit nicht schwindelfrei, *enlargement* geradezu als Erleichterung empfindet.«

Freund F., fällt mir ein, hatte im Nebenfach Psychologie.

»Vertikal«, sagt er, »sehen wir am Gang der Verhandlungen mit den Kandidaten, wie die Gemeinschaftsebene durch die Verpflichtung neuer Mitglieder zur Übernahme des gesamten *acquis communautaire* den künftigen Beitritt ohne jeden Verlust von Homogenität zu überstehen versucht, während die Bewerber, nicht zuletzt durch die demokratische Bindung an Vorstellungen und Wünsche ihrer Bevölkerungen, schon im Vorfeld um den Erhalt nationaler Eigenheiten kämpfen.«

»*Formidable*«, lobe ich, »*sanae mentis est.*«

»Wer?«

»Na, du.«

»Ach er«, grinst F. »Und was ist jetzt mit deinem Drittens von vorhin?«

»Drittens«, sage ich und ziehe schwungvoll ein imaginäres Kaninchen aus dem nichtvorhandenen Zylinder. »Drittens besteht darin, dass schon die Gründungsverträge der Europäischen Gemeinschaften diese Quadratur des Kreises verlangen: gleichzeitig weit und tief zu sein.«

F. applaudiert nicht. F. wartet.

Wirtschaft und Werte

»Exkurs«, trompete ich.

Die Integration im Rahmen der Europäischen Gemeinschaften basiert ihrer Entstehungsgeschichte nach und bis heute auf einem einzelnen Sektor des gesellschaftlichen Spektrums: dem ökonomischen. Die EU in ihrem derzeitigen Zuschnitt ist aus Wirtschaftsabkommen zwischen einer kleinen Anzahl von Staaten hervorgegangen. In Paris und Rom beschlossen Frankreich, Deutschland, die Beneluxstaaten und Italien, durch die Gründung der drei Gemeinschaften eine Liberalisierung des Handels in Europa zum gegenseitigen Nutzen aller Beteiligten zu erreichen. Entsprechend lesen sich die in Art. 2 des Vertrags zur Gründung der Europäischen Gemeinschaften (EGV) verankerten Gemeinschaftsaufgaben im Wesentlichen als Wirtschaftsprogramm: Errichtung eines Binnenmarkts durch Beseitigung sämtlicher Hindernisse für den Waren-, Dienstleistungs-, Personen- und Kapitalverkehr; Gründung einer Wirtschafts- und Währungsunion; Etablierung gemeinsamer Handels- und Wirtschaftspolitiken. Dennoch erschöpft sich die Bestimmung der Gemeinschaften nicht in ihrer ökonomischen Komponente.

Vereinfachend gesprochen strebt der kapitalistisch organisierte Markt immer nach größtmöglicher Freiheit. Werte, die aus anderen Lebensbereichen stammen, müssen ihm als widerstreitende Interessen entgegengesetzt werden – der Schutz von Umwelt und Verbrauchern, von sozial schwachen Mitbürgern oder von benachteiligten Ökonomien entwicklungsbedürftiger Länder. Schutzziele dieser Art haben ebenfalls Eingang in den Aufgabenkatalog der Gemeinschaft gefunden, da sie dem Wertbewusstsein der europäischen Gesellschaften gleichermaßen immanent sind.

Inhaltliche Antagonismen werden dabei nicht immer als solche gekennzeichnet. Art. 2 EGV verlangt die Herstellung von hoher Wettbewerbsfähigkeit genauso wie eine Stärkung der Solidarität, ohne das Gegeneinanderwirken dieser beiden Konzepte zu untersuchen. An anderen Stellen ist die Auflösung des Widerspruchs zwischen Wirtschaft und Wert im Sinne eines Regel-Ausnahme-Verhältnisses vorgesehen. Art. 30 EGV zum Beispiel erlaubt Beschränkungen des Warenverkehrs ausnahmsweise zugunsten der öffentlichen Sicherheit und Ordnung, zum Schutz von Gesundheit und Leben oder zum Erhalt bedeutender Kulturgüter.

»Hier liegt das Paradoxon also darin«, wirft F. ein, »dass die EG einerseits und in erster Linie als Wirtschaftsgemeinschaft gegründet wurde. Trotzdem sind in den Gründungsverträgen auch ideelle Ziele verankert – gleichberechtigt, aber auf einem erheblich niedrigeren Institutionalisierungsniveau. Damit bewegt sich die Gemeinschaft in Bezug auf ihre wirtschaftlichen Funktionen hauptsächlich auf supranationaler Ebene, während das Bewahren nichtökonomischer Ziele eher der mitgliedschaftlichen Sphäre zukommt.«

»So in etwa«, sage ich, »aber du bringst meine vertikalen und horizontalen Konfliktschichten durcheinander.«

»Das Genie beherrscht das Chaos«, meint F.

»Der Clou ist jedenfalls«, sage ich, »dass die Verfolgung wirtschaftlicher Ziele ganz von selbst manchen ideellen Werten zugute kommt – und *vice versa*. Ohne dass dieses Verhältnis im Rahmen einer normativen Ordnung erzeugt werden müsste.«

»Diese Behauptung verlangt ein bisschen Empirie«, sagt F.

Mir fällt ein, dass er im zweiten Nebenfach Soziologie belegt hatte.

»Exkurs Ende«, verkünde ich, »wir kommen planmäßig wieder zur Osterweiterung. Und damit zur Quadratur des Kreises.«

Wunsch und Wirklichkeit

Ausgerechnet die erste Erwägung der Präambel des EGV liest sich auf den ersten Blick fast wie eine *contradictio in re*. Sie lässt sich als eine Grundaussage zur Erweiterungsfähigkeit und Erweiterungsbedürftigkeit der Gemeinschaften verstehen und betrifft damit das Verhältnis von »weit« und »tief«. Die Europäische Gemeinschaft wird gegründet »in dem festen Willen«, so heißt es, »die Grundlagen für einen immer engeren Zusammenschluss der europäischen Völker zu schaffen«. – »Europäische Völker« bezeichnet dabei nicht nur die Bevölkerungen der Gründungsmitglieder. Vielmehr werden hier sämtliche Völker Europas als mögliche künftige Mitglieder gedacht. Im selben Satz bezieht sich der »immer engere Zusammenschluss« auf das Potential der Gemeinschaft, das Integrationsniveau immer weiter zu vertiefen. Was ich oben die Quadratur des Kreises genannt habe, betrachtet der EG-Vertrag ganz selbstverständlich als eine parallel zu verfolgende Entwicklung: gleichzeitig immer weiter und immer tiefer zu werden.

»Präambeln«, sagt F., »sind wie Wunschzettel vor Weihnachten. Man kann froh sein, wenn man ein Zehntel des Gewünschten bekommt.«

»Und eben in der Vorweihnachtszeit«, sage ich, »bemühen sich die holden Heerscharen in Nizza mal wieder, gleich zwei Wünsche auf einmal zu erfüllen.«

»Natürlich sind sie, wie die Presse schon seit Wochen weiß, zum Scheitern verurteilt«, sagt F.

»Scheitern ist freilich ein relativer Begriff«, wende ich ein und komme erneut ins Plaudern.

Meine Mutter, damals Studentin der Romanistik, flog Anfang der sechziger Jahre in der französischen Provinz hier und da aus einer Kneipe, weil man ihren Akzent als deutsch identifiziert hatte. Heute sind die Deutschen in Frankreich, genau wie umgekehrt, jederzeit willkommen – zum Studieren, zum Leben und Arbeiten. Ich selbst lernte noch im Gymnasium, dass man sich im Fall eines atomaren Erstschlags eine Aktentasche über den Kopf halten soll. Wenige Jahre später verbringe ich Studienaufenthalte in Osteuropa, genieße Förderung aus Töpfen der EU und erfahre, dass die Deutschen in Polen in den Charts der Sympathien immerhin an dritter Stelle hinter den Amerikanern und den Franzosen rangieren.

Lauscht man den derzeitigen Diskussionen zur Osterweiterung, mag zwar der Eindruck entstehen, es handele sich bei der europäischen Versöhnung nach Ende des Kalten Kriegs eher um eine lästige Pflichtübung…

»Die EU«, sagt F., »ziert sich eben bisweilen wie eine Frau, die bei Beziehungskrisen erst einmal vorbringt, Probleme mit sich selbst zu haben.«

»… Aber man sollte nicht vergessen«, sage ich, »dass auch Westeuropas Rückkehr nach Europa wesentlich länger gedauert hat als ein Jahrzehnt. Um der gegenwärtigen Entwicklung gerecht zu werden, sollte über die Schranken des selektiv-beschönigenden Erinnerungsvermögens hinweg gelegentlich ein Blick auf die Widerstände geworfen werden, die von Anfang an im Verlauf des europäischen Integrationsprozesses überwunden werden mussten. Was nicht heißen soll, dass irgendeine Lorbeere Platz zum Ausruhen böte.«

Jetzt applaudiert F. endlich mal.

»Hurra«, sagt er, »ein Plädoyer für die gnädige Perspektive. Und jetzt weiter mit der Pseudofeldforschung.«

Die Empirie zeigt, dass demokratische Staaten häufig über einigermaßen gesunde Wirtschaftssysteme verfügen. Andersherum betrachtet weisen Staaten, deren Bürger in relativ gesicherten wirtschaftlichen Verhältnissen leben, stabile demokratische Strukturen auf. Aggressiv-kriegerisches Verhalten zwischen funktionierenden Demokratien gilt als unwahrscheinlich. Das Fehlen von Existenzangst harmonisiert und befriedet Gesellschaften und lässt damit Raum für die Konzentration auf andere, ideelle Ziele.

Entsprechend findet sich in der achten Erwägung der Präambel des EGV der »Wunsch, durch den Zusammenschluss [der] Wirtschaftskräfte Frieden und Freiheit zu wahren und zu festigen«. Die ökonomische Zusammenarbeit soll als Instrument eingesetzt werden, als Mittel zum Zweck einer höherrangigen Idee, nämlich der Verfolgung einer pazifistischen, freiheitlichen Idealvorstellung.

»Als Psychologe und Soziologe kann ich bestätigen«, sagt F., »dass eine Hand, die füttert, im Normalfall nicht abgebissen wird.«

»Folglich müssen ethische Überlegungen nicht unmittelbarer Bestandteil einer ökonomischen Kalkulation sein, um von dieser zu profitieren. Umgekehrt wird die Wirtschaft trotz ihrer utilitären Veranlagung den Zielen der achten Erwägung dienen, wenn sie erkennt, dass nur ein freier Konsument ein guter Konsument ist und dass in Kriegszeiten die Produktion und Verteilung von Gütern ausgesprochen schwierig ist. Außer in einzelnen, ganz speziellen Sektoren.«

»Im Aktentaschen-Sektor«, sagt F.

»Zum Beispiel«, sage ich. »Im demokratischen System gibt es also ein komplexes Verhältnis gegenseitiger Begünstigung zwischen politisch-moralischen Wertvorstellungen und wirtschaftlichem Interesse, und wo es zugunsten der einen oder anderen Seite versagt, lässt es sich durch relativ milde Regulierungen wieder ins Gleichgewicht bringen.«

»Was zunächst wie ein Widerspruch zwischen Werten und Wirtschaft aussieht«, sagt F., »entpuppt sich als eine Symbiose von Friede, Freude und Eierkuchen.«

»Und deshalb stehen gerade stabilisierungsbedürftige europäische Systeme trotz vieler mit der Integration verbundener Probleme und zu Lasten der erstrebten Homogenität weiter auf der Kandidatenliste: weil man sich von ihrer Aufnahme eine Sicherung der friedlichen wirtschaftlichen und freiheitlich-demokratischen Verhältnisse erhofft.«

»Komisch nur«, sagt F., »dass man ausgerechnet von einer angeblich unzureichend demokratisch ausgestalteten Körperschaft wie der EU erwartet, sie werde im Rahmen einer rechtlichen, wirtschaftlichen und politischen Homogenisierung der neu aufgenommenen Systeme deren demokratische Funktionsfähigkeit stärken.«

»Na gut«, sage ich, »aber das ist dann wirklich der letzte Widerspruch für heute.«

Mehr und weniger

Zunächst einmal: Die Demokratie ist eine Staatsform und die Europäische Union noch lange kein Staat. Diese einfache Feststellung mag geeignet sein, übersteigerte Erwartungen in Bezug auf die Beschaffenheit der Unionsorgane und Unionsverfahren für den Moment zu dämpfen. Natürlich kann ein demokratisches Procedere auch zur Entscheidungsfindung innerhalb von Körperschaften angewendet werden, die keine Staatsqualität besitzen, sei es im gern zitierten Kaninchenzüchterverein – oder in einer internationalen Organisation.

»Kann«, sagt F. »Muss es auch?«

Die Gemeinschaft wurde vor allem durch Übertragung von Gesetzgebungszuständigkeiten, aber auch von Rechtsprechungs- und – in geringerem Umfang – Verwaltungskompetenzen zur Trägerin autonomer Hoheitsgewalt, welche die Behörden, Organe und Bürger der Mitgliedstaaten unterwirft und im Konfliktfall die mitgliedstaatliche Hoheitsgewalt verdrängt. Dabei liegen die Entscheidungszuständigkeiten in erster Linie beim Rat der Europäischen Union, der die Vertreter der Mitgliedstaaten auf ministerieller Ebene in sich vereint und somit keiner direkten Anbindung an die nationalen Parlamente unterliegt. Dieser Mangel an demokratischer Legitimation wird von den anwachsenden Mitwirkungsbefugnissen des Europäischen Parlaments nach wie vor unzureichend ausgeglichen.

Die im Rahmen der Gemeinschaft stattfindenden Angleichungsprozesse der Rechtsordnungen stehen zwar nicht unmittelbar im Verdacht, die demokratische Qualität der nationalen Systeme Stück für Stück wegzuharmonisieren. Die auf europäischer Ebene erlassenen Normen bleiben größtenteils den Mitgliedern zur selbständigen Umsetzung innerhalb ihrer demokratisch organisierten Gesetzgebungs- und Verwaltungsverfahren überlassen. Dennoch sollten mit fortschreitendem Übergang von Legislativkompetenzen diese auch demokratisch ausgeübt werden, wenn man vermeiden will, dass die zunehmende Tendenz zur europäischen Staatlichkeit langsam aber sicher die demokratisch ausgeübte Souveränität der Mitglieder auf undemokratischem Weg überholt.

»Mehr Demokratie«, sagt F., »wäre also nett.«

»Das«, sage ich, »kommt überraschenderweise darauf an.«

Die Forderungen, die im Bereich der Verfahrensfragen an die Union gerichtet werden, sind häufig in sich widersprüchlich. Man will Flexibilität und schnelle Reaktionsmöglichkeiten, wenig Bürokratie und nicht so viel redselige Unentschlossenheit. Gleichzeitig wird eine stärkere demokratische Legitimation der Gemeinschaftsentscheidungen verlangt. Hierin steckt ein Wahrnehmungsproblem der öffentlichen Meinung, wie man es auch auf nationaler Ebene kennt. Nicht so viel reden, handeln!, ist eine Stammtischforderung, keine demokratische Maxime. Was häufig als bürokratische Umständlichkeit oder mangelnde Entscheidungsfreudigkeit empfunden wird, kann der regelmäßige Gang eines Rechtsetzungsverfahrens sein. Anliegen von Interessengruppen werden gegeneinander abgewogen, bis eine mehrheitsfähige Kräfteverteilung erreicht ist. Das Tempo, mit dem die europäische Integration auf dringende wirtschaftliche, politische und soziale Wandlungsbedürfnisse in Europa reagiert hat, wäre nicht zu halten gewesen, wenn ein repräsentatives parlamentarisches Legislativorgan jede einzelne Entscheidung hätte treffen müssen.

»Mehr Demokratie«, sagt F., »wäre also nur mehr oder weniger nett.«

»Vergleicht man den gesamten bürokratischen Apparat in Brüssel«, sage ich ausweichend, »mit der Verwaltung des Landesparlaments eines einzigen deutschen Bundesstaats, so verschieben sich ganz plötzlich die Maßstäbe des verwaltungstechnischen Schlankheitsideals.«

»Mit einem Mal«, sagt F., »erscheint Brüssel als die Kate Moss unter den europäischen Verwaltungen.«

»Übrigens habe ich Hunger«, sage ich, »und löse deshalb unseren letzten Widerspruch auf.«

Die Fragen, wie viel Demokratie der Gemeinschaft abverlangt werden kann und wie viel Demokratie die Gemeinschaft ihren Mitgliedern abverlangt, sind voneinander zu trennen. Die EU kann ihre Mitglieder auf die Einhaltung demokratischer Grundsätze sogar unter Androhung von Sanktionsmaßnahmen verpflichten (Art. 6 i.V.m. Art. 7 des Vertrags über die Europäische Union, EUV), und sie kann weiter ein funktionierendes demokratisches System zur zwingenden Voraussetzung der Aufnahme neuer Mitgliedstaaten machen (Art. 49 I i.V.m. Art. 6 I EUV). Ihre Befugnis hierzu ergibt sich direkt aus den Verträgen. Ein Auftrag hingegen, etwas zugunsten der eigenen Demokratisierung zu unternehmen, findet sich ganz unabhängig davon in der fünften Erwägung der Präambel des EU-Vertrags, nämlich in dem »Wunsch, die Demokratie [...] in der Arbeit der Organe weiter zu stärken«. Der erhoffte stabilisierende Effekt einer EU-Mitgliedschaft auf die politischen Systeme der Teilnehmerstaaten ergibt sich also nicht als vertikales Harmonisierungsphänomen aus einer demokratischen Verfasstheit der EU selbst, sondern aus dem beschriebenen begünstigenden Zusammenwirken von florierender Marktwirtschaft und gelingender Demokratie.

»Es schadet also nichts«, sagt F., »dass die EU, würde sie einen Beitrittsantrag an sich selber richten, diesen ablehnen müsste: freie Marktwirtschaft voll befriedigend; Demokratie mangelhaft.«

»Dieser Beitrittsantrag«, sage ich, »würde bereits an der fehlenden Staatsqualität scheitern, die nach Art. 49 EUV ebenfalls zwingende Voraussetzung ist.«

»Ich fasse zusammen«, sagt F., während er sich von der Couch erhebt. »Die EU produziert, ohne sich selbst beitreten zu müssen, eine aufgehende Mischung von Freude und Eierkuchen, wobei sie selbst nicht wesentlich dicker werden will als Kate Moss, sondern lieber weit und tief wie der Atlantik. Wunschzettel schreibt sie nicht nur in der Vorweihnachtszeit, und darüber freuen sich ihre steinewerfenden Gegner, die untereinander eigentlich nichts miteinander zu tun haben, sich aber trotzdem ganz gut verstehen, so dass nach alledem kein Anlass zum Weinen besteht, es sei denn aufgrund einer akuten Bindehautreizung.«

»Äh, ja, genau«, sage ich. »Und was kochen wir heute zum Abendessen?«

»Am besten einen Eierkuchen«, meint Freund F., »den man zugleich essen und behalten kann. Wie ich dich kenne, weißt du das Rezept.«

2002

Supranationales Glänzen

Eins

»Haben wir eigentlich noch Tabus?«
»Wieso, fährst du zum Europäischen Markt?«
»Sonst würde ich ja nicht fragen.«
»Ich schaue nach.«
Während ich, den Autoschlüssel in der Hand, vor der Haustür warte, verschwindet mein Partner für den Frieden im Schuppen. Ich höre, wie er Gerümpel beiseite räumt, Schubladen herauszieht, Schränke öffnet und schließt. Zum Zeitvertreib lese ich das Schild am Gartenzaun, obwohl ich dessen Text längst auswendig kenne: »Nachbarn gesucht: Noch Plätze frei im Europäischen Haus«. Handschriftlich hat jemand mit dickem Filzstift das Wort »vielleicht« eingefügt, und am unteren Rand steht, ebenfalls handgeschrieben, der Satz: Bitte nicht mehr anrufen.

Mein Partner für den Frieden erscheint auf der Schwelle.

»Ich finde keine«, sagt er. »Wenn du sowieso losgehst, bring doch einfach ein paar neue mit.«

Ich verstaue den Einkaufskorb im Wagen und mache mich auf den Weg. Schon von weitem sehe ich die

Neonschrift über dem Gebäude leuchten: Globus Europa. Mit ihren riesigen Hallen und weiten Betonflächen sieht die Anlage nicht europäisch aus, sondern wie eine amerikanische Mall.

In der Werteabteilung bekommt man »Alles für die Demokratie«: Freiheiten, Gleichheiten, Menschenrechte jeder Art, meist in guter Qualität. Wenn auch nicht ganz billig. Mal wieder ist die Hölle los. Es wird angebaut, die Unterabteilung für Gemeinsame Grundrechte und Europäische Verfassung kommt hinzu. Hinter einem Restposten Transzendenz entdecke ich die blauen Kittel zweier Angestellter.

»Entschuldigen Sie, ich suche Tabus!«

»Hier?« Das ist keine vielversprechende Reaktion. »Fragen Sie doch mal in der Kosmetikabteilung. Oder bei OBI.«

Sehr witzig. Am Informationsstand wiederhole ich meine Frage. Das Mädchen schiebt die Ärmel des europablauen Kittels zurück.

»Ta-, Tabakwerbeverbot«, murmelt sie. »Hier, Tabus. Bei Naturvölkern die zeitweilige oder dauernde Heiligung eines mit Mana gefüllten ... Was sind denn Naturvölker?«

»Nein, nein, in anderer Bedeutung. Lesen Sie weiter.«

»Etwas, das sich dem sprachlichen Zugriff aus Gründen einer unreflektierten Scheu entzieht – meinen Sie das vielleicht?«

Ich nicke.

»Warennummer gelöscht«, sagt das Mädchen. »Tut mir leid, ich kann Ihnen nicht weiterhelfen.«

Ich zucke die Achseln, bedanke mich und verschwinde zwischen den Regalreihen. Unser Haushalt hat auch ohne Tabus immer gut funktioniert.

Auf dem Weg zur Kasse zupft mich jemand am Ärmel. Hinter mir steht der Angestellte aus der Werteabteilung, sein Atem geht schnell. Er ist kleiner als ich, trägt einen Schnauzbart wie Nietzsche, und seine Nase zuckt bei jedem Wort.

»Hören Sie«, sagt er, »das hat mir keine Ruhe gelassen. Ich muss Ihnen etwas zeigen.«

»Haben Sie doch noch welche gefunden?«

»Sehen Sie!«

Auf einem leeren, zusammengefalteten Karton klebt das Etikett: Tabus – *made in Germany*.

»Wir müssen mal welche gehabt haben«, sagt er, »und aus irgendeinem Grund ist die Nachbestellung unterblieben.«

Ich bedanke mich und lasse ihn und seinen leeren Karton zurück. Nachdenklich streicht er seinen Schnurrbart und schaut ins Leere.

Zwei

Auf dem Rückweg beginne ich zu überlegen, ob mir überhaupt jemals ein Tabu begegnet ist. Mir fällt eine amüsante Formulierung des Preußischen Landrechts von 1794 ein, die auf Homosexualität Bezug nimmt als etwas, »das wegen seiner Abscheulichkeit hier nicht genannt werden kann«. Zweifellos: Tabu. Da schlägt sich die Norm selbst die Hände vors Gesicht und verbietet etwas, das sie nicht zu bezeichnen wagt. Gutes altes Preußen. Wenn ein Gesetz jedoch im modernen demokratischen Verfahren zustande käme, könnte es niemals wie ein Tabu funktionieren. Schon der Grundsatz der Rechtssicherheit gebietet, dass jede Norm ihren Gegenstand klar und eindeutig benennt, sonst ist sie verfassungswidrig. Außerdem wird in der parlamentarischen Debatte der Inhalt von Gesetzgebung zur öffentlichen Diskussion freigegeben – jede Regel verlöre spätestens hier ihren Tabucharakter, bevor sie in Gesetzesform gegossen werden kann. Und schließlich wäre da auch noch die vierte Gewalt, die den lieben langen Tag nichts anderes tut, als den ultimativen sprachlichen Zugriff zu leisten.

Während ich den Wagen parke, stelle ich eine These auf: Die Demokratie als Staatsform und das Bestehen von Tabus schließen sich gegenseitig aus. Und weil die Europäische Gemeinschaft nur vollständig demokratisierte Staaten in sich vereint, gibt es auf dem Europäischen Markt keine Tabus mehr, auch nicht *made in Germany*. Deshalb waren die Kartons leer. Fertig, aus.

Der Motor steht still, ich bleibe noch einen Moment sitzen. Irgendetwas sagt mir, dass dieses Ergebnis blanker Unsinn ist.

Drei

Ich drücke dreimal kurz auf die Hupe, das verabredete Zeichen für »rauskommen – reintragen«. Gleich darauf steht mein Partner für den Frieden vor mir.
»Na, alles gekriegt?«
»So ziemlich«, murmele ich.
Er stutzt und hält mich auf Armlänge von sich weg:
»Du hast wieder dieses supranationale Glänzen in den Augen!«
Supranationales Glänzen bescheinigt er mir immer, wenn ich seiner Meinung nach von einer europäischen Frage infiziert wurde. Beim Ausräumen des Kofferraums wage ich einen Vorstoß.
»Hör mal«, sage ich. »Wenn du spontan benennen müsstest, worüber in Deutschland gegenwärtig weder gesprochen noch nachgedacht wird, was käme dir zuerst in den Sinn?«
»Langsam«, sagt er. »Wenn darüber nicht nachgedacht wird, wie soll es mir als Deutschem überhaupt in den Sinn kommen können?«
Manchmal hasse ich Naturwissenschaftler. Ich versuche es anders.
»So als Mediziner«, frage ich, »wie würdest du den Begriff des Tabus definieren?«
»Ach, darum geht es!«, ruft er. »Hast wohl keine gekriegt?«
»Nein«, knurre ich. »Freundlichst, beantwortest du bitte meine Frage?«

»Sigmund Freud nimmt an, dass in bestimmten Fällen ein Begehren ins Unterbewusstsein verdrängt wird, um Konfliktspannungen zu mindern. Das Verbot wird der Psyche introjiziert, es entwickelt sich zu einem festen Bestandteil der Persönlichkeit. Und erreicht damit Tabu-Status.«

»Das klingt nach Privatangelegenheit. Wieso hat der Europäische Markt so einen Kram dann überhaupt geführt?«

»Weil ein Tabu nicht nur intrapsychisch wirkt, sondern auch interpsychisch.«

»Du meinst: gesellschaftlich?«

»In etwa. Ein Tabu vermeidet Konflikte und erhöht die Handlungsfähigkeit. Im Zusammenleben mit anderen erleichtert es die Verständigung und stellt harmonische Gleichstimmung her, ohne dass lange geredet werden müsste.«

»Aber nicht bei uns«, sage ich. »Wir sind tolerant und transparent und quatschen alles breit.«

»Frag dich doch mal, welche Kraft in unserer Gesellschaft überhaupt noch genug Autorität besitzt, um eine kollektive Verdrängung zu erzeugen. Die Kirche bestimmt nicht. Die Intellektuellen auch nicht. Und die Regierung Schröder als Allerletztes.«

»Die moralische Kraft des Gemeinwesens?«, schlage ich vor.

»Es gibt keine freischwebende Moral«, behauptet mein Partner für den Frieden.

»Aber vielleicht freischwebende Resttabus«, beharre

ich. »Wie wär's mit Kindesmissbrauch? Oder Gentechnik. Atomkraft. Nationalsozialismus. Sadomasochismus. Zwangsarbeiterentschädigung. Internet.«
»Sind doch alles Talkshow-Themen.«
»Du willst sagen, die Demokratie sei ein tabufeindlicher Zustand?«
Er zuckt die Schultern:
»Wäre doch okay.«

Vier

Zwei Wochen später bin ich wieder im Europäischen Markt. In der Werteabteilung geht es zu wie auf dem Rummelplatz. Eine Menschenmenge drängt sich um einen Stand, an dem ein neues Produkt präsentiert wird: Anti-Terror-Kampf. Mein Verkäufer mit dem Nietzsche-Schnauzbart ist nirgendwo zu sehen.

Ich bin schon wieder auf dem Parkplatz, als mir jemand auf die Schulter tippt. Ich erkenne ihn erst auf den zweiten Blick. Sein Schnauzer geht in einen wachsenden Backenbart über, er trägt eine Brille und ist gekleidet wie ein Landstreicher.

»Achten Sie nicht auf meine Erscheinung«, sagt er. »Das ist Tarnung.«

»Was machen Sie hier draußen?«, frage ich.

»Es mag seltsam klingen«, sagt er, »aber ich warte auf Sie.«

Er zieht mich um das Gebäude herum und zwingt

mich, auf einem umgefallenen Einkaufswagen Platz zu nehmen.

»Hier sind wir ungestört.«

Wegen der leeren Kartons hat er beim Geschäftsführer der Filiale nachgefragt und eine barsche Abfuhr erhalten. Als er wissen wollte, ob es etwas zu verheimlichen gebe, folgte die Abmahnung. Am nächsten Tag wurde er dabei erwischt, wie er das Lager durchsuchte. Fristlose Kündigung.

»Das ist ein Skandal«, sage ich.

»Merken Sie nichts?«, fragt er aufgeregt. »So behandelt man den Tabubrecher, der einer heiligen Kuh zu nahe gekommen ist.«

Seine Nase zuckt nicht nur, sie zittert regelrecht. Es hat etwas Manisches, wie er sich vorbeugt, um meinen Arm zu fassen:

»Ich habe Nachforschungen angestellt. Tabus sind keine Artikel aus der üblichen Werteproduktion. Es gibt einen paradoxen Zusammenhang: Immer, wenn ein Tabu in unser Angebot aufgenommen wurde, war das Haltbarkeitsdatum bereits abgelaufen.«

Darin erkenne ich meinen eigenen Gedankengang wieder.

»Ist doch logisch«, sage ich überheblich. »Ein Tabu enthält ein Berührungsverbot. Wenn man es kaufen kann, ist es schon im Zerfall begriffen.«

Ich hebe die Hand zum Abschied, er packt sie und zieht mich zurück auf den Einkaufswagen.

»Sie verstehen mich«, sagt er. »Aber was bedeutet es

nun, wenn auf dem Markt überhaupt keine Tabus *made in Germany* mehr erhältlich sind? Wenn niemand etwas davon weiß oder wissen will?«

Ich merke, wie ich wider Willen Feuer fange.

»Also was?«, dränge ich.

»Die Beantwortung der Frage setzt eine Gegenwartsdiagnose voraus. Ein schwieriges Unterfangen, da sich beim Nachdenken über die eigene Zeit die sozialen und politischen Gegebenheiten, die eigentlich Objekt der Betrachtung sein sollen, im betrachtenden Subjekt reproduzieren. Tabus erkennen wir am besten im historischen Rückblick. Denken Sie nur daran, wie man bis zur Neuzeit an das geozentrische Weltbild glaubte: Die Vorstellung einer runden, beweglichen Erde war nicht nur verboten, sie schien auch vollkommen unsinnig. Aus heutiger Sicht ein absurder Irrtum. Zur jeweiligen Zeit jedoch können Tabus im Gewand selbstverständlicher Wahrheiten auftreten.«

»Und dann bewegt sie sich doch.«

»Wer?«

»Na, die Erde«, sage ich. »Und die Weltanschauung. Wie sollen wir also etwas finden, wenn Gegenwartsblindheit uns die Augen verschließt?«

»Mit Hilfe eines Tricks«, triumphiert der Verkäufer. »Wir simulieren den Rückblick und betrachten die Gegenwart aus einer fiktiven Zukunft als Vergangenheit. Stellen Sie sich vor, Sie seien eine Historikerin im Jahr 2125, die sich vorstellt, eine Völkerrechtlerin im Jahr 2002 zu sein. Wir geraten ins Plaudern.«

Mein Partner für den Frieden würde nicht nur von supranationalem Augenglänzen, sondern von supranationaler Geistesverwirrung sprechen.

»Westeuropa im Jahr 2002«, fängt der Verkäufer an. »Mehr als dreihundert Jahre nach Beginn der Aufklärung. Die Macht der Religion war längst gebrochen, man glaubte, auch sämtliche Ideologien abgeschafft zu haben. In allen Bereichen regierte Rationalität. Die Menschen lebten in hochdemokratisierten Gesellschaften, unternahmen Gehversuche in der globalen Kommunikation, beschäftigten sich mit der Entschlüsselung des menschlichen Genoms. Eine durch und durch tabulose Gesellschaft.«

»Alles durfte gedacht werden, denn es herrschte Meinungsfreiheit.«

»Glaubensfreiheit.«

»Redefreiheit.«

»Ein Zeitalter«, sagt er, »in dem nicht mehr von Freiheit, sondern von Freiheiten gesprochen wurde...«

»... und die Devise der Medien lautete: Geben Sie mir ein heißes Eisen, damit ich es anfassen kann.«

»Es gab keine Propaganda, sondern Werbung. Keine Wahrheiten, sondern Mehrheiten.«

»Man hatte Meinungen statt Werte, Grundrechte statt Glaubenssätze. Nicht: Du sollst nicht töten –«

»Sondern das Recht auf Leben. Nicht: Du sollst nicht stehlen –«

»Sondern das Recht auf Eigentum. Nicht: Du sollst nicht ehebrechen –«

»Sondern den Schutz der Familie.«

»Wusste irgendjemand einen Grund, warum diese rationalen Prinzipien, die doch dem Wohl der Menschen dienten, nicht auf der ganzen Welt gelten sollten?«

»Nein«, sage ich. »Undenkbar.«

»Un-denkbar«, wiederholt er langsam.

Wir schauen uns an.

»Wir sind dicht dran«, flüstert er, »machen Sie weiter.«

»Im Jahr 2002«, sage ich, »verbot die Vernunft sogar Gegenkonzepte zur geltenden Staatsform. Das fiel niemandem auf, obwohl in allen Epochen Utopien existiert hatten.«

»Interessant. Niemand suchte nach Alternativen, nicht einmal aus akademischem Interesse, nicht einmal aus Lust an der Provokation. Warum?«

»Die Begründung für die Alternativlosigkeit der Demokratie kam nie über die Bemerkung hinaus, dass Demokratie die schlechteste aller Staatsformen sei – abgesehen von sämtlichen anderen. Trotz nachlassenden Interesses der Bürger an der Politik wagte niemand den Gedanken, dass die Demokratie sich überlebt habe, dass die Politikverdrossenheit kein vorübergehendes Phänomen, sondern ein Zeichen dafür sei, dass der Wille aufhörte, vom Volke auszugehen. Niemand traute sich zu behaupten, die politischen Themen seien im Zeitalter von Computertechnologie, Genforschung und globaler Marktwirtschaft viel zu komplex, um auf verständlichem Niveau in allgemeiner Debatte behandelt zu werden. Das demokratische Entscheidungsverfahren sei zu träge, um mit den hochdynamischen Veränderungen in Wirtschaft, Wissenschaft und internationaler Politik Schritt zu halten.«

»Aber vielleicht gab es wirklich keine Alternativen.«

»Ha!«, rufe ich. »In wenigen Strichen skizziert: Abschaffung des Parlaments. Mitbestimmung des Bürgers durch individuelle Verteilung eines Prozentsatzes der Einkommenssteuer auf verschiedene Ressorts. Alle paar Jahre Direktwahl einer aus Expertengremien bestehenden Regierung, und zwar nicht nach dem politischen Links-Rechts-Prinzip, sondern durch Beantwortung eines sachbezogenen Fragenkatalogs. Dazu eine zweite Kammer aus Volksvertretern als Korrektiv. Schließlich Plebiszite für existentielle Fragen des Gemeininteresses.«

»Verwegen. Aber nicht undenkbar.«

»Die Europäische Union funktionierte ohnehin von Anfang an faktisch ohne echtes Parlament. Ihre Gesetze beeinflussten im Jahr 2002 den überwiegenden Teil der nationalen Legislativarbeit. Über das Demokratiedefizit wurde beständig gejammert, aber niemand unternahm etwas dagegen.«

Er schaut mir direkt ins Gesicht, seine Nase zuckt jetzt auch, wenn er nicht spricht.

»Und warum nicht?«, fragt er.

»Man könnte auf die Idee kommen, dass die Umgehung der Demokratie eine Bedingung der europäischen

Integration gewesen ist. Sie wäre nie so weit fortgeschritten, wenn jede Richtlinie eine parlamentarische Mehrheit benötigt hätte. Schauen Sie sich an, wie lange es dauerte, bis eine Gesetzesvorlage den Deutschen Bundestag passierte.«

»Und dabei wurde schon im Jahr 2002 die eigentliche Arbeit nicht im Parlament, sondern in Ausschüssen erledigt.«

»Selbstverständlich. Ein Heer von Abgeordneten konnte sich nicht mit transgenen Pflanzen, der Steuerfreistellung von Arbeitnehmertrinkgeldern und hüttenknappschaftlichen Zusatzversicherungen beschäftigen. Im Tagesgeschäft segnete das nationale Parlament die Ergebnisse von Expertengremien ab.«

»Wenn wir noch lange weiterreden, wird die Abschaffung des Parlaments zu einer bloßen kosmetischen Operation.«

»Dann fragen Sie doch mal in der Kosmetikabteilung nach«, sage ich ironisch.

Das überhört er geflissentlich.

»Aber was«, fragt er, »wäre damals, im Jahr 2002, passiert, wenn zum Beispiel ein Angestellter des Europäischen Marktes öffentlich die Abschaffung des Parlaments verlangt hätte?«

»Man hätte ihn ausgelacht. Oder als Verfassungsfeind verfolgt. Als Faschisten womöglich.«

»Jedenfalls hätte er seinen Job verloren.«

Betroffen sehen wir uns an. Ich hole tief Luft.

»Aus dem Rückblick«, sage ich, »aus Sicht des Jahres 2125 ist deutlich zu erkennen, dass sich hinter der Überzeugung, bei der parlamentarischen Demokratie handele es sich um die einzig mögliche Staatsform, ein Tabu verbarg. Über eine grundlegende Reform des geltenden Systems konnte nicht einmal nachgedacht, geschweige denn gesprochen werden.«

Lange sagt keiner von uns ein Wort.

»Ist das schlimm?«, fragt er schließlich.

»Na ja«, sage ich, »wenn Wirtschaft, europäische Integration, die sogenannte Globalisierung und das anarchische Internet tatsächlich unbemerkt an der Überwindung der Demokratie arbeiten sollten, dann könnte es nicht schaden, über Entwicklungsmöglichkeiten nachzudenken. Und sei es aus wissenschaftlichem Interesse.«

»Sie haben Recht. Ein Tabubrecher müsste dafür plädieren, den demokratischen Schein nicht der Wirklichkeit zum Trotz aufrechtzuerhalten. Nicht ständig mehr Demokratie zu fordern, sondern lieber herauszufinden, was wir wirklich wollen und brauchen.«

Der Verkäufer erhebt sich und drückt mir die Hand.

»Auf Wiedersehen.«

»Aber«, sage ich, »was machen wir denn jetzt?«

»Machen?«, fragt er über die Schulter. »Wieso machen? Es ging doch um ein Erkenntnisproblem. Danke für die Hilfe.«

Schluss

Mein Partner für den Frieden empfängt mich auf der Schwelle und nimmt mir die Einkäufe ab.

»Heute habe ich etwas Besonderes dabei«, sage ich. »Ein frisches Tabu. Auf dem Schwarzmarkt erworben.«

Er schaut mich misstrauisch an:

»Zeig mal.«

Ich packe aus:

»Man kann in unserem formaldemokratischen System schlechterdings alle Tabus brechen und besprechen, wobei sich zeigt, dass es keine echten Tabus sind. Aber die Demokratie selbst darf man nicht in Frage stellen: Sie ist tabu.«

Er schaut noch misstrauischer.

»Wie findest du das?«, frage ich.

»Absurd«, sagt er. »Bist du jetzt supranational übergeschnappt? Du solltest ein bisschen vorsichtig sein, gerade in deinem Beruf... die Demokratie in Frage stellen... völlig daneben.«

Kopfschüttelnd trägt er die Einkäufe ins Haus.

»Und sie«, flüstere ich vor mich hin, während ich ihm folge, »und sie bewegt sich doch.«

2000

SCHREIBEN

1 von der kunst und ihrer ausführung
2 von bestimmter beziehung dieser kunst,
namentlich vom aufzeichnen zum
gedächtnis, zur dauernden überlieferung
3 auch von aufzeichnungen zur benach-
richtigung, nachachtung, als vorschrift,
anerkennung, unterweisung, befehl, in
geschäftlicher oder amtlicher thätigkeit
u.s.w., in mannigfachster weise
4 von der thätigkeit als verfasser, schriftsteller,
in mehrfacher fügung

What a mess

Der junge Mensch braucht Zeit, um zu kapieren, was eine Messe ist. In jungen Jahren findet Messe in der Kirche statt, zum Beispiel an Weihnachten, wenn man geschenkesatt und mit Weihrauchkopfschmerzen auf einer kalten Holzbank döst. Etwas später wird man vom Vater auf eine Motorradmesse geschleppt. Man ist noch zu dumm für rhetorische Siege und zu schwach für den körperlichen Nahkampf, und wer wegzurennen versucht, wird in der Krabbelecke abgegeben und auf einen bunten Gummihüpfball geschnallt, bis die Lautsprecherdurchsagen den Vater aus seinem Zweirad-Delirium reißen. Zurück bleibt der Eindruck, dass eine Messe ähnlich überfüllt und genauso produktiv ist wie der verkaufsoffene Sonntag bei IKEA. Kaum bin ich alt genug, um Rhetorik mit Selbstverteidigung zu kombinieren, gehe ich jahrelang trotz meines Hundes nicht auf Hundemessen, trotz meines Autos nicht auf Motorsportmessen – und auch nicht auf Buchmessen, obwohl ich lesen und schreiben kann.

Bis zur ersten Romanveröffentlichung. Schon im August schreibe ich mich für einen Volkshochschulkurs im autogenen Training ein, kaufe eine Zehnerkarte für Sauna und Solarium, tausche Heavy-Metal-

CDs gegen Walgesänge und träume nachts von Gummihüpfbällen.

Die kurz aufflackernde Hoffnung, ich würde aus irgendwelchen Gründen die Sicherheitskontrolle nicht bestehen und dürfte wieder nach Hause gehen, bricht am Eingang in sich zusammen.

»Ich könnte jetzt in Ihre Taschen schauen«, sagt der Security-Gorilla, dann winkt er uns alle durch. Der Mensch erkennt sich vor allem in seinen Möglichkeiten.

Falls ich ein Gepäckstück sehe, von dem ich nicht weiß, wem es gehört, lese ich auf den Sicherheitsflugblättern, soll ich die Polizei verständigen. Auf den ersten Blick kommt es mir vor, als bestünde die ganze Messe nur aus mir unbekannten Gepäckstücken. Bei der Lautsprecherdurchsage »alpha, alpha« gilt es ein solches gezielt zu suchen. Bei »delta, delta« hingegen sollen wir aus dem Gebäude fliehen. Falls wir noch können. Es wurde wirklich an alles gedacht.

Ich habe keinen Orientierungssinn, nichts zu essen dabei, den Schlüssel zu meiner Unterkunft vergessen, und von Schnaps vor sechs wird mir schlecht. Ich bewerte meine Messetauglichkeit mit mangelhaft und suche mir erst mal eine Ecke, in der nicht schon jemand eifrig kritzelnd damit beschäftigt ist, noch vor Messeschluss eine Bin-Laden-Biographie fertig zu stellen. Ein Kollege kommt vorbei, um mir aus der beleidigenden F.A.Z.-Kritik von gestern vorzulesen und zu gucken, wie ich reagiere. Ich gebe ein Interview, signiere ein paar Bücher und lasse mir eine halbe Stunde von einem japanischen Verlagsmitarbeiter erklären, warum er mein Buch *nicht* für sein Land einkaufen will. Dann werde ich für die erste Talkrunde abgeholt und bin schon fast zum Profi geworden. Endlich lerne ich mal alle diese Leute kennen, welche ich mangels TV-Gerät noch nie im Fernsehen gesehen habe, unter anderem mich selbst. Ich erkläre, wie es kommt, dass mein Buch gar nichts mit New York zu tun hat und warum ich nicht genauso aussehe wie der Ich-Erzähler und weshalb mich das Erfolghaben nicht stört, weil ich natürlich immer ganz die Alte bleiben will. Auf der Damentoilette steigt die Temperatur auf sechzig Grad, die Tür zum »Pinselwaschraum« gegenüber ist verschlossen, und als die Rolltreppe stehen bleibt, wollen sich alle flach auf den Bauch werfen. Nach und nach ordnen sich Gesichter den vielen E-Mail-Anschriften in meinem Outlook-Adressbuch zu. Bei uns am Stand gibt's nur Kekse, bei Bertelsmann Obst und Mineralwasser. Ich muss in einen *Chatroom*, wo Paganini, Oma und Elisa mich fragen, wer ich überhaupt bin und was ich hier mache. Gute Frage. Später möchte eine Schweizerin mich für eine Lesung verpflichten und will wissen, ob ich noch irgendwas anderes kann, singen zum Beispiel oder vorturnen? Ich kann eigentlich nichts, was für die Schweiz interessant wäre, das beunruhigt mich. Von Griechenland erfahre ich vor allem, dass es dieses Jahr Gastland ist. Ob ich schon gehört habe, dass Florian Illies eine Million für sein neues... – Hab ich schon gehört. Was denke ich zu... – Nichts. Denken tu ich derzeit nicht so viel. Ab und zu trete ich auf die Terrasse von Halle 3, rauche eine langsame Zigarette und betrachte nachdenklich die Wolkenkratzer und das übrig gebliebene BMW-Ausstellungsgebäude, das, geformt wie ein Flugzeugrumpf, in Halle 4 steckt. What a mess.

Jemand tritt neben mich und hält mir einen dieser Schaumstoffbälle an den Mund, die ich immer sofort greifen und auf eine Wiese werfen will, damit meine Hunde sie apportieren können. Aber die Hunde sind aus tierschutzrechtlichen Gründen zu Hause geblieben, und das Ding vor meinem Gesicht ist ein Mikrophon. Ob ich überlegt hätte, wegen der Katastrophe in New York gar nicht auf die Messe zu kommen? Ich erzähle die Geschichte von Weihrauch und Motorrädern, aber das ist die falsche Antwort. Vielleicht ist es naiv, politisch nicht korrekt oder gar ein Zeichen von mangelnder Solidarität, wenn ich keine Angst vor einem Terroranschlag auf die Frankfurter Messe habe. Zwar besitze ich ausreichend Einbildungskraft, um mir ein Horrorszenario auszumalen, aber als Schriftstellerin bin ich gewöhnt, nicht an meine Phantasien zu glauben.

Panik ergreift mich ausgerechnet während der Schweigeminute, welche die Ameisenstraßen zwischen den Messeständen mit einem Schlag erstarren lässt. Die Atmosphäre wird bedrohlich wie bei einer Sonnenfinsternis, jemand schreit am anderen Ende der Halle in die Stille hinein. Mein Magen, meine Hände und Knie sind überzeugt, dass genau jetzt das riesige Messegewächshaus in die Luft fliegen wird. Nichts passiert, ruckelnd und stolpernd setzt sich der 11. Oktober 2001 wieder in Bewegung.

Bei Lesungen treffe ich junge Autoren. Wir entschuldigen uns einer beim anderen, die jeweiligen Bücher nicht gelesen zu haben, selbstverständlich nur aus Zeitgründen, was – und das ist das Schlimmste – auch noch stimmt. Auf dem Podium verbrüdern wir uns durch dezente Blicke gegen die Moderatorin, schreiben einander danach Widmungen auf Titelseiten, müssen gleich wieder woandershin und behalten uns in guter Erinnerung. Ich weiß nicht, ob ich erwartet hatte, dass uns der Futterneid die Gesichter zu süßlichem Grinsen verzerren wird, aber jetzt freue und schäme ich mich gleichzeitig. Ein Mädchen lobt meinen Auftritt und freut sich, dass endlich mal jemand »genauso schlecht gekleidet ist« wie sie selbst. – Äh?!? – Kaum habe ich mich umgedreht, sind Tanja Schwarz und Frank Goosen fast schon wieder weg. Ich wollte noch fragen, ob wir schon einen Skandal verursacht, erlebt oder verpasst haben, oder ob es hier immer so gemäßigt zugeht? Immerhin fehlt mir als Messeneuling die Vergleichsbasis. Es können doch nicht alle so angepasst sein wie ich? – Doch. – Vielleicht gehören die Ausgeflippten zu jenen dreißigtausend Besuchern, deren Wegbleiben in diesem Jahr wenigstens nicht dem Niedergang der deutschen Literatur im Ganzen zugeschrieben werden kann? – Nein, gehören sie nicht. Ich beerdige die letzten Vorstellungen davon, dass es immer Schreiberlinge gegeben hat, die schon aus Prinzip anti, contra, provo oder prolo sein müssen und vielleicht mit finsterem Blick und I-love-Kabul-T-Shirt die amerikanischen Verlagsstände umschleichen könnten. Wir sind dafür alle nett zueinander, gehören nicht irgendwelchen Gruppen an und haben deshalb keinen Grund zu streiten. Das Harmoniebedürfnis ist hoch. Warum eigentlich? Haben wir das Gefühl, uns, die junge Gegenwartsliteratur, gemeinsam nach außen verteidigen zu müssen? Oder sind wir zufällig alle so freundliche Einzelphänomene? Jedenfalls muss ein gemäßigter Umgang kein Zeichen für Leidenschaftslosigkeit sein. Tschüs, viel Erfolg und hoffentlich bis bald, rufe ich den Kollegen hinterher.

»Trotz der Weltlage« wurde die Messe eröffnet, und »trotz der Ereignisse« versammeln wir uns am Abend im Hessischen Hof vor einem barocken Buffet. Überhaupt ist jeder »trotzdem« hier; Messe ist schließlich da, wo keiner hinwill und wo dennoch alle sind. Überschattet werden wir von der aktuellen Situation, der Terror ist unser Hauptthema, was ich bei einer programmwidrig strahlenden Herbstsonne und entspannten Besuchern nicht gemerkt hätte, wenn es nicht zur Eröffnung jeder Ansprache wiederholt würde. Ist die Buchmesse jemals der richtige Ort für ernsthafte weltpolitische Diskussionen oder auch nur für schlechte Laune gewesen? Wir tunken einander Krawattenspitzen und Pferdeschwanzenden in die Sektgläser und versichern uns gegenseitig, wie anstrengend das alles ist. Ich bin eingequetscht zwischen lauter Messefuzzis und stelle erstaunt fest, dass ich heuer selbst ein Messefuzzi bin, mich dabei fast genau wie immer fühle, nur ein bisschen besoffener, und dass es eigentlich ein Wunder ist, wie sich Jahr für Jahr eine solche Menschenmenge aus ganz Deutschland und ein paar anderen Staaten hier versammelt, um sich mit der schlecht verkäuflichsten Sache der Welt zu beschäftigen. Würde es sich um ein Treffen von Juristen, Filmschauspielern oder Taubenzüchtern handeln, wären die Gespräche nicht tiefschürfender, die Witze nicht besser und das Lamento nicht leiser. Stumm formuliere ich eine Liebeserklärung an den Literaturbetrieb, vor dem schon meine Eltern mich immer gewarnt haben.

Am Samstagabend habe ich das Gröbste hinter mir. Ich habe eine Preisnominierung entgegen- und Nobel- sowie Friedenspreisverleihung zur Kenntnis genommen. Ich habe die Habermas-Rede für morgen, die sich mit religiös motivierter Gewalt auseinander setzen will und doch ganz schnell wieder bei der Gentechnik landet, bereits gelesen und zeige Symptome einer Keksvergiftung. Müde bin ich, geh zur Ruh. Ich habe nichts dazugelernt, aber auch nichts vergessen, nichts gewonnen und nichts verloren, außer meiner Nagelschere, die mir am Flughafen abgeknöpft wurde. Ein Wort für das Ganze drängt sich mir auf: harmlos. Kann Harmlosigkeit – angesichts der »Weltlage« zum Beispiel oder gegenüber der theoretisch möglichen Bedeutung von Literatur – ein Verbrechen sein? Oder bleibt Harmlosigkeit vor allem immer eins: die Abwesenheit von etwas Schlechtem, Schädigendem? – Vielleicht kommt es darauf an, ob die Harmlosigkeit Folge eines verfehlten Normalitätsbewusstseins ist oder ob sie als Zeichen einer in Friedenszeiten erworbenen Routine gedeutet werden kann, durch die uns auf die Schnelle Tonfall und Gestik für das Abhalten einer Trauerveranstaltung fehlen. Das überall spürbare »Trotzdem« lässt vermuten, dass in Frankfurt Letzteres der Fall war.

Sorgen macht mir das Gefühl, drei Bücher verkauft zu haben, von denen noch keins geschrieben ist. Im Terminkalender finde ich Verabredungen für die zweite Buchmesse in meinem Leben, im Frühjahr in Leipzig. Diesen Messebericht verfertige ich auf der Toilette eines Erste-Klasse-Waggons der Deutschen Bahn, wo sich die einzige Steckdose für meinen Computer befindet, mit der Abbildung eines Rasierapparats daneben. Jetzt ist sie also vorbei, die Zeit der Unschuld und Abstinenz, und ich fühle mich eigentlich genau wie vorher. Nur ein bisschen besoffener.

2001

Marmeladenseiten

Vom Deutschen Literaturinstitut Leipzig, liebevoll DLL genannt, hörte ich zum ersten Mal über den Freund eines Bekannten meiner Freundin. Er war zu Besuch, saß in der stilechten Keiner-bringt-Altglasweg-Küche unserer Passauer WG und erstattete Bericht. Als einer der Ersten nach der Neugründung im Jahr 1995 hatte er die Aufnahmeprüfung bestanden und studierte nun an einer Schriftstellerschule.

An einer was?

Wir schrieben das Jahr drei *ante Pop*. Nach allgemeiner Auffassung befand sich ein Schriftsteller unter vierzig in der pränatalen Phase seiner beruflichen Existenz.

»Du schreibst auch?«, fragte er. »Und versteckst dich dazu auf dem staubigen Dachboden? Ziemlich heiß da oben, oder?«

Seit meinem siebten Lebensjahr schrieb ich möglichst heimlich viel Papier mit langen Geschichten voll und empfand dies als latent peinliche Angelegenheit. Die Berufsbezeichnung »Lebender Schriftsteller« hielt ich eher für ein Glaubensbekenntnis, dessen Anhänger, abgesehen von ein paar Prinzipalen, dem Orden der Bettelmönche angehörten. Autoren, die ich mochte, waren seit hundert Jahren tot und hatten zuvor bürgerliche Berufe ausgeübt. Vielleicht war das der Grund, warum ich gerade im dritten Semester mit dem Versuch beschäftigt war, mein Studium der Rechtswissenschaft einigermaßen erträglich zu finden. Literarische Diskurse in meiner Umgebung bezogen sich hauptsächlich auf die Anschaffungspreise juristischer Standardwerke.

Auf Nachfrage referierte der Bekannte dritten Grades die historischen Hintergründe des mysteriösen Instituts, das mir wie ein gemeinsames Outing-Projekt für gesellschaftliche Abweichler erschien. In den fünfziger Jahren war das Literaturinstitut Johannes R. Becher in Leipzig von der SED gegründet worden, um ausgewählte Studenten in Marxismus-Leninismus, Literaturtheorie und Schreibpraxis zu unterweisen. Etablierte Schriftsteller wie Erich Loest, Sarah Kirsch oder Ralph Giordano fanden dort einen Ort, an dem man »frei denken und schreiben« konnte (so Angela Krauß). Und wurden gleichzeitig mit Rotlicht bestrahlt. Der Bekannte kniff ein Auge zu: »Wenn du verstehst, was ich meine.« Als Westkind begriff ich gerade noch, dass es sich beim ehemaligen Literaturinstitut um etwas »Ambivalentes« gehandelt haben musste. Das neue DLL hingegen, hieß es, sei Teil der Universität, Studentenausweis und BAFÖG-Anspruch inklusive. Sechs Semester und Diplom.

Nichts, absolut nichts konnte ich mir unter einer Einrichtung vorstellen, die angehende und halbfertige Schriftsteller versammeln will zu – ja, was?

»Schau's dir halt mal an«, meinte der Bekannte, schrieb eine Adresse auf und fuhr zurück nach Leipzig.

Auf gut Glück gab ich ›www.dll.de‹ in die Adresszeile des Browsers ein und lernte manches über Reha-Kliniken, Patientenverwaltung und Stationskommunikation. Als Beschreibung für eine universitäre Autorenschmiede mochte das nicht ganz unzutreffend sein; trotzdem gehörte die Homepage nicht dem Literaturinstitut. Also surfte ich *for further details* im Polo Fox von Passau nach Leipzig – und glaubte mich auch dort in einer virtuellen Welt. Irgendwo zwischen zwanzigstem und dreißigstem Stockwerk des zahnförmigen Uni-Turms hockte eine Hand voll seltsamer Gestalten. Ein bleiches Mädchen schaute traurig durch den vertikalen Spalt in ihrer schwarzen Frisur. Neben ihr kauerte ein Mann undefinierbaren Alters in einer Ligusterhecke aus Haaren. Ein langer, dünner Mensch, dem die Beine brechen mussten, falls er einmal aufstehen sollte, verlas ein Gedicht. Patientenverwaltung und Stationskommunikation versagten sogleich. Ich fühlte mich so nervös und fehl am Platz, dass ich nicht ein Wort des Seminarinhalts begriff. Vage erinnere ich mich an ein Gespräch über einzeln herabsinkende Schneeflocken. Vielleicht ging es auch um weiße Federn. Oder das war Delirium.

Die Einzigen, die hinter meiner DLL-Bewerbung standen, waren meine Eltern: Kind, du wirst schon wissen, was du tust. – Ich hatte keine Ahnung. Meine Entscheidung fiel aus Neugier, aus Rebellion gegen das gehassliebte, irgendwie doch ein wenig zu bürgerliche

Erststudium. Und weil Leipzig wunderschön war, der Frühling warm und der Osten Deutschlands neu. Die Idee, mein Schubladen-Schreiben in eine echte, nach außen gerichtete Tätigkeit zu verwandeln, kam mir absurd und vermessen vor. Es brauchte ein Jahr und zwei Anläufe, bis meine dreißig Seiten Bewerbungstext und ich den Eingangstest bestanden hatten.

Als ich das Studium aufnahm, war die Schule bereits umgezogen ins ehemalige Gästehaus der Volkspolizei in der Wächterstraße, eine hübsche Jugendstilvilla mit Garten, in unmittelbarer Nachbarschaft zu den Hochschulen für Musik, Theater, Graphik und Buchkunst. Bis heute nehmen Besucher staunend zur Kenntnis, dass die Exzentrizität angehender Schriftsteller keinen Niederschlag in bemalten Wänden und kuscheligen Secondhandsofas findet, sondern es nur zu weißen Kacheln, Teppichboden und Kaffeeautomaten bringt. Weil ich aber daran gewöhnt war, in einem Audimax mit fünfhundert Plätzen auf der Treppe zu sitzen, um rhabarbernden Juraprofessoren zu lauschen, hielt ich die Villa für einen Vorhof des Himmels. Auf jeden Studenten kam ein Fünftel Dozent.

Acht Jahre später werde ich auf Lesungen häufig mit einer Frage konfrontiert, die ich mir damals – vielleicht aus Naivität – gar nicht gestellt habe: Ob Schreiben eigentlich lehr- und lernbar sei. Und was ist man nach dem Studium? – Genau. Das ist man. Sprechen Sie mir langsam nach: *Di-plom-schrift-stel-ler*. So ähnlich wie diplomierter Schauspieler oder Bildhauer.

Warum eigentlich muss die Frage, inwieweit Kunst vermittelbar sei, immer gerade dann diskutiert werden, wenn sie die Literatur betrifft?

Das häufig spürbare Misstrauen gegenüber dem Literaturinstitut kann nicht allein daher rühren, dass ein Schriftstellerdiplom auf dem Arbeitsmarkt weniger wert ist als der Führerschein. Dieses Problem haftet einer ganzen Reihe von akademischen Abschlüssen an. Vielmehr liegt es an mangelnder Erfahrung mit Lehranstalten wie dem DLL im Dichter-und-Denker-Land. Trotz der Spotlicht-Bestrahlung des neuen Literaturinstituts im Zuge anhaltenden Medieninteresses stellt man sich unter »Schreibwerkstatt« noch immer *creative writing* und damit eine Selbsterfahrungsgruppe vor, in der ein paar Neurotiker beim Warmwassertreten ihre Kindheit aufarbeiten. In freien Versen.

Natürlich braucht man zum Schreiben keine Neurose, sondern – genau wie für alle anderen Kunstrichtungen – vor allem Talent, das sich weder durch Fleiß noch durch guten Unterricht ersetzen lässt. Diese Erkenntnis hat zur Einrichtung von Aufnahmeprüfungen an sämtlichen Kunsthochschulen geführt.

Die anschließende Ausbildung am DLL umfasst sechs Semester und gliedert sich ähnlich wie ein Magisterstudiengang in Haupt- und Nebenfächer. Die unbenoteten Leistungsscheine in den drei wählbaren Fachgebieten Prosa, Lyrik und Drama/Neue Medien werden in theoretischen und praktischen Seminaren erworben. Letztere, sogenannte Werkstattseminare, sind der eigentliche Kern der Ausbildung. Aber auch die theoretischen Fächer orientieren sich vor allem an den Bedürfnissen der Schreibenden. Es geht weniger darum, Proust, Mann oder Pynchon einem historischen Kontext oder einer literarischen Epoche zuzuordnen. Viel interessanter ist, wie sie diese unerhört guten Romananfänge hinkriegen. Für Werkstattseminare schreiben die Studenten Texte zu einem vereinbarten Thema oder innerhalb einer bestimmten Gattung, wobei die Vorgaben in erster Linie als Schreibanlass dienen sollen. Die mehr oder weniger fertigen Geschichten, Gedichte oder Theaterstücke werden den anderen Teilnehmern zur Verfügung gestellt und im Optimalfall auch gelesen.

Und wie fandet ihr den Text? – Mit einer solchen oder ähnlichen Frage eröffnet der Dozent ein typisches Werkstattseminar. Von »Gut!«, »Langweilig«, »Interessant, aber...«, »Welchen Text?« bis zu ausführlicherem Feedback sind alle Antworten erlaubt. An diese ersten Eindrücke und Geschmacksurteile schließt sich ein ausführliches Lektorat an. Der Job des Autors besteht darin, still zu sitzen und zuzuhören, wie sein Werk in Einzelteile zerlegt, gelobt und beschimpft, missverstanden oder tief empfunden wird. Da ein Text sich selbst erklären muss, ist der Redeanteil seines Schöpfers meist kleiner als jener der anderen Seminarteilnehmer. Notizenmachen hilft, die schwankende Gefühlslage zu kaschieren.

Grob gesagt geht es darum, die Intention eines Textes – nicht notwendig die des Autors – aufzuspüren und herauszuarbeiten, das Geschriebene daran zu messen und Verbesserungsmöglichkeiten aufzuzeigen. Die Analyse betrifft den Stil ebenso wie Inhalt und Konstruktion, Motive und Bildsprache, die verwendete Perspektive, Charakterisierung der Figuren, Spannung, Klang, Glaubwürdigkeit, Gleichgewicht – kurz, die Frage, ob der Text funktioniert. Das klingt vage und ist es auch. Es käme einem absurden Vorhaben gleich, ein starres Instrumentarium an Regeln und Bewertungskriterien auf literarische Texte anwenden zu wollen. Letztlich geht es in der Literatur wie in der Liebe immer darum, Toastscheiben fallen zu lassen und festzustellen, ob sie endlich einmal mit der Marmeladenseite nach oben auf den Boden schlagen.

Das »Weiche« dieser Methode ist keineswegs ihr Nachteil, wobei die Anführungszeichen der Tatsache geschuldet sind, dass der jeweils betroffene Autor die Besprechungen selten als weich empfindet. Kritikfähigkeit muss mühsam erlernt werden – diese lapidare Feststellung sagt wenig aus über die individuelle, häufig schmerzhafte Entwicklung, die man als Student vor allem während der ersten Semester durchläuft. Bei mir führte das Studium zunächst zu einer profunden Schreibkrise. Ich schrieb nicht mehr heimlich und nicht mehr viel, sondern gar nicht mehr. Am besten nie wieder. Alles, was ich an dieser Stelle über das Gefühl sagen wollte, sich aus einer solchen Krise wieder herauszuarbeiten und plötzlich in die nächsthöhere literarische Etage einzutreten, ist wegen Kitschgefahr dem inzwischen serienmäßig integrierten Rotstift zum Opfer gefallen. Später, nach drei Jahren Studium hatte ich den paradoxen Eindruck, verdammt viel über das Schreiben gelernt zu haben – und zwar ausschließlich Dinge, auf die ich irgendwann von selber gekommen wäre. Nur hätte das viel länger gedauert. Die Schule wirkt wie ein Katalysator für die Suche nach dem eigenen Stil.

Das DLL hat als Experiment begonnen, als vorsichtiges Tasten nach den Möglichkeiten einer Schriftstellerschule in der Goethe-Nation. Heute sind Sten Nadolny, Thomas Hürlimann, Ernst Jandl, Burkhard Spinnen und Herta Müller wahllos herausgegriffene Namen aus einer Liste von Gastdozenten, die sich wie das *Who's Who* der deutschsprachigen Literaturszene liest. Hans-Ulrich Treichel und Josef Haslinger teilen sich als hauptamtliche Professoren den Direktorenposten. Die Geburtsstunde des Popliteratur brachte die Entdeckung der Markthaltigkeit junger Texte mit sich und führte zur viel besungenen und beweinten Wende im Selbstverständnis der dazugehörenden Autoren. Das Durchschnittsalter am DLL ist seit dem Gründungssemester rapide gesunken. Dem flüchtigen Blick zeigt sich die Studentenschar eher als Gruppe selbst- und lifestylebewusster junger Leute denn als Ansammlung vergeistigter Außenseiter. Auch wenn Berufsinformationszentren das Schriftstellerstudium im Gegensatz zu »Fischwirt« und »Gummistrumpfstricker« nach wie vor nicht als antizyklische Schlaumeierei empfehlen, wird es offenbar zunehmend als Ausbildungsmöglichkeit verstanden, die weder Lebenserfahrung noch gescheiterte Selbstmordversuche voraussetzt und deshalb gleich nach dem Abitur in Angriff genommen werden kann. Dabei geht es am Literaturinstitut nicht darum, auf die Schnelle ein paar neue Stuckrad-Barres zum Fertigen markttauglicher Gebrauchsprosa auszubilden und jedem Vordiplom den ersten Verlagsvertrag beizulegen. Das Studium ist Welpenschutz mit Lizenz zum Ausprobieren, damit man sich eine Zeit lang möglichst intensiv und frei von Rechtfertigungsdruck mit sich selbst und der eigenen Literatur beschäftigen kann.

Von den Dozenten, die allesamt etablierte Schriftsteller sind, kann man – neben vielen anderen Dingen – auch einiges über die Fährnisse des Literaturbetriebs lernen. Offen bleibt die interessante Frage, wie viele Menschen auf der Welt in der Lage sind, ihren Lebensunterhalt mit dem Veröffentlichen von Romanen zu bestreiten und ob Existenzangst und Marktdruck die literarische Qualität befördern oder eher stören. Noch viel wichtiger ist die Überlegung, inwieweit das Schreiben selbst vom Schreiben leben kann. Die Existenz einer offiziellen Institution, die sich ausschließlich mit dem Schriftstellerwerden beschäftigt, mag geeignet sein, die romantische, jedoch nicht ganz ungefährliche Idee vom Vollblutautor zu befördern. Wenn das Schreiben Begleiterscheinung und Ausdrucksform für etwas anderes, Außerliterarisches ist, sollte dieses andere nicht zur Leerstelle werden. Abgesehen davon stellt das Literaturinstitut, ganz wie das Schreiben selbst, in mancher Hinsicht eine Ausnahmesituation dar. Es kann ganz gut tun, vorher oder währenddessen die Nase in einen literaturfremden Wind zu halten. Mit einem Mindestmaß an Organisation lässt sich das DLL auch im Doppelstudium bewältigen.

Was man wirklich braucht, um am Literaturinstitut zu studieren, ist eine pathologische Schreib- und Leseobsession sowie den eisernen Willen, alles spannend zu finden, was auch nur im Entferntesten mit Texten zu tun hat. Ob diese Voraussetzungen vorliegen, stellt sich manchmal erst heraus, nachdem man die ersten Monate bei endlosen Gesprächen über unfertige Kurzgeschichten verbracht hat. Mehr als jede andere Schule ist das DLL auf das Prinzip Freiwilligkeit angewiesen: Alles geht, nichts geht von selbst, könnte das hauseigene Motto lauten. Es werden Drehbücher geschrieben und verfilmt, literarische Reiseführer produziert, Partys gefeiert, Lesereihen organisiert und eigene Anthologien herausgegeben. Soviel und solange die Studenten wollen. Und keinen Millimeter darüber hinaus.

Ich selbst verdanke dem Literaturinstitut genug, um am liebsten jeden hinschicken zu wollen, dem das Schreiben keine Ruhe lässt. Ohne das Studium hätte ich nicht den Mut aufgebracht, der Literatur einen zentralen Stellenwert in meinem Leben einzuräumen. Ich hätte mir die Zeit nicht gegeben, um so viel Aufwand und Ausdauer aufs Schreiben zu konzentrieren, und deshalb viele Dinge nicht oder erst viel später erfahren, die zum Dreh- und Angelpunkt meiner Beschäftigung mit Literatur geworden sind. Dass ich »Lebender Schriftsteller« weiterhin für ein Glaubensbekenntnis halte und alles unternehme, um keiner zu werden, mag an einem ungünstigen Verlauf meiner Kindheit liegen. Totsein hat immer noch Zeit, also bemühe ich mich weiterhin um einen bürgerlichen Beruf.

Rotstift beiseite und dem Pathos eine Brücke: Im Rückblick wage ich nicht auszudenken, wie es weitergegangen wäre, wenn vor acht Jahren kein Bekannter dritten Grades zwischen leeren Flaschen und vollen Aschenbechern am Passauer WG-Küchentisch Platz genommen hätte. Nichts gegen staubige Dachböden. Aber die Wohnungen in Leipzig sind billig, die Stadt ist noch immer wunderschön und der Frühling warm. Nach Passau zurückkehren kann man im Zweifel immer noch.

2003

Genie Royal

Schlecht gelaunt saß ich sinnend im Garten hinter der Villa des Deutschen Literaturinstituts Leipzig, als etwas in den Büschen raschelte und plötzlich hervortrat, nicht weniger grün als das Gebüsch selbst.

Er sei Kulturbeauftragter, stellte er sich vor, vom Mars. Ob ich sagen könne, was ein junger Autor sei? – Dem kann geholfen werden, dachte ich, klemmte die Faust unter das Kinn und richtete den Blick in die Ferne.

»Junge Autoren«, antwortete ich schließlich, »sind wie *Critters*. Klein und hinterhältig, und niemand weiß, wie sie aussehen. Es sei denn, sie treten im Fernsehen auf.«

Aber an irgendetwas müsse man sie doch erkennen? Vielleicht am Alter?

»Nun ja«, entgegnete ich. »Alter ist eine relative Größe. Vor kurzem noch galt ein Schriftsteller ab vierzig als junger Autor. Dann verfasste Benjamin Lebert sein erstes Buch – nach dieser Rechnung vor der eigenen Zeugung. Junger Autor kann man von minus fünf bis plus fünfundfünfzig Jahren sein.«

Aber es stimme doch, beharrte der Marsbewohner, dass junge Autoren gelegentlich etwas niederschreiben?

»Ach, Schreiben«, seufzte ich und schüttelte den Kopf, »ist ebenfalls eine relative Größe. Meist heißt es, schreiben könnten junge Autoren am allerwenigsten.«

Der Marsianer schaute verdutzt. Er hatte die terrestrische Jungliteratur-Debatte eingehend studiert und recherchierte für ein Feature über Fetische primitiver Kulturen. Schnell fasste er seine Resultate für mich zusammen: Entstanden ist die junge Autorenschaft, weil Schriftsteller nicht wie Popstars zehn Jahre lang Gitarrenunterricht nehmen und sich die Augenbrauen piercen müssen, um berühmt zu werden und morgens lange im Bett bleiben zu dürfen. Ihre Kampftaktik besteht darin, arglosen Lesern zu suggerieren, sie wollten ihre Bücher lesen und nicht die von Goethe, Mann oder Grass. So vergiften sie die abendländische Kultur, töten den Regenwald und reißen nach und nach die ganze Welt in den Abgrund. Ob das zutreffe?

»Hundertprozentig«, bestätigte ich. »Dennoch bemerkt es der Ungeübte nicht immer, wenn er einen von denen vor sich hat. Nehmen Sie im Ernstfall zuerst eine Geschlechtsbestimmung vor, denn die Weibchen sind noch gefährlicher als die Männchen. Sie heißen Fräulein Wunder oder Shooting Starlet und haben mehr Seiten als ihre eigenen Bücher. Und jetzt: Viel Glück und schönen Tag noch.«

Halt! Mir könne er es ja sagen: Gern finge er sich einen jungen Autor zu Forschungszwecken. Ob ich nicht wisse, in welchem Kaffeehaus man am ehesten welche träfe?

»Kaffeehaus?«, spottete ich. »Die Zeiten sind vorbei. Heute gibt es ein ganzes Trainingslager für junge Autoren. Am Deutschen Literaturinstitut sammeln sich mindestens hundert von ihnen. Dort produzieren sie zum Getrommel ihrer Meister einen Erfolgsroman nach dem anderen und heben nur die Köpfe, wenn gelegentlich ein Journalist vorbeikommt, um zu fragen, ob man Schreiben überhaupt lernen könne. Und das...«, an dieser Stelle hob ich Stimme und Faust, »ist doch wohl eine berechtigte Frage. Schließlich verlangt Schöpfertätigkeit Genie. Gott hat auch kein Seminar in Welterschaffung absolviert.«

»Hätte er tun sollen«, meinte der Marsmensch und zückte einen Notizblock. »Und, kann man es lernen?«

»Die jungen Autoren«, sagte ich, »geben darauf abwechselnd drei Antworten. Erstens: Ja, in der Grundschule, mit Griffel auf Schiefer. Zweitens: Nein, ich konnte das schon vor meiner Zeugung und habe mit minus fünf Jahren besser geschrieben als Grass mit fünfundfünfzig. Drittens: Das Handwerk ist vermittelbar, aber Talent schadet auch nicht.«

Er selbst habe lange über eine Gegenfrage nachgedacht, wendete der Marsmensch ein. Warum störe sich nie jemand daran, dass Beethoven mit vierundzwanzig noch Klavierunterricht nahm, dass Michelangelo ausgedehnte Lehr- und Studienjahre hinter sich brachte und Picasso an der Kunstakademie in Barcelona studierte? Wieso habe keiner etwas gegen *creative painting, creative sculpturing* oder *creative piano playing*?

Ich nahm die Faust herunter und Dozentenpose ein: »Weil *writing* im Gegensatz zu den anderen genannten Disziplinen nicht notwendig *creative* ist! Das Arbeitsmaterial des Schriftstellers, die Sprache, steht jedem zur Verfügung. Sprechen und damit in den meisten Fällen auch Denken und Schreiben gehören zum grundlegenden *ergo sum* des Menschen. Was man vom Umgang mit Tonklumpen, Farbpulver oder Saiteninstrumenten nicht behaupten kann. Worin will ein junger Autor sich üben? Etwas Unwägbares unterscheidet die Fähigkeiten eines Schriftstellers von denen seiner Artgenossen! Hebt ihn aus dem Kreis der Postkarten- und Einkaufszettelverfasser heraus! Wie Gelee Royale die Königin aus der Masse der Arbeitsbienen.«

Interessant, fand der Kulturbeauftragte aus dem All, eifrig kritzelnd, *Genie Royal*, schöne Überschrift, und das Ganze eine interessante, primitive Sichtweise der Dinge. Auf dem Mars, erklärte er, seien Umgangssprache und literarisches Sprechen zwei essentiell verschiedene Gegenstände. Literarischer Ausdruck habe mit der Niederschrift eines Einkaufszettels so viel zu tun wie das beliebige Anschlagen von Klaviertasten mit der Interpretation einer Beethovensonate. Ein Schriftsteller müsse Eigenschaften und Möglichkeiten der Sprache entdecken und studieren wie ein Bildhauer jene des Steins. Beim Bäcker werde er trotzdem nicht in Hexametern nach Brötchen verlangen. Vielmehr gleiche der Schriftsteller bei Verwendung der Umgangssprache einem Komponisten, der den ganzen Tag Alle-meine-

Entchen pfeift. Alle-meine-Entchen werden nicht weiterhelfen, wenn er sich an die künstlerische Arbeit begibt.

»Und können Sie sich vorstellen«, fragte ich gereizt, »diese geheimnisvolle marsianische Literatursprache an einem Institut zu lehren, einem Teil der Universität, wohlbemerkt, auf dessen Korridoren es nach Kreidestaub und Gleichschaltung riecht? In Meisterklassen, wo der Lehrer mit dröhnender Stimme Regelkodizes und Benotungssysteme exerziert und zum Schluss ein Diplom verleiht, ein, ha!, Schriftstellerdiplom?«

So ein Haus wie dieses, sagte der Marschmensch und zeigte auf die Villa hinter uns, wäre vielleicht am ehesten der rechte Ort.

Ich schaute das Gebäude an, als sähe ich es zum ersten Mal, und zuckte die Achseln. Als wir uns umwandten, hatten sich vom Fenster des Seminarraums im ersten Stock blitzschnell fünf Gestalten zurückgezogen.

»Wie dem auch sei«, sagte ich. »Wahre Literatur wird jedenfalls absinth- oder opiumselig bei Nacht verfasst. Sie wird durchlitten, gebrochen, neu geboren. Ihr Schöpfer durchlebt zahllose schauerlich-beglückende Gefühlszustände und sinkt beim ersten Piepsen der Vögel schwer von Welthaltigkeit und erschöpft vom Sichverströmen auf sein bescheidenes Lager. So.«

Mag sein, meinte der Marsmensch, aber warum sollte der Autor, wieder nüchtern, den entstandenen Text nicht mit ein paar Kollegen besprechen? An ihnen erproben, ob das sprachliche Mittel zum gewünschten

Ausdruck taugt? Fehlerhaftes verbessern? Warum dürfe er Ehen schließen oder Salons gründen, um sich über Literatur auszutauschen, nicht aber eine Schreibschule besuchen? Eine solche Schule, die nichts sei als ein fortdauerndes Gespräch über entstehende Literatur, müsse doch erst recht wie ein Katalysator wirken. Ein Beschleuniger des ewigen, mit dem Schreiben verbundenen Lernprozesses.

»Immerhin«, sagte ich, Kracauer zitierend, »werden an das Nichtschreibenkönnen, seit es eine eigene Kunstform geworden ist, zunehmend höhere Anforderungen gestellt.«

»Ach!«, rief der Kulturbeauftragte und hatte das Notieren längst eingestellt, »meine These ist, dass sich das Volk der Dichter und Denker partout nicht vom denkenden und dichtenden Genie verabschieden will. Wenn ein Naturvolk nicht mehr an Gott, Kaiser oder väterliche Autorität glauben darf, will es wenigstens Goethe als Götzen. Oder gibt es sonst einen vernünftigen Grund, der gegen die Existenz einer Schreibschule spricht?«

»Ja«, sagte ich. »Die jungen Autoren. Sie sind zu jung und zu hinterhältig. Und zu viele.«

Der Marsianer stutzte und blätterte in seinen Notizen zurück.

»Das Durchschnittsalter am Literaturinstitut«, sagte ich, »liegt geschätzt bei vierundzwanzig Jahren. Worüber, mein grüner Herr, sollen die Grünschnäbel denn schreiben? Über sich selbst? Ihre Kindheit? Die Ostberliner Studenten-WG?«

Aber das sei doch gerade das Phänomen, sagte er und schaute beunruhigt. Vielleicht wusste er nicht, was eine WG ist. Oder er verstand mein Lächeln nicht, dieses hinterhältige Lächeln. Deshalb gebe es doch die Debatte, und deshalb forsche er über das Thema, weil sie alle so erschreckend jung seien.

»Goethe«, flüsterte ich, »war Mitte zwanzig, als der *Werther* erschien. Thomas Mann begann die *Buddenbrooks* im Alter von zweiundzwanzig.« Der Kulturbeauftragte wich zurück, während ich auf ihn zuging. »Büchner starb mit vierundzwanzig und hatte folglich alles schon vorher zu Papier gebracht. Und Schiller schrieb die *Räuber* mit zweiundzwanzig unter der Bettdecke.«

Er fing an zu begreifen, starrte auf mein Lächeln, das jetzt die Zähne entblößte.

»Eins habt ihr übersehen«, sagte ich, »die Debatte und du. Jetzt kann ich es dir ja sagen: Wir waren schon immer so jung.«

Dann packte ich zu.

»Ein *Critter*!«, waren die letzten Worte des Kulturbeauftragten vom Mars. Ich verbeugte mich und winkte zum ersten Stock hinauf, wo Applaus erklang. Ich zerknüllte die Notizen des Marsianers und verfasste stattdessen einen einzigen Satz auf dem Block, der Nachwelt zuliebe: Schreiben kann man lernen. Die notwendige Hinterhältigkeit aber, die ist angeboren.

2002

Von der Heimlichkeit des Schreibens

In meinem ersten veröffentlichten Roman gibt es ein viereckiges Loch. Dieses Loch hat jemand in die Dielenbretter einer Wohnung gesägt. Zuerst wurde ein Bohrer an mehreren dicht beieinander liegenden Stellen angesetzt, um der Säge einen Ansatzpunkt zu schaffen. Von dort aus hat man ungeschickt entlang der Ritzen und zweimal quer durch das Brett geschnitten. An den kurzen Enden des Lochs sind von unten Pappstreifen in die Öffnung geklebt, die den ausgesägten Deckel tragen – ein etwa vierzig Zentimeter langes Dielenstück, das mit starken Daumennägeln herausgehoben werden kann. Man sieht den Kanten an, dass die Säge mehrmals abgerutscht ist, stümperhaft geführt wie von Kinderhand.

Nicht nur »wie«. Es war eine Kinderhand, die dieses Loch sägte, und zwar meine. Im Roman wird eine Drittelmillion Mark in dem Loch verwahrt. Auch ich versteckte damals bedrucktes Papier. Das selbstgebastelte Geheimfach enthielt meine Texte. Ich hatte ein Regal abgerückt und den Boden abgeklopft, um nicht auf einen Trägerbalken zu stoßen. Das Loch war auch bei geschlossenem Deckel ohne weiteres zu erkennen, so dass immer etwas darauf stehen oder liegen musste. Dafür war unter den Dielen jede Menge Platz.

Einem Kind kommen die Dinge, die es tut, so normal vor, dass es nicht weiter nach dem Warum und Wozu fragen muss. Erst im Rückblick erscheint manche Idee skurril oder amüsant, und man beginnt zu überlegen, was sie zu bedeuten habe. Seitdem ich herausfand, dass ich die den meisten Schriftstellern verhasste Frage, das berüchtigte Warum-schreiben-Sie?, von leichter Hand beantworten kann, während ich mit dem selteneren Auskunftsverlangen Und-warum-veröffentlichen-Sie? erhebliche Schwierigkeiten habe, ist mir bewusst, dass sich unter den zersägten Dielenbrettern ein besonderes Merkmal meines Schreibens verbarg. Gern würde ich behaupten, die literarische Öffentlichkeit sei ein viereckiges Loch, in dem ich meine Texte verstecke. Allerdings wäre das gelogen. Die Wahrheit klingt längst nicht so gut: Ich bin eine heimliche Autorin.

An meine erste Kurzgeschichte kann ich mich vage erinnern. Ich war sieben Jahre alt, trug den Künstlernamen Moni und schrieb mit Filzstift in ein Schulheft auf kariertes Papier. Es ging um die Geburt eines Fohlens, die kompliziert verlief, schließlich aber doch ein gutes Ende nahm. Diese Geschichte zeigte ich meinen Eltern. Ihre Reaktion ist mir nicht im Gedächtnis geblieben, aber aus meiner damaligen Sicht kann sie nicht besonders geistreich oder weiterführend gewesen sein. In den folgenden Jahren versuchte ich niemals wieder, meine Texte dem häuslichen Zwei-Mann-Publikum zu präsentieren. Ich empfand keinen Trotz, ich hatte nicht das Gefühl, falsch verstanden oder nicht ausreichend gewürdigt worden zu sein. Es war einfach so, dass Schreiben und Gelesenwerden nicht viel miteinander zu tun hatten.

Um Wolfgang Isers Rezeptionsästhetik und andere kommunikationstheoretische Ansätze kam ich in der gymnasialen Oberstufe nicht herum. Ich lernte, dass Schreiben einen kommunikativen Akt darstellt und neben dem Sender auch einen Empfänger verlangt, ohne den das Übermitteln von Botschaften zweck- und ziellos wäre. Trotzdem kritzelte ich vom siebten bis zum zwanzigsten Lebensjahr Hunderte von Seiten voll, ohne sie jemandem zu zeigen. Das Schreiben war kein Sprechen zu einem anderen Menschen. Es war nichts anderes als das Mitstenographieren von Gedankentätigkeit. Es half dabei, das Unterhaltungsprogramm im Kopf, das mir rund um die Uhr zur Verfügung stand, auf intensivere und komplexere Weise zu nutzen. Aufgeschriebene Geschichten wurden länger und verzweigter, während nicht verschriftlichte Phantasien aufgrund von Kapazitätsproblemen dazu neigten, immer wieder an einem bestimmten Punkt abzubrechen. Was ich aufschrieb, erfüllte seinen Zweck unmittelbar im Moment der Niederschrift. Es musste nicht gelesen werden. Nicht einmal von mir selbst. Ich versperrte die Tür. Ich versteckte die Ergebnisse unter dem Dielenboden. Noch immer gibt es auf meinem Computer Mengen von Dateien, die ich zwar geschrieben, aber niemals gelesen habe.

Längst war ich Studentin am Deutschen Literaturinstitut in Leipzig, als ich in einem Text von Sigmund Freud Anhaltspunkte dafür fand, was es mit der Heimlichkeit und der Literaturentstehung auf sich hat. In *Der Dichter und das Phantasieren* bezeichnet Freud den Tagtraum als eine Ersatzhandlung für das kindliche Spiel, das dem Erwachsenen nicht mehr erlaubt sei, während das Dichten eine Sonderform des Tagträumens darstelle. Wenn Freud jemals Recht gehabt hat, dann in diesem Aufsatz – und in Bezug auf mich. Als Kind vergnügte ich mich mit Rollenspielen. Ich ersann eine Geschichte, mein Bruder oder meine beste Freundin übernahmen einen oder mehrere der vorgesehenen Charaktere, und so bewegten wir uns durch eine Art Theaterstück, das im Moment des Spiels entstand. Tagträumen funktionierte im Grunde genauso, nur ohne Bruder oder Freundin. Es war aufregender und geheimer. Das Schreiben führte zu einer Professionalisierung des Tagtraums. Wer will schon gern verraten, was er sich am meisten wünscht, in welcher Heldenphantasie er sich gern sieht, welchen Menschen er sich zum Mitstreiter in allen Abenteuern erwählt? – Ein heimlicher Autor kann keine Leser gebrauchen.

Ich hatte meine Heimatstadt verlassen, das Jurastudium aufgenommen und lebte in einer WG, als meine beiden neuen Freundinnen und Mitbewohnerinnen begriffen, was ich die ganze Zeit hinter verschlossener Tür in meinem Zimmer tat. Ich arbeitete an meinem dritten unveröffentlichten Roman. Man begann mit der Belagerung. Mein Einwand, Schreiben habe nichts mit

Gelesenwerden zu tun, verhallte ungehört, und es dauerte nicht lange, bis der Haussegen nur noch durch die Auslieferung einiger beschriebener Seiten zu retten war. Meine Freundinnen fanden den Text ganz gut oder immerhin nicht schlecht und verlangten mehr. Für sie war am spannendsten, dass viele der Handlungsorte und Figuren unserem gemeinsamen Umfeld entstammten. Mir war das peinlich, aber der anhaltende Terror erzeugte Gewöhnung. Fast automatisch begann ich, meine beiden frischgebackenen Leserinnen in den Text einzubauen, sie schöner, größer, schneller, klüger zu machen, als sie in Wirklichkeit waren, und sicherte mir auf diese Weise anhaltende Zustimmung. Bald darauf zauberten sie die Information hervor, dass in Leipzig eine Schriftstellerschule eröffnet habe. Wir wollten sowieso gerade umziehen.

Das Studium am Literaturinstitut entwickelte sich zur privaten Katharsis. Ich wurde nicht nur gelesen, ich wurde interpretiert, kritisiert, verrissen und manchmal gelobt und erlebte auch bei anderen Studenten den täglichen Kampf zwischen Wort und Welt. Ich konnte schlecht zwanzig Leser in den Text einbauen, um alle zufrieden zu stellen. Das Schreiben war kein Tagtraum mehr. Ich probierte Kurzgeschichten statt ausschweifender Epen, schwelgte nicht in Phantasien, sondern überprüfte Adjektive auf ihre Notwendigkeit, lange Sätze auf Verständlichkeit, Metaphern und Vergleiche auf Genauigkeit und maß das Ergebnis an der Textintention. Das ganze Handwerkszeug des Erzählens von der Perspektive über Figurenpsychologie, Dramaturgie und Spannungsverlauf bis zur Einheitlichkeit des Stils war mir vollkommen neu. Selten zuvor habe ich in so kurzer Zeit so viel gelernt. Irgendwann war ich in der Lage, Texte zu schreiben, die in den Seminaren nicht komplett durchfielen. Ich war zu meinem eigenen Lektor geworden, hatte mich vom heimlichen Schreiber zum angehenden Schriftsteller entwickelt – und war unglücklich. Die entstandenen Geschichten gefielen mir, aber das Schreiben machte keine Freude mehr. Ein Jahr lang ließ ich fast vollständig die Finger davon. Dann beschloss ich, zur Heimlichkeit zurückzukehren.

Viele Wege führen zur Erkenntnis, aber keiner führt zurück. Das Wissen um den Unterschied zwischen einem guten und einem schlechten Satz ließ sich nicht mehr vergessen. Ein immanenter Leser war in mir herangewachsen. Ich war beim Schreiben nicht mehr allein. Zudem hatte die Feindberührung zur Verknüpfung zweier Neigungen geführt, die sich bislang auf unterschiedlichen Feldern ausgetobt hatten. Seit neuestem verband sich das Schreibbedürfnis mit meinem Sendungsbewusstsein, das bislang auf anderen Äckern gepflügt hatte. Durch Texte ließ sich wunderbar etwas *sagen* – eine späte Einsicht. Wie soll man als Schriftsteller zur Heimlichkeit zurückgelangen, wenn man erstens sein eigener Leser ist und zweitens plötzlich auch noch andere braucht?

Die rettende Hand zeigt sich gern in seltsamer Gestalt. In meinem Fall erschien sie als erstes juristisches Staatsexamen.

Einer der wenigen Vorteile juristischer Examina besteht darin, dass man sich bei einem Lernpensum von zehn Stunden am Tag plus zwei sechsstündigen Probeklausuren in der Woche beim besten Willen nicht als Schriftsteller verstehen kann. Wenn man schreibt, dann abends und in der Nacht, zum Ausgleich, als Entspannung, zum Durchpusten verstopfter Hirnwindungen. Natürlich arbeitete ich nicht an einem literarischen Werk. Ich produzierte unzusammenhängende Textfetzen, Szenen, Kurzdialoge, einzelne Sätze oder kleine, in sich geschlossene Episoden. Kann sein, dass sich die Namen der Figuren zu wiederholen begannen. Kann auch sein, dass mit der Zeit das eine oder andere Geschehen auf etwas Vorangegangenem aufbaute. Dass sich Themenschwerpunkte herauskristallisierten, Charaktere entstanden, eine Art Handlungsverlauf seinen Anfang nahm. Wichtig war, dass es sich im Ganzen um etwas handelte, das ich einen Wörterberg oder eine Materialsammlung nannte – keinesfalls also um einen Roman. Bei diesem ist die Bestimmung zum Gelesenwerden Teil der Gattungsdefinition. Meine Fragmente hingegen bürgten für die Lizenz zum Träumen.

Nachdem ich die Prüfungen bestanden hatte, enthielt das Verzeichnis auf meinem Computer mit dem programmatischen Namen »Schlecht« haufenweise Dateien, die ein Textvolumen von etwa zweitausend Seiten ergaben. Ich nahm das vom Jura-Examen unterbrochene Studium am Literaturinstitut wieder auf, und weil mir zum Erwerb des Diploms noch eine Menge Leistungsscheine fehlten, wählte ich einen Ausschnitt aus den reichlich vorhandenen Texten und zeigte ihn einem Dozenten. Er lachte nicht. Er sagte: Mach was daraus. – Und stellte einen Schein der Kategorie »Große Projekte« aus.

Offensichtlich hatten sich meine neuen handwerklichen Fähigkeiten des freien Phantasierens angenommen, ohne dass ich es beabsichtigt hätte. Motiviert durch das Dozentenlob, holte ich den Lektor aus der inneren Schublade, sichtete Material, stellte Reihenfolgen und Zeitebenen her, schrieb Übergänge und entwickelte eine Geschichte, in die ich bereits angelegte Handlungsstränge überführen und einen Teil des Ideenguts, das sich aus meiner juristisch-völkerrechtlichen Spezialisierung ergeben hatte, einfließen lassen konnte. So entstand *Adler und Engel*. Das Fragmentarische dieses Buchs, die aufgelöste Chronologie, die Schnitt-Technik und das ganze mosaikartige Erscheinungsbild sind Folgen der Heimlichkeit.

Nach *Adler und Engel* schrieb ich ein Buch über Bosnien-Herzegowina, in dem ich erstmalig eine schriftstellerische Absicht in Reinkultur umzusetzen versuchte. Ich hatte Bosnien besucht und verspürte das zwingende Bedürfnis, etwas zur Auffüllung der Lücke zwischen westlichen, von Kriegsberichterstattung geprägten Vorstellungen und den eigentlichen Verhältnissen im Land beizutragen. Also unternahm ich eine längere Fahrt und notierte sitzend, stehend und gehend meine Eindrücke in eine Art Reisetagebuch, aus dem ich später *Die Stille ist ein Geräusch* montierte. Dieser Text war von Anfang an für die Öffentlichkeit bestimmt, ich besaß ein Anliegen und wollte etwas vermitteln. Dass bei derart intentionalem Arbeiten für Heimlichkeit kein Platz war, verstand sich von selbst und schadete nicht, da ich es in diesem Fall nicht mit einem fiktiven Text zu tun hatte. Es ging nicht ums Tagträumen. Mein Bemühen richtete sich darauf, realen Erlebnissen eine Stimme zu verleihen und mit Hilfe der Sprache möglichst nah an tatsächliche Wahrnehmungen und Empfindungen heranzukommen. Das bedeutete eine völlig neue Form des Arbeitens, bei der schöpferischer Akt und handwerkliche Anstrengung im selben Moment zusammenfielen. Schwierig, aber nicht unmöglich. Falls ich noch einen Roman schreiben sollte, nahm ich mir vor, würde ich zuerst eine Handlung und Figuren erschaffen, ein Konzept entwerfen und dann erst mit dem Schreiben beginnen. So nämlich, wie es in meiner Vorstellung die echten Schriftsteller machen.

Dann kam das zweite juristische Staatsexamen.

Der Mensch unterscheidet sich vom Tier durch die Fähigkeit, sich selbst nach allen Regeln der Kunst in die Tasche zu lügen. Die Strategien der Heimlichkeit erlebten eine Aufrüstung.

»Was schreibst du da?«, fragte mein Freund.

»Nichts«, erwiderte ich und fuhr damit fort, Abend für Abend und Nacht für Nacht auf meinen Computer einzuhacken. Unser Kurzdialog wurde zum *running gag*: Was schreibst du? – Nichts. – Und wie läuft es so mit dem Nichts?

Mit dem Nichts lief es ganz gut, zumal der neue Text vom Nihilismus handelte. Allerdings genügte es nicht mehr, mir selbst vorzumachen, ich betreibe das Schreiben als Ausgleichssport zum Staatsexamen, denn schließlich hatte ich gesehen, was beim ersten Mal daraus geworden war. Also definierte ich den von neuem anwachsenden Wörterberg als Schreibübung zum Einstudieren einer neuen Erzählperspektive. Dass die Seitenzahl ins Maßlose stieg, störte nicht weiter. Bei Übungen aller Art gilt der Merksatz: Viel hilft viel.

Wieder führte während des Schreibens die Heimlichkeit das Zepter. Kein Satz durfte ein zweites Mal gelesen und verbessert werden. Streng verboten, die am Vortag geschriebenen Textstellen einzusehen. Völlig ausgeschlossen, nach Sinn, Nutzen oder Qualität des Erzeugten zu fragen. Überflüssig die Angst vor dem Schreckgespenst des zweiten Romans. Ich schrieb keinen zweiten Roman, ich erwarb das zweite juristische Staatsexamen. Und das war anstrengend genug.

Ein paar Details hatten sich jedoch verändert. Der Punkt, an dem ich beschloss, aus der »Materialsammlung« ein Buch zu machen, kam erheblich früher als beim letzten Mal. Auch hatte ich beizeiten angefangen, in Kapitelstrukturen zu denken. Das Drauflosspinnen war in weiten Passagen einem roten Faden gefolgt, so dass die entstandenen Handlungselemente linearer und nicht so sehr in die Breite verliefen. Dadurch wurde es leichter, den Text im Nachhinein auf seine Schwerpunkte und die gewünschte Richtung zu untersuchen und die *Roman*isierung in Angriff zu nehmen.

Am allerleichtesten wäre es allerdings, einen Text fertig zu stellen, der nicht unter dem Diktat der Heimlichkeit geschrieben ist. Ich stünde nicht vor einer Wörterreihe, deren Anfang und Ende sich in nebliger Ferne verliert, ich sähe mich nicht mit der Aufgabe konfrontiert, aus formlosen Materialsammlungen Erzählkörper zu modellieren. Was also ist der Vorteil der Heimlichkeit? Wieder eine falsch formulierte Frage. Der Heimlichkeit liegt keine Entscheidung zugrunde, sie ist ein Zwang. Ich muss frei schreiben können, nur für mich selbst, nur für jenen Moment, in dem diffuse Gedanken sich der konkreten Wortform fügen und auf dem Papier oder Bildschirm zu etwas Gegenständlichem werden. Ohne diese Art des Schreibens könnte ich mich selbst, mein Leben und die Welt nicht ertragen. Wenn ich beim Formulieren eines Satzes daran denken muss, wie der Leser ihn versteht oder welchen Stellenwert und welche Funktion das Gesagte im Gesamtkontext einnehmen soll, mischen sich die mahnende Stimme der Formanstrengung, Sirenengesänge des Erfolgswunschs, das Nölen meines inneren Lektors und das Geplapper fiktiver Kritiker zu einem kakophonen Chor, der alles andere übertönt. Versuche ich, eine vom Konzept vorgesehene Szene zu entwerfen, leert sich mein Kopf und die Worte zerfallen mir wie modrige Pilze unter den tippenden Fingern. Ich will Texte vor mich hin summen wie erfundene Melodien, die nie abreißen und sich niemals wiederholen, und von denen man selbst am allerwenigsten sagen kann, woher sie kommen und wer sie erfand. Dafür brauche ich Heimlichkeit.

Und die spricht so:

Jede Heckscheibe ein Stück Himmel, postkartengleich: Hellgraue Wolken mit gelben Bäuchen zogen gemächlich weidend über das blanke Blau, alle in eine Richtung, einem fernen Leittier folgend.

»Man übernimmt manches von der Mutter. Sehen Sie, dass mein Brustkorb aufgeworfen ist und die Rippenbögen herausstehen wie Henkel, als sollte mein Körper eines Tages an ihnen davongetragen werden?«

Er drehte sich zur Seite, öffnete die Knöpfe des Jacketts und schlug es auseinander, dass man die Silhouette von Brust und Bauch erkennen konnte, die sich deutlich abzeichneten unter dem hellen Hemd. Der Oberkörper imitierte die Form des Buchstaben P.

»Das ist ein rachitisches Syndrom«, sagte er. »Souvenir der Nachkriegszeit. Ich aber bin fast zwei Jahrzehnte nach Kriegsende geboren. Kann man eine Mangelerscheinung erben? Kann man nicht. Und trotzdem habe ich diesen Brustkorb.« Achselzuckend ordnete er das Jackett und knöpfte es wieder zu.

Sie hatten das Wasser erreicht, stützten die Ellenbogen auf das Geländer und sahen zu, wie eine erbarmungslose Sonne den Fluss leer trank. – Wer sind diese beiden, die an einem heißen Tag spazieren gehen und sich über Anatomie unterhalten? Wo befinden sie sich, auf welchem Kontinent, in welchem Jahrhundert? Wie haben sie sich kennen gelernt und was interessiert sie aneinander?

Ich will es noch nicht wissen müssen. Ich werde es nach und nach erfahren, wenn die Textstellen sich häufen – oder niemals, wenn die zu diesen Zeilen gehörende Datei im viereckigen Loch verschwinden sollte, das inzwischen im Inneren meines Rechners liegt. Natürlich habe ich mir vorgenommen, für den nächsten Roman zuerst ein Konzept zu erstellen, Handlung und Figuren zu erschaffen... Und so weiter. Falls das nicht klappen sollte, werde ich Richter oder Staatsanwalt. Das verschafft der Heimlichkeit des Schreibens eine lebenslange Haltbarkeitsgarantie.

2005

Auf den Barrikaden oder hinterm Berg?

Längst ist es ein Standardvorwurf, fast schon ein Stereotyp geworden, dass wir, die schreibende Zunft und vor allem die Jüngeren unter uns, im schlimmsten Sinne unpolitisch seien. Wir halten keine Parteibücher. Wir benutzen unsere Texte nicht als Träger politischer Inhalte. Ob wir wählen gehen und was, wissen bestenfalls unsere engsten Freunde. In Radiointerviews rufen wir nicht aus: Nieder mit Schröder! Tötet George Bush! Stoppt die Steuerreform! – Falls wir eine Meinung haben, teilen wir sie höchstens in aller Bescheidenheit mit, am liebsten am Küchentisch und unter kostenfreier Mitlieferung sämtlicher Gegenpositionen. Unseren Hauptwohnsitz würden wir niemals mit »Auf den Barrikaden« angeben.

Eher im Gegenteil. Ich kenne viele Autoren, die von ihren eigenen Texten oder sogar von der Literatur an sich behaupten, sie sei verpflichtet zu politischer Abstinenz. Kunst und Künstler dürften sich nicht in den Dienst überindividueller Zwecke stellen, »vor keinen Karren spannen lassen«, wie die gängige Formulierung lautet. Über diese abstrakte Frage ist in der Vergangenheit zu Genüge gestritten worden. Neu scheint mir der Umstand zu sein, dass die zeitgenössische Abkehr der

Literatur vom Politischen keinesfalls einem ästhetischen Programm entspringt. Sie hat nichts mit *l'art pour l'art* zu tun. Sie folgt auch nicht aus einem politischen Konzept. Sie ist – einfach da. Eine Selbstverständlichkeit, zu der es keine Alternative zu geben scheint.

Natürlich ist dies kein flächendeckendes Phänomen. Kulturelle Phänomene sind niemals flächendeckend. Es geht um Trends und Häufigkeiten. Während in der vielbeleuchteten Generation der Achtundsechziger politisches Schreiben nicht nur zum guten Ton gehörte, sondern fast schon obligatorisch war; während im Osten unseres Landes auch in den nachfolgenden Jahrzehnten eine Auseinandersetzung mit dem System aus nachvollziehbaren Gründen einen festen Stellenwert im literarischen Tagesgeschäft innehatte, scheint für die Jungen und Jüngsten unter uns, gleich ob Fräulein oder Wunder, der Politik etwas Anrüchiges, ja, Altbackenes anzuhaften.

Nun will ich keineswegs ins Klagelied von der Politikverdrossenheit einstimmen. Es gibt sie nämlich nicht. Das Problem beruht allein auf einem terminologischen Missverständnis. Gemeint ist nicht die Politik-, sondern die Parteienverdrossenheit.

Die Angehörigen meiner Generation sind Einzelgänger. Sie mögen sich nicht mit einer Gruppe identifizieren. Wenn einer schon Schwierigkeiten hat, eine Familie zu gründen – wie soll er dann einer Partei beitreten? Wer sich heute als Teil einer Bewegung versteht, gerät schnell in den Verdacht eines Mangels an individueller

Persönlichkeit und eines reichlich uncoolen, wenn nicht gar gefährlichen Herdentriebs. Man mag in Deutschland keine Uniformen mehr, weder stoffliche noch geistige. Dass diese Abneigung in einem Land, dessen Bevölkerung traditionell zu Übertreibungen neigt, schnell zum fanatischen Antikollektivismus mutiert, vermag nicht einmal sonderlich zu überraschen. Eine Folge daraus ist leider die Unfähigkeit, legitime Interessen gemeinsam durchzusetzen und auf diese Weise am demokratischen Leben teilzunehmen. In der Demokratie zählt die Mehrheit, und die Mehrheit ist nun mal in gewissem Sinn eine Gruppe.

Ein Schriftsteller muss aber, um politisch zu sein, nicht nur keiner Partei angehören; er muss nicht einmal politische Literatur schreiben. Er kann Schriftsteller und politischer Denker in Personalunion sein, ohne dass das eine Mittel zum Zweck des anderen würde. Was wäre von ihm überhaupt zu erwarten? Er müsste zu bestimmten politischen Themen eine Meinung entwickeln und diese von Zeit zu Zeit öffentlich kundtun. Mehr als jeder andere hat er die Chance, politisch zu agieren und trotzdem seine Herdenphobie zu pflegen. Lässt man nun die lebende Schriftstellergeneration vor dem geistigen Auge vorbeiziehen, wird man sich in den meisten Fällen ergebnislos fragen: War X für oder gegen den Irakkrieg? Was meint Y zum Reformstau? Wie steht es nach Z's Meinung um die Fortentwicklung der Demokratie?

Befragt man X, Y und Z in der Kneipe bei Bier und

Wein, werden sie mit großer Wahrscheinlichkeit zu allen diesen Fragen etwas sagen können. Fragt man sie weiter: Warum schreibt ihr das nicht auf, wie es eurer Profession entspricht?, werden sie Unklares murmeln. Das bringt doch nichts. Das ist nicht mein Job. Ich trenne Politik und Literatur. Ich will mich vor keinen Karren spannen lassen ... *da capo, da capo.*

Man hat, unendlich paradox, die Politik zur Privatsache erklärt.

Dafür gibt es einen Grund. Die öffentliche Meinung hat die Schriftsteller aus dem Dienstverhältnis entlassen, und Letztere haben nicht einmal versucht, Kündigungsschutzklage zu erheben. Wenn heutzutage ein Bedarf nach Meinungen entsteht, fragt man einen Experten. In schlimmen Bedarfsfällen gründet man eine Kommission. Es gibt Balkanexperten, Irakexperten, Finanz-, Ethik- und Jugendexperten, Experten für Demokratie oder Menschenrechtsfragen, und es gibt fast ebenso viele Kommissionen. Die Schriftsteller haben sofort eingesehen, dass sie weder Experten noch eine Kommission sind. Sie sind Spezialisten für alles und nichts, für sich selbst, für Gott und die Welt.

Die moderne Menschheit unterliegt einem fatalen Irrtum, wenn sie vergisst, dass Politik etwas ist, das, im Guten wie im Bösen, von Menschen für Menschen gemacht wird, und nicht etwa eine Wissenschaft, die nur in den Laboratorien der globalen Wirtschaft und des internationalen Verbrechens erforscht und verstanden wird. Um politisch zu sein, braucht man keine Partei, und vor allem braucht man kein staatlich anerkanntes Expertentum. Vielmehr braucht man zweierlei: gesunden Menschenverstand und ein Herz im Leib. Wem diese Betrachtungsweise naiv erscheint, der hat sich, vermutlich unbemerkt, schon recht weit vom ursprünglichen Ideengehalt unserer Staatsform entfernt. In einer Demokratie geht die Staatsgewalt vom Volke aus, und dies darf nicht nur ein leeres Lippenbekenntnis sein. Das Volk ist kein Gremium. Wenn tatsächlich ein großer Teil der Bevölkerung dem Gefühl erläge, die Politik sei zu kompliziert, zu abgehoben, vielleicht auch zu langweilig und vor allem zu undurchlässig, um den Einzelnen noch etwas anzugehen, befände sich das demokratische System in einer Krise.

Es ist durchaus nicht so, dass uns Schriftstellern Herz und Verstand abhanden gekommen wären. Wir trauen uns nur nicht mehr, sie öffentlich zu gebrauchen. Wir fürchten die Frage: Woher wisst ihr das?

Nach meiner politischen Einstellung befragt, würde ich antworten, dass ich meinen Kinderglauben an die Gerechtigkeit nicht verloren habe. Ich würde anführen, dass ich meine juristischen Kenntnisse darauf verwende, ehrenamtlich gegen demokratischen Kolonialismus auf dem Balkan und gegen die Telekom zu kämpfen. Ich gehöre keiner Partei an, und niemand, am allerwenigsten ich selbst, wäre in der Lage zu sagen, ob ich »links« bin oder »rechts«.

Mehr als rechts und links, rot oder schwarz stützt mich der feste Glaube, dass der Literatur *per se* eine soziale und im weitesten Sinne politische Rolle zukommt. Es ist ein natürliches Bedürfnis der Menschen zu erfahren, was andere Menschen – repräsentiert durch den Schriftsteller und seine Figuren – denken und fühlen. Allein deshalb darf die Literatur auf dem Gebiet der Politik nicht durch den Journalismus ersetzt oder verdrängt werden, und sie soll sich nicht hinter ihrem fehlenden Experten- und Spezialistentum verstecken. Sie steht vielmehr in der Verantwortung, die Lücken zu schließen, die der Journalismus aufreißt, während er bemüht ist, ein angeblich »objektives« – und deshalb immer verfälschendes – Bild von der Welt zu zeichnen. Damit hat die Literatur eine Aufgabe, an der sie wachsen kann, und hier liegt der Weg, den ich einzuschlagen versuche. Ich möchte den Lesern keine Meinungen, sondern Ideen vermitteln und den Zugang zu einem nichtjournalistischen und trotzdem politischen Blick auf die Welt eröffnen. Auch wenn in unseren ruhigen Zeiten die Nachfrage nach Helden – Gott sei Dank! – gering ist, hat jede Generation ihr Anliegen und jedes Jahrzehnt seine Ideen, Probleme, Schrecknisse und Hoffnungen. Es gibt keinen Grund, damit hinter dem Berg zu halten.

2004

Sag nicht ER zu mir

1. ICH schreibt ein Buch. ICH hat viel erlebt, deshalb kann ICH auch viel erzählen.

Zu Beginn ein bisschen Statistik. Die beiden im Frühjahr 2002 erschienenen Anthologien *20 unter 30* (DVA) und *Vom Fisch bespuckt* (Kiepenheuer & Witsch) versammeln insgesamt 57 Erzählungen von 57 jungen und sehr jungen, weiblichen und männlichen Autoren.

Darunter sind 36 Ich-Erzählungen. Eine ist von mir.

Das macht 64,9 %. Der Anteil personaler Erzählungen, bei denen die Ich-Perspektive durch ein »er« oder »sie« etikettiert wird, liegt bei 22,8 %. Eine Geschichte benutzt »man« im Sinne von »ich«, und bei den verbleibenden sieben Texten ist die Erzählhaltung schwer bestimmbar. Das Durchschnittsalter der Autoren liegt bei 29,3 Jahren. Wie hoch ist die Raumtemperatur?

Und wer ist eigentlich dieser ICH, der zwei Drittel der Gegenwartsliteratur auf dem Gewissen hat?

Als ich klein war, gab es ICH noch nicht. Ohne dass es mir richtig bewusst gewesen wäre, bedienten sich meine Gedanken eines Erzählers. In meinem Kopf gab es keine Gegenwart, sondern nur episches Präteritum, und für mich selbst kein ICH, sondern die dritte Person.

Wenn ich von der Schule nach Hause kam, konnte ich zum Beispiel denken: *Die letzte Stunde war ausgefallen.* »Hoffentlich gibt es Leberkäse zum Mittagessen«, *dachte sie und schob den Schlüssel ins Schloss der Haustür.*

Brüllte ich dann »Hallo Mama!« in den Flur, fügten meine Gedanken *rief sie* hinzu. ICH existierte nur in der wörtlichen Rede: »*Da bin ich schon*«, *sagte sie, als die Mutter in den Flur trat.*

Wann das angefangen hat, weiß ich nicht mehr. Seit ich lesen konnte, verschlang ich Unmengen von Büchern, und bei Michael Ende oder den drei Fragezeichen kam ICH nicht vor. Außer in der wörtlichen Rede.

Als mir klar wurde, dass ein Erzähler sich meiner Gedanken bemächtigt hatte, war ich alt genug, um an eine psychische Störung zu glauben. Ich arbeitete daran, mir diese Art des Denkens abzugewöhnen, ich zwang mich, von mir selbst in der ersten Person zu denken: ICH zu benutzen.

Wie man sieht, ist es gelungen. Heute bin ich in der Lage, sogar einen Essay über Erzählperspektiven in der Ich-Form zu schreiben. Jetzt, da ich ICH habe, werde ich ICH nicht mehr los. Und das scheint, rein statistisch, zwei Dritteln der schreibenden Bevölkerung nicht anders zu gehen.

»Im Gedenken an alle, die beim Versuch, auktorial zu erzählen, den Verstand verloren« – dieses Motto stellte mein Freund F. neulich einer seiner Kurzgeschichten voran.

2. ICH findet sich selbst am interessantesten auf der Welt. Das hat ICH so gelernt. Vielleicht ist ICH Solipsist.

Die Ich-Erzählung ist keine Erfindung der neunziger Jahre. Es gibt sie schon lang und in allen Variationen. Das ICH kann Hauptfigur des Geschehens oder peripherer Beobachter sein, es kann ein Erlebnis aus der Erinnerung berichten oder vom Hörensagen, es kann nur im ersten oder letzten Satz einer Erzählung auftauchen oder in jeder Zeile. Wie man spätestens im Deutschgrundkurs gelernt hat, haben die ICHS aller Zeiten eines gemeinsam: Sie sind nicht mit dem Autor identisch.

Sind sie nicht? Ein Blick in die biographischen Tabellen der genannten Anthologien zeigt: Der Altersunterschied zwischen ICH und seinen Schöpfern und Schöpferinnen bewegt sich meist innerhalb einer Spanne von wenigen Jahren. In den Geschichten wird gebadet, im Taxi gefahren und Geburtstag gefeiert, Lady Di stirbt, RTL läuft, Vater oder Mutter haben eine Meinung dazu. Das ICH hat häufig keinen Beruf, fast möchte man vermuten, dass es irgendetwas Geisteswissenschaftliches studiert und manchmal Kurzgeschichten schreibt. Beim Lesen entsteht ein unbehagliches Gefühl. Es liegt nicht an mangelnder Abwechslung bei Wiederbegegnungen mit der immer gleichen Erzählhaltung, sondern am schleichenden Verdacht, bei ICH handele es sich nicht nur um eine literarisch notwendige Konstruktion. Sondern um einen verdammt engen Verwandten des Autors.

Wir kreisen um die eigene Person. Erzählen unsere

Lebensgeschichten schon in jungen Jahren einem Psychiater oder einer Textdatei mit Namen »roman.doc«. Wir haben noch nicht viel von der Welt gesehen und trotzdem beschlossen, Schriftsteller zu werden. Wir leben zwischen eigenem Bauchnabel und Tellerrand und schreiben darüber. Unsere Texte sind ICH-bezogen wie wir selbst.

Auf den ersten Blick scheint an dieser Erklärung etwas Wahres zu sein. Sie passt zu dem oft geäußerten, verworfenen und wieder aufgewärmten Vorwurf, die Literatur, insbesondere die deutsche und erst recht die junge Literatur, habe nichts zu erzählen. Sie sei Pop und U statt Schwerkost und E, und ihre Autoren beherrschten vielleicht den medienwirksamen Auftritt, nicht aber das literarische Handwerk.

Schon möglich. Aber nichts erzählen könnten wir doch eigentlich auch in der dritten Person?

Wer dem ICH zu entkommen versucht, landet, wie meine kleine Statistik zeigt, im Regelfall bei der personalen Erzählhaltung. ICH wird umgetauft in Sylvie, Ulli, Nette, manchmal auch nur in »er« oder »sie«. ER, der über die Straße geht, lacht, guckt, fühlt und denkt, trägt beim Erleben und Wahrnehmen die Kamera der Erzählperspektive mit sich herum. Der Leser erfährt nichts, was ER nicht weiß, sieht nichts, was ER nicht sieht, und kann nur im Schlepptau der Hauptfigur das literarische Geschehen durchleben. Der Blick auf die vom Text geschaffene Welt bleibt eingeschränkt durch das Schlüsselloch einer subjektiven Wahrnehmung.

Und das in einer Zeit, da Bewusstseinsströme, innere Monologe, autoanalytische Suada und überhaupt Spaziergänge durch den am besten kranken Kopf einer einzelnen Figur keinen Hund mehr hinter dem Ofen hervorlocken dürften. Ja: Die Welt ist nicht mehr als unser Blick auf sie. Klar: Eine objektiv zugängliche Wirklichkeit gibt es nicht. Spätestens seit *Matrix* müsste uns diese Erkenntnis aus Platons Höhlengleichnis zum Hals heraushängen. Bestimmt mochte auch Platon keine Bücher, die mit dem Satz »Und dann erwachte ich« enden. Auch wenn man demütig allen objektiven Wirklichkeiten und Wahrheiten abgeschworen hat, zwingt das nicht dazu, ein Leben lang nur noch aus der Subjektiven zu erzählen.

Der Mann ohne Eigenschaften, von dem hier erzählt wird, hieß Ulrich, und Ulrich – es ist nicht angenehm, jemand immerzu beim Taufnamen zu nennen, den man erst so flüchtig kennt! [...] – hatte die erste Probe seiner Sinnesart schon an der Grenze des Knaben- und Jünglingsalters in einem Schulaufsatz abgelegt, der einen patriotischen Gedanken zur Aufgabe hatte. Patriotismus war in Österreich ein ganz besonderer Gegenstand.

Jeder einzelne Satz aus Robert Musils unvollendetem Roman kann als Paradebeispiel herhalten für den Tonfall einer Stimme, die weder einem ICH noch einem personalen ER zugeordnet ist. An- und Einsichten des Romans sind nicht solche der Figuren. Diese werden am langen Arm der epischen Distanz zu der ihnen eigenen Subjektivität geführt: *Über die Zeit bis dahin ver-*

mochte Ulrich heute den Kopf zu schütteln. Der Text bleibt Text, Ulrich bleibt Ulrich und damit eine literarische Konstruktion. Das ist strenge und vielleicht schwer verdauliche Trennkost im Vergleich zum Kochrezept der neuen ICH-Erzählung, das Autor, Erzähler, Figur und Leser auf kleiner Flamme zu einer geschmeidigen Masse verrührt.

»Aber wenn ich versuche, auch nur den Anfang eines Textes auktorial zu konzipieren«, sagt mein geplagter Freund F., »klingt es altbacken, oberlehrerhaft und vorgestrig!«

3. ICH drechselt nicht. ICH redet, wie ihm der Schnabel gewachsen ist.

Kann eine Erzählperspektive direkten Einfluss auf die sprachliche Qualität des Textes haben? Wie kann eine Erzählhaltung veraltet oder zeitgemäß frisch oder überhaupt irgendwie »klingen«?

Im Vergleich zum ICH steht der auktoriale Erzähler in Sachen Distanz zum literarischen Geschehen und den darin herumlaufenden Figuren am anderen Ende der Fahnenstange. Er stellt die Ereignisse aus der Vogelperspektive dar, unabhängig vom Wissensstand einzelner Charaktere, in Ort und Zeit nicht zwingend an deren fiktive Biographien gebunden. Das aber müsste in lakonischen Fünf-Wörter-Sätzen oder verträumt-sarkastischem Prenzlauer-Berg-Duktus genauso möglich sein wie in seitenlangen Schachtelsatz-Gebäuden. Trotzdem ist die Ansicht weit verbreitet, man könne »so«, nämlich wie Musil oder Mann, »heutzutage« nicht mehr erzählen. Muss man ja auch nicht. Aber was hat das mit der Erzählperspektive zu tun?

Der Mensch, von dem hier die Rede ist, hieß Ulrich. Gott, wie es nervt, einen Typen ständig duzen zu müssen, obwohl man ihn kaum kennt! Dieser Ulrich hatte schon als pickliger Jüngling bewiesen, wie er drauf war, in einem Schulaufsatz nämlich, wo es um Patriotismus ging. Patriotismus war in Österreich ein großes Ding.

Oder:

Der Mann hieß Ulrich. Es ist nicht leicht, jemanden mit Vornamen anzureden, den man nicht kennt. Ulrichs Gesinnung war wohlbekannt. In der Schule hatte er einen Aufsatz über Patriotismus verfasst. In Österreich ein besonderer Gegenstand.

Der Sache nach kann auktoriales Erzählen kein stilistisches Problem sein. Aber vielleicht fühlen sich junge Autoren aus anderen Gründen nicht wohl in der auktorialen Haut und geraten deshalb beim halbherzigen Versuch, eine omnipotente Haltung einzunehmen, leicht in Gefahr, sich als Stimmenimitatoren zu betätigen. Lächerlich wäre dann nicht die auktoriale Haltung, sondern deren misslungene Kopie; abschreckend nicht ein bestimmtes Erzählverhalten, sondern das Unvermögen, es originär zu betreiben.

4. ICH *will nicht Gott sein.* ICH *ist Demokrat.*

Ein auktorialer Erzähler ist Herr in der Welt seiner Geschichte. Er ist den Geschehnissen nicht ausgeliefert, sondern steht über ihnen. Selbst wenn er in den vorgetragenen Ereignissen eine Rolle spielt, hat er im Moment, da er sich zurücklehnt und alles berichtet, das Gröbste überstanden und blickt darauf mit dem Selbstbewusstsein eines Menschen, der Anfang und Ende kennt. Der auktoriale Erzähler weiß mehr als Leser und Figuren und zeigt das. Er ist im Text die unanfechtbare Autorität.

Zu der Zeit, da sich ein Erzähler meiner Gedanken bemächtigte und ich mich gemeinsam mit Momo oder den drei Fragezeichen auf der falschen rezeptionstheoretischen Ebene zu bewegen begann, war die Welt vielleicht nicht in Ordnung, aber sie hatte eine Ordnung: Ich war klein, und es gab einen Haufen Wesen, die im Vergleich zu mir allmächtig und allwissend waren. Kinder- und Jugendliteratur ist heute wie früher häufig auktorial erzählt und scheint auf diese Weise einer Weltordnung zu entsprechen, die in einer frühen Lebensphase immer noch Gültigkeit besitzt.

Später lernte ich, dass Gott entweder tot ist oder eine Frage der individuellen Selbstverwirklichung. Vater und Mutter, Klassenlehrer und Bundeskanzler sind nicht notwendig tot, aber auch nur Menschen und damit weit entfernt von allwissend oder omnipotent. Kritisches Nachfragen im Unterricht endet nicht in der

Ecke oder beim Nachsitzen, sondern wird mit guten Noten belohnt. Wohin es führt, wenn einer führt, studieren wir im Geschichtsunterricht in aller Ausführlichkeit.

Seit dem Zweiten Weltkrieg wird innerhalb unseres demokratischen Systems versucht, den Einzelnen nicht über seinen Platz innerhalb einer hierarchischen Struktur zu definieren. Wir sind mehr als Sprossen irgendeiner Hühnerleiter. Die Erzählperspektive ist eine Blickrichtung, eine bestimmte Sicht auf die Welt, die von persönlicher Identifikation und Sozialisierung beeinflusst wird, und als solche setzt sie sich ins Verhältnis zur gesellschaftlichen Realität.

Einer erzählenden Autorität fehlt heute in Familie, Schule und Politik die Entsprechung. Ohne feststehende, hierarchisch gestützte Ordnungsprinzipien gibt es in unserem täglichen Erleben vor allem das der Umwelt und sich selbst ausgelieferte ICH und darüber den blauen oder grauen Himmel.

Warum also sollten wir beim Schreiben die Haltung eines Über-ICHS simulieren, das alles weiß und deshalb regiert? Warum sollten wir beim Lesen eine solche Haltung akzeptieren? Ist auktoriales Erzählen nicht irgendwie »undemokratisch«?

5. *Weil* ICH *nervt. Weil* ICH *beschränkt ist wie die Menschen selbst.*

Und weil es Genuss bereitet, etwas erzählt zu bekommen, ohne im engen Kopf einer einzelnen Figur kauern zu müssen. Man schlägt das Buch auf, sitzt sogleich mit dem Rücken am Kachelofen, vor einem Lagerfeuer oder unter Deck eines Überseedampfers. Und betrachtet eine ganze Welt. Der auktoriale Erzähler kennt seine Geschichte und ihre Bedingungen, sonst würde er sie nicht präsentieren. Er hat sie erlebt oder erfunden, und er hat es nicht nötig, das Subjektive daran ständig in den Vordergrund zu stellen.

Ein großer Teil der Leserschaft scheint sich nach dieser Art des Erzählens zu sehnen. Wenn sie in Deutschland nicht zu haben ist, wird sie importiert. In den letzten Jahren stand lateinamerikanische Literatur hoch im Kurs. Deren Autoren haben im Text erheblich weniger Probleme mit Erzählpatriarchen. Dafür in der wirklichen Welt mit Vätern, Göttern und Diktatoren. García Márquez wollen alle lesen. Paradoxerweise will hier aber niemand so schreiben.

Wir fühlen uns nicht einer zwingenden Übermacht ausgeliefert, sondern der allzu großen Beliebigkeit, dem berühmt-berüchtigten *anything goes*. Die Freiheit der Wahl bringt die Qual mit sich, unablässig Entscheidungen treffen zu müssen. Umso mehr kann das Eindringen in die von zentraler Instanz geordnete Welt eines Romans Erleichterung bedeuten. Man lässt sich alles zeigen und erklären, wird beim Lesen zum Kind, entledigt sich ungestraft für ein paar hundert Seiten jeder Verantwortung. Frei von Nebenwirkungen. Symptome einer auktorialen Persönlichkeitsspaltung nur bei Überdosierung: *»Hallo Mama«, rief sie, »ich bin schon da.«*

6. ICH beschreibt, was ICH sieht. Was ICH nicht sieht, braucht der Autor nicht zu beschreiben.

»Die volle erzählerische Möglichkeit«, sagt mein Freund F., »liegt bei der auktorialen Instanz. Und genau da liegt auch das Problem.«

Beim auktorialen Erzählen kann die Handlung an beliebig vielen Orten spielen, abwechselnd, gleichzeitig, hintereinander, in beliebig vielen Zeiten und Epochen, ohne dass die Auswahl beschränkt wäre durch den Lebensweg, das Wissen und die Wahrnehmung einzelner Figuren. Der Autor steht auf der Schwelle eines unbegrenzten Spielfelds, eines Paradiesgartens. Totale Freiheit.

Seit wir sie haben, stehen wir mit der Freiheit auf ebenso schlechtem Fuß wie ehemals mit den Autoritäten, die wir nicht mehr haben. Antiproportional zum Wachsen der Möglichkeiten sinkt die Fähigkeit zu wählen. Alles kommt in Frage. Da ist es wieder: *anything goes.*

Entscheidungen werden anhand und mit Hilfe von Prinzipien getroffen, und auch davon besitzen wir nicht mehr viele. »Du sollst nicht töten« gilt weiterhin, hilft aber nicht beim Verfassen eines Romans. Woher soll der Autor wissen, was ins Buch gehört und was nicht? Ganz einfach: Das Gute ins Töpfchen. *Pro bono contra malum.* Nur lässt das Gute sich schlecht identifizieren, wenn es nicht einmal gültigen ästhetischen Kriterien gehorchen kann. Erst recht diktieren Moral und Ethik uns nichts in die Feder, und politische Intentionen sind etwas für Ostalgiker und übrig gebliebene Feministinnen. Sicher: Das zu erzählende Geschehen stellt Forderungen, die es beim Schreiben einzulösen gilt. Aber das Geschehen ist nur das Skelett des späteren Textes, und entgegen einer verbreiteten Auffassung ergibt sich der große Rest auch beim begabten Schriftsteller nicht etwa von selbst. Die totale Freiheit ist schwer zu verwalten.

Einen überschaubaren Radius im Land der unbegrenzten Möglichkeiten schafft das ICH. Es trifft eine Vorselektion: Eine Szene, die ICH nicht erlebt hat, kann nicht erzählt werden. Es sei denn, ICH hat sie geträumt oder davon gehört. Dieses Verfahren schränkt ein und teilt vom horizontlosen Tummelplatz einen Laufstall ab, in dem sich gerade junge Autoren, die Verfasserin inklusive, wohler fühlen als auf freier Wildbahn.

Junge Autoren sind also Anfänger, und auktoriales Erzählen ist etwas für Fortgeschrittene? Vielleicht ein bisschen. In diesem Fall müsste jedoch ein Haufen schlechter auktorialer Erzählungen existieren. Oder waren wir je vernünftig genug, um nichts zu beginnen, das wir nicht beherrschen?

7. ICH weiß, dass ICH nichts weiß.

Es steht zu befürchten, dass der subkutane Widerstand dagegen, vom Autor zum Erzähler zu werden, eine weitere Ursache hat. Das ICH ist nicht bloß einfacher zu bewältigen. Es ist nicht nur die bessere Entsprechung einer autoritätsfreien Umwelt und nicht nur *alter ego* einer bauchbespiegelnden, unpolitischen, popigen Individualistengeneration.

Wir haben Höhenangst. Uns ist der Wille zur Draufsicht verloren gegangen, in der Vogelperspektive wird uns schwindlig.

Der Erzähler berichtet seinen Lesern von der Welt. Zunächst von der selbstgeschaffenen und über diese auch ein kleines Stück von der wirklichen Welt. Er gibt vor, etwas davon zu verstehen, und möglicherweise hat er wirklich etwas verstanden. *Der Patriotismus ist in Österreich ein ganz besonderer Gegenstand* – wer würde es heute noch wagen, einen solchen Satz zu schreiben? Ein Historiker. Ein Essayist vielleicht oder der Politikredakteur einer überregionalen Tageszeitung. Sätze dieser Art sind für Sachverständige, für Ethikexperten, Gentechnologie-, Wirtschafts-, Umwelt- und Balkanspezialisten. Ein Schriftsteller würde schreiben: »*Der Patriotismus*«, *sagte der distinguierte Herr mit dem zurückweichenden Haaransatz und den auffällig dunklen Augenbrauen,* »*ist in Österreich ein ganz besonderer Gegenstand.*« *Ich wagte keine Widerworte. Schon seinem Tweedanzug war anzusehen, dass der Mann wusste, wovon er sprach.*

Die Teilnehmer an öffentlichen Diskursen hießen einst Intellektuelle oder gar Philosophen, und wenigstens zur ersten Kategorie durfte ein Schriftsteller sich zählen. Heute heißen sie Spezialisten, Sachverständige oder eben Experten. Sie führen das allgemeine Gespräch über eine angeblich immer komplexere Welt.

Die Welt war, ehrlich gesagt, schon immer ziemlich komplex. Nur war unser Informationsstand noch nie so hoch, der Zugang zu Wissensquellen niemals leichter und die Möglichkeit zur Teilnahme an Kommunikationsprozessen weniger verbreitet. Wachsendes Wissen, lautet eine alte Erkenntnis, geht mit dem wachsenden Gefühl des eigenen Nichtwissens einher. Diese Unsicherheit gälte es auszuhalten, um meinungs- und sprachfähig zu bleiben. Auch wenn es einfach ist, jemanden mundtot zu machen, indem man ihn bei fehlendem Expertentum ertappt.

Wir haben das Feld geräumt und uns auf die letzte Bastion individuellen Spezialwissens, nämlich das streng subjektive Erleben zurückgezogen. In die literarische Froschperspektive. Die Stimme aus dem Off, sie schweigt. Die Gedanken sind frei, vor allem die eigenen, und wenn es brenzlig wird, können wir die Mär vom literarischen Erzählen wiederbeleben: Das habe doch nicht ich gesagt, sondern ICH, und ICH ist, wie jeder weiß, mit dem Autor nicht identisch.

8. ICH *könnte mal Pause haben.* ICH *könnte den Mund halten, während andere reden.*

Vielleicht sollten wir wieder bei Momo oder den drei Fragezeichen beginnen. Uns mit dem Rücken an Kachelöfen lehnen, Überseefahrten unternehmen, dreimal täglich den Satz wiederholen: Musil hat es auch überlebt. Unsere Persönlichkeiten spalten, bis wir genügend Leute haben für ein breites literarisches Figurenpersonal. Stadtrundflüge buchen zur Überwindung von Höhenangst, autoritär-hierarchische Strukturen verinnerlichen bei der Bundeswehr. Jeden Morgen vor dem Badezimmerspiegel sagen: Patriotismus ist in Österreich ein besonderer Gegenstand.

»Es wäre gut«, sagt mein Freund F., »mal eine moderne, deutsche, auktoriale Erzählung zu schreiben.«

Oder wenigstens einen auktorialen Essay.

ICH meint ja nur.

2002

REISEN

1 einen kriegszug unternehmen, auf dem kriegszuge sein, sowohl absolut als mit näheren bestimmungen
2 aufbrechen, weggehen von einem ort, sich fortmachen; auch vom unfreiwilligen fortgehen, sich wegscheren. im sinne von aufbrechen
3 eine reise (im gewöhnlichen sinne) machen, sich auf reisen begeben, auf reisen sein, zunächst vom menschen, ohne nähere bestimmung

Fehlende Worte

Am vorletzten Tag des Jahres 1998 beschlossen S. und ich plötzlich, Silvester in Krakau zu verbringen. Über Krakau wussten wir, dass von dort die Würstchen gleichen Namens stammen.

In Polen war ich nie zuvor gewesen. Das Land stellte ich mir als riesengroßes, stillgelegtes Industriegelände vor. Von Krakau trennten uns 600 Kilometer, wir rechneten mit sieben Stunden. Bis zum Abend hatte ich einen Mietwagen organisiert, in der Nacht fuhren wir los.

Nach sechzehn Stunden Autofahrt näherten wir uns einer Stadt. Genaues war nicht zu erkennen, das Land lag im Nebel, die Sichtweite betrug vier Meter, die Temperatur minus fünfzehn Grad. Die Uhr am Armaturenbrett zeigte drei am Nachmittag, aber vielleicht hatten wir unterwegs unbemerkt ein paar Zeitzonen durchquert. Vielleicht auch gleich ein paar Jahrhunderte. Pferdekutschen, die Insassen in Decken gehüllt, tauchten aus der Watte auf, Teile einer mittelalterlichen Burganlage, gotische Kirchtürme, ein regungsloser Fluss, weiß von Schwänen.

Scheiße, sagte S., wir sind in einem tschechischen Märchenfilm gelandet.

Straßen und Bürgersteige waren voller Menschen, die Hotels ausgebucht, an den Rezeptionen lachte man uns aus.

Durch Zufall fanden wir Unterschlupf zwischen den Betonwänden eines noch nicht fertig gestellten Hotels. Es roch betäubend nach Farbe und Zement. Mühsam hielten wir uns wach, trieben in engen Gassen durch gelb angestrahlten Dunst, aneinander geklammert, um uns im Gewühl nicht zu verlieren, berührten gelegentlich die alten Gemäuer mit Händen, darauf gefasst, ins Leere zu greifen. Die fremde Sprache aus unzähligen Mündern vermischte sich mit Musik, die, wohin wir auch liefen, immer gedämpft hinter geschlossenen Fenstern, einer Mauer oder der nächsten Straßenecke erklang. Um Mitternacht konnten wir mit den blau gefrorenen Fingern die Sektflasche nicht öffnen.

Als wir erwachten, war es immer noch neblig und dunkel, geduckt verließen wir das Hotel, ohne einer Menschenseele zu begegnen. Die Armbanduhren zeigten sechs Uhr, aber morgens oder abends, und welcher Tag? Jedenfalls hatte das neue Jahr begonnen, wir konnten nach Hause. Acht Stunden später war es immer noch nicht hell, der nagelneue Mietwagen brach kurz vor der deutschen Grenze zusammen.

Krakau, das war etwas ohne Ort und Zeit, schön, wie nur Dinge es sind, die man nicht klar zu sehen vermag, angefüllt von einer Sprache, die Musik wurde, weil man sie nicht verstand. Alles war Rausch und nichts funktionierte. Nicht einmal der nagelneue Opel von Sixt.

Der ADAC brachte uns nach Leipzig. Während ich zwischen S. und dem Gelben Engel im Fahrerhäuschen des Abschleppwagens königlich hoch über der Straße thronte, stellte ich mir vor, wie es wäre, in einer Stadt zu leben, deren Häuser, kaum dreht man ihnen den Rücken, die Plätze tauschen. Wo es niemals hell wird. Wo der Nebel unentwegt Gesichter verschlingt und entlässt, die Antworten zu verbergen scheinen, zu denen man nicht einmal die Fragen kennt. Krakau ließ mich nicht mehr in Ruhe. Ich wollte nichts entdecken, weder Detektiv noch Spitzel oder Pfadfinder sein. Ich wollte kein Geheimnis ergründen, sondern die Schönheiten des Schleiers genießen. Ich spürte eine unwiderstehliche Sehnsucht, selbst Teil dieses Schleiers zu werden.

Ein gutes Jahr später bin ich wieder da, ausgerüstet mit Kleidung und Büchern für vier Monate sowie der Möglichkeit, ein Auslandssemester in Polen zu absolvieren. Ich habe Unterkunft gefunden bei einer Familie im Randbezirk Borek Fałęcki, dessen Namen ich mir nicht länger als drei Sekunden merken kann. Die Straßen bestehen aus hart gefrorenen Radspuren und den Abdrücken von Füßen. Hier und da kleben weggeworfene Weihnachtsbäume am Boden fest. Die Temperatur liegt bei minus zwanzig Grad, hinter den Zäunen bellen unsichtbare Hunde. Vor dem Betreten des Viertels muss minutenlang an einer Bahnschranke gewartet werden, hinter der niemals ein Zug vorbeifährt.

Im Treppenhaus begegne ich dem Sohn meiner Vermieter. Umständlich geben wir uns über das Geländer die Hände, legen die abgestorbenen Finger in Lederhandschuhen ineinander wie Gegenstände, die nicht zu unseren Körpern gehören. Beim Lächeln reißen uns die Lippen. Am Abend steht er mit einer braunen Flasche vor meiner Tür. Er heißt R., kann kaum Englisch, ich kein Polnisch. Wir schweigen lange und benutzen gelegentlich die Namen von Musikbands oder Autoren, die in allen Sprachen verständlich sind. In den Nächten höre ich seine CDs und hacke Szenen für meinen Roman in die Schreibmaschine, deren Lärm das Haus erzittern lässt. Währenddessen steht R. in meinem Badezimmer und entwickelt in der Duschwanne schmerzhaft schöne Schwarz-Weiß-Aufnahmen von traurigen Frauen. Wenn R. nicht kommt, warte ich manchmal am Fenster, sehe auf die leere, Eisrauch atmende Straße hinaus, und die Gardine liegt wie ein Brautschleier über meinem Kopf. Ich rufe S. in Leipzig an und sage, dass ich mich verliebt habe. Unter Tränen klagt S. sich selbst und die Götter an, dass sie alle zusammen mir erlaubt haben, diese Stadt jemals zu betreten. Eigentlich meinte ich Krakau, aber ich korrigiere ihn nicht.

Niemand will mir die Stadt zeigen. »Hier gibt's nichts zu sehen!« – Ein seltsamer Witz. Wenn die Nebel sich heben, sehe ich eine Stadt mit Altersringen gleich einem tausendjährigen Baum, Geschichte, die sich vom mittelalterlichen Zentrum bis zur kommunistischen Plattenbauperipherie in konzentrischen Kreisen ausbreitet. Jeder noch so alte Stein liegt an seinem Platz. Krakau hat die Kriege der letzten Jahrhunderte wie in einer Schmuckschatulle überdauert. Selbst im Judenviertel Kazimierz, das ausgeräumt wurde bis auf die letzte Maus, stehen die Synagogen, der jüdische Markt, die Klezmerhäuser unberührt. Obwohl Kazimierz der schönste aller Stadtteile ist, leben hier nur Künstler und andere Übergeschnappte. Auschwitz liegt nur vierzig Autominuten entfernt.

Niemand redet mit mir, weil ich Deutsche bin und zu gut Englisch kann. Deshalb habe ich Zeit. Niemand erzählt mir Legenden, und ich erfahre sie doch, die Stadt ist ganz aus ihnen errichtet. Geschichten über die Türme der Marienkirche, die zwei Brüder im Wettstreit erbauten, und über Tauben, die eigentlich verzauberte Ritter sind. Geschichten von den Raben, die Krakau den Namen gaben und in heidnischen Zeiten durch Priester betreut wurden, weil ihre Flugbahn alle Geschicke prophezeit. Das Lied des Bronzetrompeters zur vollen Stunde bricht mittendrin ab, ganz hinten auf dem Hauptaltar von Veit Stoß steht ein gelber Schnabelschuh. Über dem Eingang der Tuchhallen baumelt ein Dolch, und eines der geschnitzten Gesichter in der Kassettendecke des Gesandtensaals hat einen geknebelten Mund. Ich lerne, den Kopf in den Nacken zu legen, ich lerne, die Stadt zu lesen. Ich vergesse den Klang meiner eigenen Stimme.

R. und mir fehlen die Worte. Er hasst die Stadt und

geht nicht oft vor die Tür. Wenn ich nicht ziellos herumlaufe oder auf der Schreibmaschine lärme, sitze ich in seinem Keller, verwirbele Teeblätter im Glas und betrachte Schwarz-Weiß-Photographien. Ab und zu lerne ich ein polnisches Wort, für »Lichtbrechung« zum Beispiel, für »Hintergrund«, »Schatten« und »Verlust der Kontur«. Es ist kalt im Keller, draußen lässt der Winter die Gelenke knacken. R. friert nie. Ich befürchte, dass er verschwinden wird, weniger schmelzend als verblassend bei steigender Temperatur.

Das Unglaubliche geschieht, es wird wärmer. R. ist noch da. Wir leben in Sünde. Die Eltern, unsere Vermieter, werfen uns raus, ihn aus dem Keller, mich aus dem ersten Stock. R. sagt, wir seien wie Julian: Er meint Słowacki, schlägt den Hemdkragen hoch, nimmt eine Rose aus der Vase auf dem verschnörkelten Kaffeehaustisch und klemmt sie zwischen die Zähne. Wir lachen uns an. Unter dem Tisch stehen meine Reisetaschen. Jetzt sind wir wirklich übergeschnappt.

Wir ziehen zusammen in die Lenartowicza, eine Querstraße der Juliusz-Słowacki-Allee. Die alte Hauseigentümerin mag Deutsche, sie zeigt mir die Schalter im Treppenhaus, auf denen »Licht« steht: Die faschistischen Besatzer haben alles schön renoviert. Die Wohnung ist leer bis auf ein paar Bücher und eine Matratze, wir haben kein Geld für die Miete und kaum zwanzig Sätze, die wir wechseln können. Krakau ist zufrieden mit uns und beginnt, nach Blumen zu duften.

Ich leihe ein Laptop, mit dem Roman geht es schneller voran. Jetzt kann ich auch »Sprachmelodie«, »Mondnacht« und »Hauptsache, wir sind zusammen« auf Polnisch sagen. Ich kenne jedes Gebäude in der Stadt und keine Menschenseele, ich sitze stundenlang auf der Fensterbank. Auf dem Dach gegenüber wispern die rostigen Antennen. Manchmal ruft S. aus Deutschland an und fragt, ob ich übergeschnappt sei.

Im Mai wollte ich zurück in Leipzig sein, es ist August und unerträglich heiß. Kazimierz feiert jüdische Wochen, in den Nächten tragen wir Wohnzimmerstühle aus den Kneipengewölben auf die staubige Straße und trinken roten Wein. Tagsüber machen wir Photos auf verlassenen Sportplätzen und vor zerfetzten Plakatwänden. Wenn das nicht hilft gegen die fiebrige Schönheit der Stadt, fahren wir raus zu den stalinistischen Paradeealleen und endlosen Industrielandschaften Nowa Hutas. Immer öfter liege ich im Schatten unter den Burgmauern des Wawel und schaue über die blendende Weichsel. Ich lerne die polnischen Ausdrücke für »wir werden sehen«, »klar muss ich irgendwann zurück« und »es ist, wie es ist«.

So sehr hatte ich mir den Herbst in Krakau gewünscht, aber die Blätter sitzen alle fest an ihren Zweigen und Ästen. Ich stehe auf Planty, dem ringförmigen Park entlang der Stadtmauern, und zucke zusammen bei jedem Donnerschlag. Mit Schreckschusskanonen werden die Schwärme von Raben vertrieben. Man kann ihnen opfern oder sie mit Kanonen beschießen. Ich weine. Die Straßen sind voll, niemand schaut mir ins Gesicht.

R. und mir fehlen die Worte. Eines Nachts ist er verschwunden. Ich habe keine Telefonnummern, die ich anrufen könnte. Zwei Wochen lang sitze ich am Boden der leeren Wohnung in Steckdosennähe. Mit dem Roman geht es schnell voran, ihm zuliebe kann ich die Zeit nicht zurückdrehen. Hier wird es nicht mehr Herbst werden, erst recht nicht Winter. Es braucht nur eine Stunde, um die letzten Monate in meine Reisetaschen zu packen. Als ich die Stadt verlasse, sind die Baumkronen schwarz von Raben, sie kommen immer wieder zurück.

Deutschland ist nass und kalt. In meiner Küche leben Mäuse, im Wohnzimmer die Ratten. Das Poster von Krakau hänge ich nicht auf, zusammengerollt bleibt es in einer Ecke. Ich habe Glück gehabt. Jetzt, denke ich, habe ich es nicht mehr.

2002

Theo, fahr doch

Anhand der Beschreibung würde Theo seine Stadt nicht erkennen. Alter: kaum zweihundert Jahre. Größe: achthunderttausend Seelen. Besondere Kennzeichen: keine. Neben ihrem bürgerlichem Namen, geschrieben Łódź, gesprochen »Wuuhdsch«, auf Deutsch: das Boot, trägt sie mehr Decknamen als New York City. Wie eine dunkle Zauberin bringt sie jeden Besucher dazu, ob Verehrer oder Feind, ihr einen weiteren zu erfinden. Manchester des Ostens, Wald der dreihundert Schlote, Regenstadt oder Russlands Webstuhl. Für den Nobelpreisträger Reymont war sie das gelobte Land, für die Nazis Litzmannstadt. Holly-Wuuhdsch!, lächeln jene, die Filme von Polanski und Kieślowski lieben. Stadt ohne Grenzen, Stadt des Bösen, Stadt ohne Geschichte. Theo ist gerade erst in den Zug gestiegen und glaubt schon zu wissen, wie er sie nennen würde: die Oftgetaufte. Was sich hinter den ungezählten Namen verbirgt, weiß in Deutschland jedenfalls kaum jemand. Als hätte sich die Zauberin aus den Gedächtnissen gelöscht – niemand kann sich erinnern.

Außer daran, dass Theo nach Lodsch fährt. Seit seiner Kindheit beantwortet er die lustige Frage: Heute schon in Lodsch gewesen? – Wen interessiert schon, dass das Lied eigentlich »Itzek, komm mit nach Łódź« heißt und dumme Bauern besingt, die Dorf und Torf verlassen, um in einer explodierenden Industriestadt ihr Glück zu suchen. Trotz aller Gegendarstellungen findet Theo seinen Namen an unerfreulichen Stellen, auf dem Cover von Schlagersammlungen und in deutschen Grammatikbüchern:

Theo steht mit einem Fernglas *am* Fenster. Die Temperatur ist *um* drei Grad gesunken.

Er fühlt *sein Herz* schlagen. Er hört *sich selber* schreien.

Theo fährt nicht *nach* Lodsch. Er fährt nicht *dorthin.* Fahr doch, Theo!

Fahr doch, fahr doch. Theo schaut durch die Scheiben des Warschau-Express über eine flache Landschaft, in der das letzte Hochwasser mächtige Holzbrocken zurückgelassen hat. Wie dickhäutige Tiere hocken sie zwischen Eiskrusten auf den Feldern und wissen nicht weiter. Die grünstichige Zugbeleuchtung schaltet sich ein und aus, als könnte der Express nicht entscheiden, ob es dunkel ist oder hell. Es ist beides zugleich: ein richtiger Polarwintertag.

Steh auf du altes Murmeltier / Bevor ich die Geduld verlier / Theo, wir fahr'n nach Lodsch. – Die Reise war die Idee seiner genervten Freundin: Dann fahr halt hin. Mitkommen wollte sie nicht. Theo hört sein Herz schlagen. Die Temperatur ist um drei Grad gesunken.

»Wer ist dieser Theo?«, fragt mein Freund F., der mir dauernd über die Schulter schaut.

»Eine fiktive Figur«, sage ich ungeduldig. »Damit müsstest gerade du dich auskennen.«

»Und warum fährt er nach Lodsch und nicht ich?«

Ich bin schlecht gelaunt, weil es nicht einfach ist, auf drei Textebenen gleichzeitig zu operieren. Um F. loszuwerden, schicke ich ihn auf Recherche ins Internet. Historische Daten sammeln, Polnischvokabeln übersetzen.

Gottverlassnes Dorf / Nur Heu und Torf. – Der Express verlangsamt das Tempo, spuckt Theo auf einen Bahnsteig und ist fast im gleichen Augenblick wieder verschwunden. Vier Schienenstränge unter freiem Himmel. Keine Menschenseele. Kutno heißt das gottverlassene Nest.

F. ist viel zu schnell wieder zurück: In den zwanziger Jahren des neunzehnten Jahrhunderts, als Łódź seine knapp achthundert Einwohner noch in Holzhütten aufbewahrt, fällen die russischen Behörden im geteilten Wiener-Kongress-Polen eine Entscheidung. Linien werden mit Stöcken in den Sand gezogen, große Landstücke an in- und ausländische Einwanderer verschenkt. Unter einer Bedingung: Jeder baut eine Fabrik. Fünfzig Jahre später leben dreihunderttausend Menschen in der Stadt, zu je einem Drittel Polen, Juden und Deutsche. Vor meinem geistigen Auge entfalten sich Fabriken und Wohnhäuser wie Umzugskartons. Seitdem ist Łódź die zweitgrößte Stadt Polens. Aber, lacht F., deshalb noch lang nicht ans überregionale Verkehrsnetz angeschlossen. Er klatscht und stampft und übt sich als Spontandichter: »Theo, pack dein Glück beim Schopf / Und hau alles auf den Kopf / So lang hast du auf Lodsch gespart: / Für eine Stunde Taxifahrt!« Ich winke ab und scheuche ihn zurück an die Arbeit.

»Waren Sie schon mal in Freitag?«, fragt der Taxifahrer dumpf. »Da liegt das Zentrum von Polen.«

Schwer lastet Dunkelheit auf leeren Feldern. Auf Theo lastet das Gefühl, in den Wagen eines Wahnsinnigen gestiegen zu sein. Er sucht schon nach dem Türgriff, als ein Ortsschild vorbeiflitzt: Piątek – Freitag.

»Zentrum nur in geographischer Hinsicht«, sagt der Fahrer und beginnt, vom Untergang einer Metropole zu erzählen. Nach der Wende ist der Handel mit Russland zusammengebrochen. Wenigstens gibt es ein neues Kino, »echt einundzwanzigstes Jahrhundert«, und Theos Hotel: »Nagelneu.«

Der Fahrer will das Zimmer besichtigen und befühlt die türkisfarbenen Duschvorhänge an den Fenstern. Draußen: »Łódź-Manhattan!«

Ich brauch Musik und Tanz / Und etwas Eleganz. – Neue und alte Plattenbauten und eine zehnspurige Hauptverkehrsstraße. Am Hochhaus gegenüber hängt ein tennisplatzgroßes Werbeplakat, das eine grüne Wiese zeigt.

»Schöne Aussicht«, sagt der Fahrer und drückt Theo die Hand.

»Das Gute«, F. steckt den Kopf durch den Türspalt, »an Städten mit nur zweihundert Jahren Geschichte ist, dass sie keine historischen Marktplätze haben, keine gotischen Kathedralen und mittelalterlichen Gassen. Davon gibt's in Polen sowieso schon mehr als genug.«

Łódź hat kein Herz, dafür aber eine Wirbelsäule. Schnurgerade fräst sich die Prachtallee Piotrkowska über fünf Kilometer durch die Stadt, auf dem Reißbrett gezogen, als Zeitstrahl einer selbst erfundenen Geschichte. Die Gebäude bewahren eine nicht vorhandene Vergangenheit. Außen Neogotik, Neoromantik, Neobarock, innen Rokoko, Chinoiserien, mauretanische Schnörkel und Louis Seize.

»Was heißt hier: in welchem Stil?«, brüllt der Großindustrielle Poznański seine Palastarchitekten an. »Ich kann mir alle Stile leisten!«

Wenn unter den Palastfenstern eine Straßenbahn vorbeirattert, klirren im 500 Quadratmeter großen Saal die Glastropfen der Kronleuchter, als ob sie noch immer unter dem Widerhall dieser Stimme erzitterten. F. steht mitten in meinem Zimmer und lauscht. Er spürt den Echos und Schatten nach, dem dreisprachigen Geplauder mit vielen deutschen Stimmen darunter, den ächzenden Schritten stattlicher Männer, die keine Webmeister mehr sind, sondern Baumwollfürsten und Barchentbarone. Niemand von ihnen ist von Adel, aber sie haben lang genug untereinander geheiratet, um wie am Königshof miteinander verwandt zu sein. Halb im Spaß, halb schon im Ernst nennt man sie die Fabrikantenaristokratie. F. riecht Zigarren und hört das Klatschen von Spielkarten auf poliertem Holz, er sieht in teure Stoffe gehüllte Damen rund ums Klavier beim Tee und lässt barfüßige Jugendstiltöchter in transparenten Gewändern und mit langem, offenem Haar durch die Zimmerfluchten wehen. In den dunklen Ecken jedoch, hinter offen stehenden Flügeltüren und bunt gekachelten Berliner Öfen nistet und brütet der Untergang, die böse Fratze noch zur Wand gekehrt. Bald wird er sich umwenden, hervorkriechen und hässlich in die edlen Zimmer grinsen. Der erste Stoß wird das vielköpfige, polnisch-jüdisch-deutsche Wesen schwer verwunden, ihm gerade genug Leben lassen für zwanzigjährige Agonie. Bis zum zweiten Stoß, der es zerreißen und töten wird. F. hat glasige Augen.

»Das nenne ich engagierte Recherche«, sage ich. »Trotzdem fährt Theo nach Lodsch. Und nicht du.«

Dann feiern wir ein großes Fest / Das uns die Welt vergessen lässt. – Weil die Straßenbeleuchtung ausgefallen ist, gerät Theo jedes Mal ins Taumeln wie eine lichtsüchtige Motte, wenn er einen der beleuchteten Torbögen passiert. Hinter der Bergkette dunkler Gebäude, deren Kämme er nur mit zurückgelegtem Kopf betrachten kann, reihen sich Hinterhöfe wie die Mägen einer Kuh. Theo traut sich nicht hinein. So hoch Menschenarme reichen, sind die Mauern mit Graffiti bedeckt, erst schwarze und rote Sprühfarbe in erster Schicht, dann Namen, Daten, Gedichtanfänge mit dickem Edding gemalt, und wenn Theo sich mit dem Gesicht zur Wand stellt wie vor einem Erschießungskommando, kann er die Feinstruktur aus Kugelschreiber- und Bleistiftschrift lesen. Er lernt, wen oder was er alles ficken soll und was Angehörigen verfeindeter Fußballclubs passiert, wenn sie aufeinander treffen. Laut ruft Theo in einen Eingang hinein und ist sicher, das Echo zwischen den engsitzenden Wänden in ein paar Stunden noch hören zu können.

Gerade erst angekommen, glaubt er, der letzte Mensch in der Stadt zu sein. Der bläuliche Schein laufender Fernseher, das Glimmen übrig gebliebener Weihnachtsdekorationen und das lichtverzehrende Flackern schmutziger Neonröhren helfen nicht gegen Dunkelheit und Einsamkeit. Statt Türen verschließen Metalltore ohne Griffe oder Klinken die Eingänge. Manche der vergitterten Fenster erreichen die Größe von Fußballtoren. Als Theo endlich wagt, ein Haus zu betreten, weil das Schild am Eingang »Live Music« verspricht, blickt er in einen halbdunklen, verrauchten Raum, aus dem das Geräusch rollender Würfel zu hören ist. Musik und Tanz und Eleganz spielen sich nur im Inneren vorbeirasender Autos ab.

Theo ist geschrumpft oder die Welt gewachsen, sie schlackert an ihm wie ein zu weit gewordenes Kleidungsstück. Schwarzbackige Löwen sehen von hoch oben auf ihn herab, während die Stadt mit erstarrtem Gesicht ins Weltall schaut. Irgendetwas ist schwer zu ertragen. Vielleicht Masse und Prunk der kastellartigen Fabriken, deren plumpe Türme jeweils zu viert in den Nachthimmel ragen. Die Säulenportale, die großen, geschmückten Fenster, die endlosen Reihen von Zinnen, die sich am Himmel festzubeißen scheinen. Vielleicht kann Theo Burganlagen nicht aushalten, die nicht für Menschen, sondern für mächtige Maschinen errichtet wurden. Vielleicht verzweifelt er am Verfall. Oder an der Ahnung, dass ihn all das etwas angeht.

Diesmal bin ich froh, als Freund F. mich unterbricht, indem er die Teile eines ausgedruckten Stadtplans quer über den Schreibtisch aneinander legt. Ich weiß ohnehin nicht recht, was mit Theo los ist.

»Dein Theo ist eine Memme«, meint F. »Nur zweihundert Schritte in östlicher Richtung würde er auf den längsten Boulevard Europas treffen. Da gibt's sicher auch Menschen.«

Ein gewisses Gefühl der Bedrückung könne ihm allerdings zugestanden werden. Immerhin sei der Wald der Schlote gerodet, ein paar Schornsteine stehen sogar unter Denkmalschutz. Fabriken lauschen still dem Bröckeln der eigenen Mauern, sinnlos gewordene Luftschlösser aus Stein. Theo spüre die Geschichte, deutsche, polnische, europäische, Weltgeschichte, diese ewige, rasante Parabel aus Errichten und Vernichten.

Aus Geldmangel hat Łódź sich kein künstliches Gedächtnis errichtet und kann sich nur verschwommen erinnern. Vom Warschauer Ghetto hat jeder gehört, aber die ehemaligen Grenzen des vier Quadratkilometer großen Ghettos von Łódź erkennt nur der Eingeweihte: lang gezogene Baulücken im Stadtteil Bałuty, die einst der »Hygiene« dienten und heute schmale Parkflächen sind. Von 230 000 Juden entgingen nicht mehr als 870 dem Tod. Eine einzige, winzige Synagoge versteckt sich noch heute im vierten einer Reihe von Hinterhöfen, wo ein deutscher Fabrikant sie als notwendigen Lagerraum verteidigte. Sie hat mehr zu berichten als jedes Holocaustdenkmal. Der größte jüdische Friedhof Europas wird von wuchernden Pflanzen zum zweiten Mal beerdigt. Auf dem evangelischen verfallen die Mausoleen der deutschen, auf dem katholischen die der polnischen Fabrikantenfamilien. Niemand geht spazieren, um seinen Nachnamen zu suchen. Überlebende Angehörige haben sich in alle Welt zerstreut, selten kommt einer zu Besuch, ein Enkel oder Urneffe von Kindermann, Geyer oder Herbst, und schüttelt den Kopf, weil ihm die Prachthäuser für Lebende und Tote, die seine Vorfahren erbauten, nichts mehr zu sagen haben.

Und gerade deshalb, vermutet F., fühle Theo die Zähne der Geschichte im Nacken. Weil Łódź sie nicht in Denkmälern, Schaukästen und Freilichtmuseen sperrt. Ungezähmt läuft sie nach wie vor durch die Stadt und greift sich jeden, den sie will.

Da packen wir das Glück beim Schopf / Und hauen alles auf den Kopf. – Eine Straße rumpelt heran mit erleuchteter Trambahn darauf und verschwindet um die nächste Ecke. Dahinter beginnt die Prachtallee, eine lichtstrahlende Schneise. Die Wohnhäuser sind mit steinernen Pflanzen, Menschen und Tieren beladen, als wären sie gerade aus einem Schläfchen erwacht und trügen auf den müden Gesichtern die Abdrücke dessen, was sie unter sich begruben. Theo wendet sich nach

Norden, ein ungeduldiger Wind ist sein Begleiter. Zwei alte Männer unterhalten sich übers Theater, ihre Stimmen kommen von den Fassaden zurück: Ein Drama! Was für ein Drama! – Die Straße ist eine Übung im perspektivischen Zeichnen. Unzählige Boutiquen stellen goldene Mäntel für die himmlischen Heerscharen aus. 2003! Hoch über dem achteckigen Platz der Freiheit zählt eine Digitalanzeige die Jahre. Derselbe kleine Hund rennt schon zum dritten Mal vorbei und dreht an jeder Ecke in Panik den Kopf. Eben noch pfiff und rief ein Herrchen, aber Theo, der sich auf einmal danach sehnt, dem Tier nach Hause zu helfen, kann sich schon nicht mehr erinnern, wo das war. Und: wann?

Das hält keiner aus / Ich muss hier raus. – Theo beginnt zu laufen. Er rennt durchs alte Ghetto, wo die Parks unter Wasser stehen, für Monate in gefrorene Schlammsuhlen verwandelt. Wo der Mond weiß und rund wie ein Bierdeckel über den Dächern klemmt, wo Kohleberge in schwarzen Hinterhöfen unter freiem Himmel auf Käufer warten. Wo Schritte auf dem Pflaster schlurfen und Theo um alle Ecken, durch die leeren Arkaden des Markts und über den Hof einer Kirche verfolgen. Ein Kind drischt mit einem Stock auf eine eiserne Absperrungskette ein.

Weil es irgendwann auch in Łódź Tag und Mittag wird, besäuft sich der Himmel mit blauer Farbe, was die Stadt nicht interessiert. Theo rennt durch Pfaffenmühle, wo die Reihen von Arbeiterhäusern, Fabriken, Schule und Spital aus dem immer gleichen Ziegel gemacht sind wie Körperteile eines einzigen, roten Wesens. Eisfischer hocken neben gehackten Löchern auf dem zugefrorenen See, ein paar Schlittschuhläufer bewegen sich langsam auf schlecht geschliffenen Kufen. Theo durchquert Paläste und Villen, in denen es kalt ist wie draußen, ehemals bewohnte Ausstellungsräume für Möbel aller Epochen.

Ruhe findet er auf dem Mittelstreifen einer achtspurigen Hauptverkehrsstraße. Studenten sitzen in aufgeplusterten Daunenjacken wie frierende Vögel auf den Stufen der berühmten Filmakademie und lächeln ihm zu. Theo kauft sich ein Brötchen, bricht es auf und schnäuzt sich hinein. Theo betrinkt sich mit bulgarischem Rotwein auf seinem Hotelzimmer. Schon am frühen Nachmittag fällt die Nacht über Łódź und Theo mit ihr. Dann kann ich leben / Dann bin ich frei / Und die Liebe ist mit dabei.

»Und dann?«

Wir haben alle Stadtpläne und Reiseführer vom Tisch gefegt. F. hockt auf der Kante.

»Dann«, sage ich, »in der zweiten Nacht, als die Schnellstraßen wieder brachliegen wie eingefrorene Flüsse, findet Theo sich in einem Kellergewölbe am Rand einer Bühne wieder. Darauf steht ein Mädchen, kaum größer als ein Hydrant, und bringt mit großer Stimme die Nacht zum Schmelzen. Ein paar Häuser weiter trommeln vierzig Hände im Inneren einer alten Fabrik, zwei Tänzer schlagen mit Flammenflügeln, drehen sich wie brennende Derwische und löschen sich selbst und ihre Zuschauer in einem Meer aus Licht und Hitze aus. Theo feiert, ganz allein, ein Fest, das ihn die Welt vergessen lässt. Er ist verliebt und weiß nicht, in wen. Er will sein Haar wachsen lassen und zu Zöpfen binden, er will eine Wohnung im alten Ghetto nehmen und sie liebevoll einrichten, bis ihre Gemütlichkeit in ewiger Schlacht mit der Außenwelt steht. Er will einen kleinen Hund kaufen und ihn einmal pro Woche verzweifelt in allen Hinterhöfen suchen. Er wird lernen, bröckelnden Beton und rostiges Eisen zu lieben, was gar nicht schwer ist. Er wird im Januar die Weihnachtsdekoration nicht von den Fenstern nehmen, weil ein Jahr doch so schnell verrinnt. Alle Sorgen werden von Theo abfallen. Er wird essen, was auf den Tisch kommt, und kein Handy oder Diktiergerät brauchen, um mit sich selber zu sprechen. Die Geschichte hat ihn im Nacken gepackt wie ein flüchtiges Junges und zu den anderen getragen, ins warme, leuchtende, brennende Nest.«

»Und seine genervte Freundin?«, fragt F. Ich runzele die Stirn. »Ich meine jene, die unbedingt wollte, dass Theo nach Łódź fährt?«

»Ach, die. Sie hat nie wieder etwas von ihm gehört.« Nachdenklich spiele ich mit dem Stift. »Ich glaube, sie kann sich nur verschwommen erinnern.«

2003

Niedliche Dinge

»Was sind eigentlich Sorben?«, frage ich meinen Freund F., der als durchschnittlicher Deutscher von durchschnittlicher Herkunft, Größe und Intelligenz ab und zu als Testperson herhalten muss.

»Vielleicht ein Druckfehler«, schlägt F. vor. »Serben mit o.« Da die Frage von mir kommt, kann es nicht schaden, an Osteuropa zu denken.

»Falsch«, sage ich. »Wusstest du, dass es in Deutschland ethnische Minderheiten gibt?«

Klar, meint F.: Bayern, Schwaben und Sachsen.

Jetzt im Ernst. Er soll die vier einzigen Volksgruppen aufzählen, die, auf deutschem Boden beheimatet, ihre eigene Sprache und Kultur pflegen. Zwanzig Sekunden Antwortzeit sind in Windeseile abgelaufen.

»Sechs, setzen«, sage ich. »In alphabetischer Reihenfolge: Dänen, Friesen, Sinti und Roma, Sorben.«

Wenn man auch Sinti und Roma als jeweils eigene Gruppe betrachtet, umfasst jede – ein eigentümlicher Zufall – etwa 60 000 Angehörige. Aber daran liegt es nicht, dass unsere Minderheiten im Bewusstsein der Öffentlichkeit kaum eine Rolle spielen. Spanien weiß, wer die Basken sind. In Griechenland kennt man die Mazedonier und in der Türkei die Kurden. Unter das

Wort »Sorben« malt die Rechtschreibprüfung von WORD eine rote Schlangenlinie. Minderheiten sind niemals berühmt. Höchstens berüchtigt.

Damit F. etwas dazulernt, fahren wir jetzt dorthin. Wohin? Nach Bautzen. F. schafft es, gleichzeitig Nase, Kinn und Stirn zu runzeln. In Bautzen gibt es ein Oberverwaltungsgericht und das Gelbe Elend, den Stasi-Knast. Auch eine Stadt kann sich nicht immer aussuchen, wofür sie berühmt wird.

»Bautzen ist tausend Jahre alt«, erkläre ich. »Dazu einer der wenigen Orte in Deutschland, wo du eine Kfz-Zulassung oder eine Baugenehmigung in slawischer Sprache beantragen kannst.«

Für Kfz oder Haus fehlt Freund F. das Geld. Ich fahre mein schwerstes Statistikgeschütz auf: »Außerdem eröffnet in Kürze die zweihundertzehnte Kneipe.«

Minuten später brausen wir auf der A4 Richtung Dresden und Prag. Wir erreichen die Autobahnausfahrt, bevor F. seine Berechnungen der aktuellen Pro-Kopf-Kneipendichte zum Abschluss bringen kann. »Budyšin« steht auf dem Schild. Das LKW-Aufkommen ist hoch, die Grenze zu Polen und Tschechien nicht weit.

Beim Einfahren in die Stadt lese ich verzückt zweisprachige Straßennamen und informiere F. darüber, welche Wörter »ganz ähnlich wie im Polnischen, Tschechischen oder Kroatischen« sind. F. zählt einstweilen Türme, die mit ihren unterschiedlichen Hauben und Mützen wie riesige Schachfiguren zwischen schanzensteilen Dächern stehen, benagt von den flachen Strahlen der Vormittagssonne. Zwischen spiegelnden Granitgassen windet sich die Spree und lässt sich vom Wind den Rücken massieren.

»Die sagen zum Beispiel *Budi-ssin* statt Bautzen«, erklärt die Rezeptionsdame im Hotel, nach ihren slawischen Mitbürgern befragt.

»Man spricht es mit weichem *sch* in der Mitte«, vermute ich und habe das Gefühl, mich heute überall unbeliebt zu machen. Die Rezeptionistin wird nervös, F. und ich stützen vier harte Ellbogen auf die Empfangstheke. Sorben bemalen Ostereier in Kratz-, Ätz- oder Wachstechnik, und die unverständliche Sprache wird vor allem von Omis benutzt, allerdings nur zu Hause. Dann Prozessionen zu Ostern, mit Pferden und Trachten. Aber dafür sind wir leider zu früh gekommen.

»Sorben sind wie Narzissen«, meint F., »es gibt sie nur zu Ostern. Fahren wir heim.«

Hier geblieben. Wir nehmen einen Stapel Broschüren mit aufs Zimmer, um mit trockenen historischen Fakten die Assoziationen zu verscheuchen, die das Wort »Minderheit« heraufbeschwört: Männer und Frauen, die entweder in Kniebundhosen und bestickten Kleidern niedliche Dinge für den Souvenirladen herstellen oder düstere, selbstgenähte Uniformen tragen und Sachen basteln, die man unter Autos befestigen kann.

Bereits im sechsten Jahrhundert, lernen wir, siedelten slawische Stämme zwischen Ostsee und Erzgebirge.

Entgegen ständiger Germanisierungsversuche und Unterdrückung erhielt sich ihre kulturelle Eigenständigkeit in der Lausitz über die Jahrhunderte hinweg. Zu DDR-Zeiten ließ sich ein Volk slawischen Ursprungs schlecht diskriminieren, und so entdeckten die Mächtigen der fünfziger Jahre das eher kapitalismusstämmige Motto: Was du nicht im Kampf erringst, das kaufe ein. Im Rahmen intensiver Förderung wurden sorbische Schulen eingerichtet, wissenschaftliche und kulturelle Institute eröffnet, Theater, Museen, ein Verlag und ein Radiosender gegründet. Nach der Wende erfolgte die demokratische Erneuerung des sorbischen Dachverbands »Domowina«. Inzwischen werden Sprache, Identität und Gleichberechtigung von der sächsischen und der brandenburgischen Verfassung geschützt.

Wir beschließen, uns auf die Suche nach dem Leben hinter zweisprachigen Straßenschildern zu begeben. Tapfer weichen wir auf dem Weg nach draußen den ostereierfarbenen Postkartenständern in der Hotelhalle aus.

Und weiß der Wind nicht mehr wohin / So weht er über Budyšin. – Mit hochgezogenen Schultern streifen wir durch mittelalterliche Gassen, in denen die Autos wie Fremdkörper wirken. Bautzen ist es gelungen, das Notwendige zur Sanierung zu unternehmen, ohne die verträumten, Geschichte atmenden Mauern und Fassaden steril zu übertünchen. Trotz der horrenden Arbeitslosenquote wirkt vom originalgetreu restaurierten Kopfsteinpflaster bis zum öffentlichen Papierkorb alles gepflegt und mit Liebe gestaltet. Zu jeder Turmuhr und jedem Portal gibt es eine Geschichte, wir tauchen ab in die Welt der »Menschen von Staub« (Miltzener) und der »Menschen vom Sumpf« (Lausitzer), springen wie besoffene Flöhe durch die Jahrhunderte und haben schließlich bis zum Mittagessen »vonn vierfüßigen Tieren mite sawrem Krautzkohl« eine Menge gesehen und so gut wie nichts über Sorben erfahren.

Immerhin: Was uns sorbisch plaudernd in der Fußgängerzone entgegenkommt, sind nicht nur Omis, sondern ganz normale junge Leute.

Unser beharrliches Fragen nach dem Befinden der jungen Generation und der Bedeutung der sorbischen Sprache im Alltag erweckt bei den offiziellen Organen der Volksgruppe mehr Misstrauen als Wohlwollen. Schüchtern drücken wir uns um lebensgroße Trachtenpuppen und Zeitungsständer der täglich erscheinenden *Serbske Nowiny* herum und werden zwischen Institut und Stiftung, Verein und Zentrum hin und her geschickt.

Das alles sei schwer zu beurteilen, es gebe keine Studien zum Thema, jeder Mensch sei anders, die Welt groß und Bautzen klein, und ob wir nicht doch eher nach den Osterbräuchen gefragt hätten? – Nein, haben wir nicht.

Als wir endlich zum Sitzen aufgefordert werden, schmerzen die Wangen schon vom Lächeln. Die sorbische Dame uns gegenüber heißt ganz ähnlich wie Jan Smoler, führender Kopf der sorbischen Bewegung im

19. Jahrhundert und Schüler von Hoffmann von Fallersleben. Sie trägt den gleichen Pferdeschwanz wie die Frauen in den anderen Institutionen, guckt aber nicht so streng und findet unsere Fragen nicht ganz so dämlich.

»Dass jemand so genau Bescheid wissen will, kommt nicht oft vor«, sagt Frau S. und lacht. Wie bei allen Sorben ist ihr Deutsch ohne Akzent – bis auf den schaukelnden sächsischen Tonfall.

Grob wie ein Mosaik aus Kopfsteinpflaster setzt sich das Bild zusammen. In Bautzen mit seinen 40 000 Einwohnern stellen die Sorben nur noch vier bis fünf Prozent der Bevölkerung, in kleineren Gemeinden bis zu 15 Prozent. Als schlimmster Feind der sorbischen Kultur erwies sich nicht die deutsche Mehrheit, sondern der Schaufelradbagger. Mehr als fünfzig sorbische Ortschaften ließ der Braunkohleabbau vom Erdboden verschwinden. Zudem wirkt sich die übliche Landflucht junger Leute bei einer Minderheit überproportional aus. Für bedrohte Kulturen ist die Abschaffung von eigenen Kindergärten oder Schulen ein existentielles Problem. Umgekehrt mag bei deutschen Mitbürgern der Eindruck entstehen, die Sorben hätten es – verhältnismäßig gesehen – ohnehin besser. Bei einem sorbischen Dramatik-Wettbewerb werden siebzehn Stücke eingereicht und nicht fünfhundert, und auf jeden sorbischen Kinderkopf entfällt rechnerisch ein höherer Anteil an Lehrern, Internatsbetten oder Kita-Plätzen. Trotz Fördertopf-Erbsenzählerei halten sich die Spannungen zwischen Deutschen und Sorben in Grenzen. Gelegentliche Neonazi-Pöbeleien fallen kaum ins Gewicht, vor allem wenn man bedenkt, dass ausgerechnet Hoyerswerda auch eine sorbische Stadt ist.

»Sorben – ja, aber es darf nicht viel kosten«, fasst Frau S. das Programm der Landesregierung zusammen. Aus politischer Sicht stellen Minderheiten vor allem Forderungen – wenn man Glück hat, nach Schulen, wenn man Pech hat, nach einem Staatsgebiet. Eigentlich wäre es höchste Zeit, sich der Möglichkeiten einer bikulturellen Region bewusst zu werden, und zwar nicht nur in touristischer Hinsicht. Die Vorteile von Zweisprachigkeit in Zeiten von Globalisierung und EU-Osterweiterung liegen auf der Hand. Ein Sorbe versteht Tschechisch, Polnisch und die ex-jugoslawischen Sprachen ohne größere Probleme. Wer ein sorbisches Gymnasium absolviert, ist an der Karlsuniversität in Prag zum Studium zugelassen. Im Rahmen des Witaj-Programms werden Tagesstätten und Schulen geschaffen, in denen auch Kinder aus deutschen Familien beim Zusammenleben und -lernen die zweite Sprache spielerisch einüben sollen. Dieses Modell könnte den bundesweiten Versuch, sprachliche Minderheiten von Einwanderern möglichst reibungslos einzudeutschen, um eine interessante Perspektive erweitern. Wenn Sprache und Kultur der Sorben auf diesem Weg einen neuen, überregionalen Stellenwert erhielten, bestünde auch keine Gefahr, das Bewahren schöner Bräuche in blutleere Volkstümelei ausarten zu lassen. Experimentelle sorbische

Theaterstücke von jungen Autoren haben kaum eine Chance, in Bautzen zur Aufführung zu gelangen.

Wir beenden den Befragungsmarathon, verabschieden uns von Frau S. und hinterlassen Spuren feuchter Finger auf der Plastiktischplatte. Draußen massiert uns der Lausitzer Wind den Rücken.

»Wenn ich Sorbe wäre«, meint F., »würde ich mich jedenfalls ungern auf ein Osterei reduzieren lassen.«

Kokett senkt Bautzen in der Abenddämmerung die Augenlider. Wir vergnügen uns mit der Besichtigung von Öffnungszeiten an hiesigen Kneipentüren. Jede Großstadt würde vor Neid erblassen. F. hat errechnet, dass auf 190 Einwohner je eine Gaststätte kommt. Während wir im »Hardliner« gemeinsam mit den beiden Barkeepern auf die anderen 188 Gäste warten, kommen wir zu einem Fazit. Erstens: Irgendwie ist Bautzen trotz OVG und Gelben Elends eine gesegnete Stadt. Zweitens: Vielleicht wird Deutschland seine slawischsprachige Minderheit nach der Osterweiterung wirklich zu schätzen lernen. Vielleicht wird man dann, auch ohne Bomben und Separatismus, in Aachen wissen, was ein Sorbe ist. Drittens: Genau das wünschen wir uns.

2003

Sarajevo, blinde Kühe

Fünf Menschen würde ich dorthin bringen. Mit verbundenen Augen, versteht sich. Einen würde ich in Baščaršija platzieren, inmitten der türkischen Altstadt, dass ihm die Tauben um die Füße rascheln und der Gesang der Muezzine den Kopf ausräumt. Den nächsten setzte ich nur dreihundert Meter weiter ab, in der Fußgängerzone vor der Kathedrale, wo sich alles trifft, wo er hin und her geschoben würde von wartenden, rauchenden, lachenden jungen Menschen, angefallen von den handfesten Parfümwolken glitzernder Mädchen. Noch fünfhundert Meter in westlicher Richtung lehnte ich den Dritten an die Steinbrüstung der Autobrücke, seine Vorderseite dem Sport- und Kulturklotz Skenderija zugewandt. Vorbeirumpelnde LKWs und kreischende Straßenbahnen würden ihn schütteln, dass er sich nicht zu rühren wagte, der Fluss ihn schwül anatmen aus nächster Nähe, dass ihm das Luftholen zur sportlichen Übung würde.

Den Vierten schließlich brächte ich eine halbe Autostunde aus der Stadt in die Berge rings um Sarajevo, stellte ihn zwischen den Obstbäumen eines kleinen Grundstücks mit Holzhäuschen und wackliger Sitzbank in den Halbschatten, dass die pralle Sonne ihn nicht träfe, und er würde den Kopf in den Nacken legen und das Gesicht dem jeweils lautesten Vogel zuwenden.

Dann nähme ich den vieren die Augenbinden ab: Wo sind wir?

Der Erste, neben dem achteckigen Brunnen Sebilj, umgeben von Lederwaren, getriebenem Kupfer und Süßigkeiten in ungenießbaren Farben – er riefe aus: Istanbul! Wie schön! Ich liebe die Gerüche der orientalischen Märkte – als würde man den Kopf in ein Gewürzfass stecken!

Der Zweite, ein wenig enttäuscht womöglich: Ach, Wien, wenn überhaupt, erträgst du es nur im Mai. – Dann, stutzend, sich auf die fremde Sprache besinnend, der er schon eine Weile gelauscht hat: Oder nein, es ist Budapest! Wie dumm von mir. Österreich-Ungarn sieht doch überall gleich aus.

Die Augenbinde vor den Mund gepresst, keuchte der Dritte: Wenn ich eins nicht leiden kann, ist es stalinistische Architektur, diese abgasschwarzen, martialischen Brocken, deshalb hasse ich Warschau, es ist… – Den Rest schluckte der Lärm der nächsten Straßenbahn.

Und der Vierte, angenommen, es wäre ein wirklich sonniger Tag, richtete den Blick über das Tal und riefe: Da sage einer, Deutschland besitze keine schönen Landschaften! Die schroffen Gipfel, davor der saftige Wald, unten leuchtet ein grüner Fluss – man braucht bloß nach Bayern zu fahren und trifft auf die reinste Idylle! – Und er ließe sich niedersinken zwischen kleine Wildblumen, deren Namen er nicht kennt.

Das alles, es wäre nichts. Hätte ich den Fünften nicht an den Rand von *Sniper Alley* gestellt, neben das erst zerschossene, dann gesprengte, dann verbrannte ehemalige Hauptgebäude der Zeitung *Oslobođenje*, in dessen Keller die Redakteure schrieben und schrieben und setzten und druckten, um täglich mit Zeitungsstapeln im Arm aus dem brennenden Gebäude und in die Stadt zu rennen, bis sie umziehen mussten in ein anderes Versteck.

Er, der Fünfte, als Einziger, er würde leise sagen: Ach herrje, ich bin in Sarajevo.

Zu sechst würden wir einen Spaziergang unternehmen und im Gleichschritt der Stadt ihren eigenen Namen ins Pflaster stampfen: Sa – ra – je – vo, Sa – ra – je – vo. Wir würden rasten im friedlichen Hof der Gazi Husrev-beg-Moschee, an deren schönem Portal ein einzelnes markstückgroßes Einschussloch wie das Leck am Rumpf eines Dampfers den ganzen mächtigen Koloss zum Sinken bringt. Dort würde einer von uns, ich weiß nicht wer, die Geschichte der blinden Weisen erzählen, wie sie der Welt erklären wollen, was ein Elefant sei. Ein Kohlblatt!, sagt jener, der das Ohr befühlt. Eine Schlange!, der mit dem Rüssel in Händen. Ein Baum! – Der Dritte umklammert das Bein. Der Vierte will zur Jagd blasen auf dem linken Zahn. Und der Fünfte, auf Knien, wühlt am Boden im warmen Fladen. Scheiße, flüstert er wieder und wieder, alles Scheiße. Vielleicht weint er dabei.

Dem Elefanten, übrigens, ihm ist das gleich.

2002

Jasmina and friends

Schon auf dem Rollfeld bricht uns der Schweiß aus unter unseren Winterpullovern. Snowboards und Skier werden aus dem Flugzeug geladen, in der prallen Sonne sehen sie nutzlos aus. Es ist zu warm für die Jahreszeit.

In der Halle kommt uns eine junge Frau in Jeans und buntem T-Shirt entgegengelaufen, die blonden Haare flattern hinter ihr wie eine Standarte. Sie strahlt, als wäre sie allein für das plötzliche Frühlingswetter verantwortlich. Ich denke zwei Dinge auf einmal. Erstens: Das ist Jasmina. Zweitens: Das kann doch nicht Jasmina sein.

Über den Wolken habe ich mich andauernd gefragt, wie ich mir den einzigen weiblichen DJ Bosnien-Herzegowinas vorstellen soll. Jasmina, muslimisch, erst 21 Jahre alt: Trägt sie Skater-Hosen, dicke Goldketten und Baseballmütze? Oder ist sie verschleiert und ständig auf der Hut, dass ihr das Kopftuch nicht in die Turntables gerät? Oder kahl rasiert mit riesigen Kopfhörern auf den Ohren? Es gibt nicht mal eine weibliche Bezeichnung für ihren Beruf: DJ-Frau, Discjockeyin, D-Jane. Und ihren Nachnamen bringt man auch nicht über die Lippen: Mameledzija.

Die Unaussprechliche fällt uns förmlich um den Hals: Wie schön, dass wir da sind! – Es klingt nach: Schön, dass wir alle auf der Welt sind. – Das finden wir auch. Jasmina schenkt uns das Schild, das sie für unsere Abholung in großen Buchstaben gemalt hat: »Juli and friends«.

»Aber wir haben uns ja sofort erkannt«, ruft sie und schleppt meine Tasche nach draußen. Hinter dem Zaun hebt sich ein bauchiges Transportflugzeug der SFOR in die Luft, träge dreht sich der olivgrüne Schirm einer riesigen Radaranlage. Zwei Hunde spielen zwischen den Rädern eines Privatflugzeugs. Jemand sagte einmal: Befestige eine Plane an den Rändern des Talkessels von Sarajevo, und du hast den größten Zirkus der Welt.

What can I do to make you happy: Jasmina spielt am Radio, während wir auf der schnurgeraden »Scharfschützenallee« Richtung Innenstadt rollen. Dabei erklärt sie zerbombte und wieder aufgebaute Gebäude, zeigt auf die philosophische Fakultät, an der sie studiert, nennt die Namen von Clubs, in denen sie die Plattenteller bedient, und von Stadtvierteln, wo sie bereits gewohnt hat. Nach zwanzig Minuten Autofahrt ist die ganze Stadt von Jasmina erfüllt. Jeder Kieselstein ist ein alter Freund, in jedem Haus scheint sie jemanden zu kennen. Und sie hat noch kein einziges Mal *beats per minute* gesagt.

Die Schornsteine dahinten gehören zu einem Fabrikgelände, auf dem sie und ihre Freunde Partys organisieren. Auf vier Etagen. Mit bis zu 12 000 Gästen.

»Das sind phantastische Nächte«, sagt sie. »Manchmal ein bisschen chaotisch. Einmal fiel mittendrin der Strom aus, da habe ich so lange auf Plattenhüllen getrommelt und gesungen, bis es weitergehen konnte.«

So ist das hier – alles geht, nichts funktioniert. Die bosnische Hölle, behauptet ein beliebter Witz, ist die schönste von allen: Entweder das Feuer ist aus, oder der Folterknecht hat verschlafen, oder alle sind bei einem Fest.

»Viele klagen über Einschränkungen und Chaos«, sagt Jasmina. »Man kann es aber auch anders sehen: Nirgendwo sonst kannst du so leicht etwas Neues, Eigenes schaffen. Ich will hier nicht weg.«

Während des Krieges musste sie. Drei Jahre lebte sie bei ihrem Onkel im norddeutschen Otterndorf. Dort ging sie auf ihre ersten Partys und begeisterte sich für elektronische Musik. Mit vierzehn Jahren.

»Ich war immer mit allem etwas früh dran«, lacht sie. »Und komme trotzdem notorisch zu spät.«

Wegen des Zu-spät-Kommens nahm sie Sportklamotten mit, wenn sie sich nachts aus dem Haus schlich, zog sich nach der Party um und kehrte in der frühen Dämmerung ganz harmlos auf Joggingschuhen nach Hause zurück. Wie nach einem kleinen Morgenlauf.

»Natürlich hatte mein Onkel den Trick längst durchschaut«, sagt sie kopfschüttelnd.

Wahrscheinlich wusste er, dass es zwecklos ist, Jasmina von irgendetwas abhalten zu wollen. Als sie beschloss, noch vor Kriegsende in ihre Heimatstadt

Travnik zurückzukehren, hätte die Mutter am liebsten ihren Reisepass versteckt. Wieder zwecklos. Jasmina hatte ihren Vater drei Jahre lang nicht gesehen und wollte nach Hause, während noch die Granaten auf Travnik flogen. Die Partys fanden in privaten Kellern statt, und wenn der Clique langweilig war, spielte sie Waffen-Erraten anhand der Detonationsgeräusche.

Thomas D. ist auf der Reise und hat Rückenwind: Die Straßen Sarajevos sind voller Leben, aus allen Läden und Cafés ist Musik zu hören, orientalische Klänge oder auch mal deutscher Hip-Hop. Jasmina zog zum Studieren in die Hauptstadt. Dort wurde DJ Djoha ihr Lehrer, er hatte während des Krieges in Sarajevo für Radio 3 gearbeitet. An der Uni lernte sie Senada kennen, mit der sie sich heute ein kleines Haus oben am Hang teilt. Dort packt sie schnell ihre Sachen zusammen. Wir wollen nach Travnik, wo sie am Abend die Grammophone bedienen wird. In Travnik hatte sie bei der Eröffnung des Clubs »Yoda« den ersten Auftritt ihres Lebens.

»Ich war neunzehn«, erzählt sie. »Und vor lauter Nervosität wollten mir ständig die Tonarme aus den Händen fallen.«

Vorsichtig legt sie die Abnehmer mit den Diamantnadeln wie kostbare Juwelen in eine rote Schatulle. Wir sitzen einstweilen auf einer unförmigen Couch und starren auf eine Vitrine mit Überraschungs-Ei-Sammlung und Goldrand-Geschirr. Die hässliche Pendeluhr ist auf fünf vor zwölf stehen geblieben, im Fernsehen läuft MTV ohne Ton.

»Achtet nicht auf die Möbel, die waren schon da. Bis auf Stereoanlage und Playstation Zwei.«

Es ist Jasminas fünfte Unterkunft in Sarajevo, irgendwann beschwerten sich immer die Nachbarn.

»Eines Tages sagte Jasmina: Ich werde jetzt DJ«, beschreibt Senada den Anfang der schnellen Karriere. »Ich dachte nur, klar, dann wird sie eben DJ. Es hatte zwar noch nie einen weiblichen DJ in Bosnien gegeben, aber ich kannte sie. Und ihren eisernen Willen.«

Jasmina nennt das ihren »Dickkopf«. Tagelang hockte sie auf dem Teppich und übte mit geliehenen Plattenspielern. Einen Tisch für die Turntables gab es nicht. Bis heute stecken ihre Schallplatten, die sie mühsam zusammenkauft oder von einem Freund aus London geschickt bekommt, in einem großen Umzugskarton, schwer wie ein Felsbrocken. Natürlich gibt es auch Plattenkoffer. Braucht man aber nicht unbedingt. Überhaupt braucht man im Leben nur sehr wenige Dinge.

»Das meiste ist Schminke«, sagt Jasmina gerne.

Sie selbst benutzt keine, auch nicht im Gesicht. Sie nennt sich nicht »DJ Syndrom« oder »DJ Chaos«, sondern einfach nur »Jasmina«. Die Presse schreibt oft über sie, und manchmal findet sie sich in den Artikeln als Underground-Künstlerin aus New York wieder.

»Das ist so was von bescheuert. Und dann sagen sie, ich soll mich mal ein bisschen hübsch machen. Ein Kleid anziehen.«

Jasmina ist schon hübsch. Sie trägt Klamotten, die zu ihr passen und in denen sie alles sein könnte: Studentin der Literaturwissenschaft, Mitarbeiterin einer deutschen Hilfsorganisation oder Redakteurin des Kulturmagazins *Vodič*. Mitglied einer privaten Business-Akademie an der kroatischen Küste. Oder eben DJ. Das Verrückte dabei: Jasmina ist all das. Und zwar gleichzeitig.

Hang the DJ: Im Autoradio dudelt bosnische Volksmusik, Jasmina übersetzt: »Ich hab dich satt, du alte Kneipe – Mama, was soll ich tun?«

Dann reicht sie mir ein altes Tape. Sie und Senada singen zur Musik von *The Smiths* laut mit: »Hang the DJ, hang the DJ!«

In Travnik singen die Muezzine, im leichten Nebel wirkt alles ein bisschen surreal. Während wir durch die Straßen ziehen, wird unsere Gruppe immer größer. Jasmina wird an jeder Ecke gegrüßt, in jedem Café umarmt. Meistens von Männern.

»Ich habe viel mehr männliche Freunde«, sagt sie. »Ich kann mit ihnen besser arbeiten, reden, feiern.«

Sie spielt auch als einzige Frau in der fünfköpfigen Band *Alternativa Nova*, die gelegentlich zu internationalen Festivals eingeladen wird. Überhaupt ist Jasmina mit ihrem stupsnasigen Mädchengesicht überall das Nesthäkchen, immer mit einem offenen Ohr, einem Witz oder einer Umarmung zur Stelle. Maskottchen oder heimliche Chefin – ihre Energie ist so groß, dass alle Freunde und Bekannte um sie zu kreisen scheinen.

Auf die Frage, ob sie so etwas wie eine Ikone sei, schlägt Jasmina mit den Armen um sich: »Die Mücken glauben das offensichtlich!«

Der Nebel liegt jetzt unter uns. Wir stehen zwischen den Mauern der alten osmanischen Burganlage hoch über Travnik, schauen auf die Dächer der Stadt und die vielen bleistiftförmigen Minarette. Die frische Luft von den nahen Berggipfeln hat einen eigenen Geschmack, wie das magische Wasser der Quellen. Trinke es, dann kommst du immer wieder hierher, sagt die Legende. Wir haben schon Wasserbäuche. Die Mitglieder von *Alternativa Nova* und ein paar Freunde lagern auf den Ruinen am höchsten Punkt der Burg, manche mit Sonnenbrillen, einer mit Kopfhörern, fast alle mit Zigarette im Mund. Scherzworte fliegen hin und her, Arme werden gen Himmel gereckt. *Jasmina and friends* – es ist ein friedlicher, ja glücklicher Moment.

»Die Menschen hier sind etwas Besonderes«, sagt sie ernst. »Sie haben den Mut, aus dem Nichts ein Etwas zu machen.«

Das gilt nicht für jeden im Land. Frustration und Resignation sind groß, der Krieg hat vielen alle Möglichkeiten genommen.

»Je jünger du warst, als der Krieg losging, desto besser. Desto weniger hattest du zu verlieren.«

Aber auch die Jugendlichen verlassen Bosnien in Scharen. Jasminas Freunde in Travnik und Sarajevo lassen sich durch den berüchtigten Begriff von der »fehlenden Perspektive« so wenig wie möglich schrecken.

Sie alle tragen eine persönliche Kriegsgeschichte mit sich herum, die von Verlust, Schmerz, Einsamkeit, Flucht und tiefem Erschrecken handelt. Sie reagieren nicht mit Rückzug, sondern mit Offenheit: So überlebst du. Freundlichkeit, Wärme, die Bereitschaft zu teilen und zu unterstützen halten sie nicht nur füreinander, sondern für jeden bereit, der Lust verspürt, sich ihrem Kreis zu nähern.

Aber woher nimmt Jasmina so viel Kraft? Schulterzucken.

»Hatte ich schon immer. Meine Devise war und ist: Tu, was du am liebsten willst, und höre auf niemanden. Außerdem esse ich jeden Morgen einen Löffel Honig.«

Ihre Vorhaben verbrauchen gewiss eine Menge Honig. Als sie den ersten gesamtbosnischen Kulturführer gründen wollte, für die serbische Republika und den kroatisch-muslimischen Teil, lautete die Prognose: aussichtslos. Jetzt erscheint *Vodič* bereits in der dreizehnten Ausgabe. Finanziert wird das Magazin wie viele andere Projekte durch Schüler Helfen Leben (SHL). Die Hilfsorganisation wurde in Deutschland von Jugendlichen gegründet, die nach einer ähnlichen Devise leben wie Jasmina. Sie brachten schon zu Kriegszeiten einen Hilfskonvoi ins belagerte Sarajevo. Heute besitzen die etwa Zwanzigjährigen dort ein großes Haus und organisieren alles, was junge Menschen angeht, vom Konzert bis zur Kriegsdienstverweigerung. Bei SHL verdient Jasmina das Geld, von dem sie sich und ihre Eltern ernährt, und hat eine Plattform, um ihre Einfälle zu verwirklichen. Zum Beispiel eine Party im Kosovo.

»Die hatten noch nie einen DJ gesehen«, erzählt sie. »Schon gar nicht einen weiblichen. Im Kosovo bin ich jetzt ein Star. Bloß Serben waren keine da.«

Das ist in Bosnien anders. Für ihre Auftritte im bosnisch-serbischen Banja Luka wird die ganze Stadt mit Jasmina-Plakaten gepflastert. Es ist ein typisch muslimischer Name, und trotzdem kommen alle.

»Gemischt-ethnische Ereignisse werden von der Presse immer noch an die große Glocke gehängt«, sagt sie. »Dabei ist das bei den jungen Leuten völlig normal.«

Sie schiebt einen Finger unter das Bündchen meines Ärmels und schaut auf meine Armbanduhr. Wir müssen los, Technik aufbauen.

Stand up for your rights, sit down for your pippie: Selbst das WC ist ein Kunstwerk aus tausend kleinen Lichtern und blauer Farbe. Ansonsten hat das »Kalcidoskop« rot bemalte, schräge Wände, antike Spiegel, überall Kerzen in verschiedenen Leuchtern, einen knarrenden Holzboden, Balken an der Decke, Bücher in den Ecken und die starke Atmosphäre von Räumen, in denen Menschen mit Herz und Händen eine Idee verwirklichen. Wir könnten überall sein, in Paris, Prag, auch in New York. Jasmina positioniert ihre Geräte auf einem ovalen Tisch mit orientalischen Mosaiken. Professionelle Geräte, gebraucht gekauft, ein Glücksfall, denn Ausrüstung und Platten sind teuer und schwer zu beschaffen. Von ihrer Arbeit als DJ könnte sie inzwischen gut leben, aber dann müsste sie jedes Wochenende auflegen, hätte weniger Zeit für anderes und könnte nicht auf Honorare verzichten. Für den Abend heute bekommt sie ein Buch mit Widmung vom »Kaleidoskop«.

»Kleine Clubs haben wenig Geld«, sagt sie. »Aber das heißt nicht, dass es schlechte Clubs sind.«

Jasmina will sich selbst und ihre Eltern über die Runden bringen. Darüber hinaus spielt Geld keine Rolle. Und in Zukunft? Es wäre schön, von der Musik zu leben, aber das geht in Bosnien nicht, darüber macht sie sich keine Illusionen. Karriere im Westen? Sie schüttelt den Kopf.

»Warum? Ich werde in diesem Land das Leben führen, das ich mir wünsche.«

Mit Sicherheit braucht ein Land wie Bosnien Menschen wie Jasmina mehr als alles andere.

Jasmina and friends: Die Vorgruppe beendet ihren Auftritt, DJ Klemens, in Turnschuhen, Anzug und bedruckter Krawatte, verbeugt sich mit ausgebreiteten Armen hinter dem Mischpult. Jasmina hat schon zu seinem Synthesizer-Mix zu scratchen begonnen. Kaum hat sie die Kopfhörer aufgesetzt, sieht sie aus, als wäre sie damit geboren worden. Ruhig und konzentriert beginnt sie mit dem Auflegen. Das »Kaleidoskop« ist gestopft voll, das grüne Heineken-Tablett des Kellners surft über die Menge aus Köpfen. Als Erstes beginnen die Mädchen zu tanzen, obwohl kaum Platz ist, um sich zu bewegen.

»Jasmina, I'm your room-mate!«, brüllt Senada von ganz hinten.

Jasmina grüßt mit den Augen. Sie unternimmt nicht die geringste Anstrengung, um im Mittelpunkt zu stehen. Und deshalb steht sie genau dort. Im schlichten, schwarzen T-Shirt, den Dreck unseres Nachmittagsspaziergangs noch an den Schuhen.

Wir legen Notizblock und Kamera weg. In der bosnischen Hölle wird gefeiert, und es ist wirklich eine der angenehmsten der Welt. Jasmina blättert in ihrem Schallplattenkarton wie in einem Karteikasten.

»Dazu hat schon meine Mutter getanzt!«, ruft sie.

Frank Sinatra bekommt eine Bassspur verpasst, dass die Holzbalken beben. Wer noch gesessen hat, steht auf. Jetzt hat Jasmina den Raum gepackt. Junge Leute aus Sarajevo und Travnik, ein paar Männer von der internationalen Polizeitruppe aus Deutschland, Irland oder Schweden, Mitarbeiter von SHL, wir – alles schwingt im selben Takt. Der Rest der Welt ist draußen.

Easy like Sunday morning: Um zwölf am nächsten Tag sind wir wieder im »Kaleidoskop«, erkennen viele Gesichter vom Abend zuvor, ein bisschen müde, Kaffeetassen vor den Mündern. Sie begrüßen uns wie alte Bekannte. Salim, Student an der Musikhochschule in Sarajevo, improvisiert am elektronischen Klavier. Jasmina lehnt entspannt in einem Sofa.

»Wenn du drei Wünsche frei hättest«, frage ich sie, »was würdest du wünschen?«

»Jedes Fräulein würde antworten: den Weltfrieden!«,

sagt sie. »Aber ich wünsche mir viel Gesundheit und ein Musikstudio für *Alternativa Nova*. Und eine übernatürliche Kraft.«

Ein Musikstudio, denke ich, wird sich auch noch finden lassen.

2002

Aus den falschen Gründen

Es ist eine anstrengende Sache, mit alten Menschen an Orte zurückzukehren, die ihnen in der Vergangenheit etwas bedeutet haben: Ach was, da ist jetzt ein Internetcafé! Und dort war doch dieses Blumengeschäft, wo ich früher immer... Und guck, die alten Häuser, einfach verschwunden, dafür so ein Neubaublock... Die Zeiten ändern sich.

Mein Freund F. und ich fahren nach Mostar ins Herz der bosnischen Herzegowina. Nicht mehr als zwei Jahre sind seit unserem letzten Ausflug vergangen, und das grausig-schöne Gesicht der zerschossenen Vielvölkerstadt steht uns noch überdeutlich vor Augen. Mühelos finden wir den gewohnten Parkplatz, stellen den Wagen ab, stöhnen über die Hitze, die Mostar wie immer fest im Griff hält – und betreten eine neue Welt. Es ist schwer zu glauben: Eine Stadt, die vor zwei Jahren vom Geruch ihrer Toten beherrscht wurde, atmet heute die Aura eines Mittelmeerbadeorts vor der Saison. Auf dem Corso haben sich zerschossene Gerippe in bunt gestrichene Häuser verwandelt, und jedes beherbergt plötzlich ein Geschäft, eine Bar oder ein Café. Wenige Menschen sitzen inmitten von Heerscharen auf die Straße gerückter Tische. Junge Leute schlendern paarweise vorbei und rufen einander Scherzworte zu. Kellner und Ladenmädchen statten sich gegenseitig Besuche ab, um mit noch einem Kaffee und noch einer Zigarette die Langeweile in überschaubare Einheiten zu teilen. Außer Burek und Ćevapčići gibt es Pizza zum Mitnehmen. Ein handtuchschmaler Laden verkauft Gummibälle, Plastikschaufeln und Sonnenbrillen. Die Sonne steigt, unsere Laune sinkt.

Und da ist Stari Most, die neue Alte Brücke: Überspannt als wiedererrichtetes Symbol der Völkerverständigung in steilem, weißem Bogen die flaschengrüne Neretva. Weißt du noch, wie am Grund des Flusses nur ein Trümmerhaufen lag? – Stari Most scheint aus dem Nichts auf die Erde herabgesunken, und sie hat auch noch einen ganzen Stadtteil mitgebracht. Neue alte Häuser mit sauber gedeckten Steindächern spähen ihren Vordermännern über die Schultern. Ein neuer Neretva-Zulauf präsentiert eine neue alte Mühle samt neuer alter Steinbrücke, die wie ein Miniaturbild der großen wirkt. Neue alte Treppen führen in neue alte Gassen, in denen sich das neue alte Hämmern der Kupfertreiber mit dem Plaudern der Teppichverkäufer mischt. Postkarten, Reiseführer, mehrsprachige Menüs. Der grotesk hohe Waschbeton-Turm der neuen alten katholischen Kathedrale. Neue Tankstellen, Hotels, Bürokomplexe. Über allem dehnt sich der von Minaretten getragene Himmel, von dem ich auch nicht sicher bin, ob er noch der alte ist. Durch nachmittäglich stille Straßen, die bis vor kurzem Flure eines bewohnten

Kriegsmuseums waren, schiebt sich der Geist nahender Touristenhorden. Sie werden ihre Pensionszimmer im Voraus reservieren. Sie werden sich um die Plätze auf den Restaurantterrassen streiten und Schlange stehen, um die Brücke überqueren zu dürfen. Alles sieht ihnen mit angehaltenem Atem entgegen.

Außer F. und mir. Hier war doch einst...! Wie die Zeit vergeht! – Wir können froh sein, dass uns fast niemand hört und hoffentlich keiner versteht. Eine Stadt, die sich derart im Zeitraffer ändert, lehrt den hartgesottensten westeuropäischen Dauerjugendlichen, was Alter ist: nämlich relativ. Ich spüre schon, wie Nostalgie mir den Rücken zum Fragezeichen krümmt: Weißt du noch? Wie lang ist's her? – Nur auf der ehemaligen Frontlinie starren uns die pockennarbigen Fassadenfratzen mit toten Augen und ausgefransten Mündern auf gewohnte Weise entgegen, und wir starren erleichtert zurück. Schnell, ein Photo! Jeden Augenblick können sich hier renovierte Prachtbauten im Habsburgstil auseinander falten!

Früher gleich besser. F. und ich, Friedens- und Wohlstandskinder erster Couleur, wünschen uns die Ruinen zurück. Fühlen uns um unser Mostar betrogen, um die guten alten Zeiten, in denen noch kein Tourist seinen Weg zur Küste für eine Besichtigung unterbrach. Kneifen die quasizahnlosen Münder zu verbitterten Strichen und schimpfen auf die Jungen und Schnellen der Welt: Da geht das Echte verloren! Sieht aus wie Disney Land! – Wir drohen mit zitternden, krummen Fingern: Ihr verkauft eure Seelen! – Stottern asthmatisch: Ihr werdet's bereuen! – Und stoßen wütend die Krückstöcke aufs frisch verlegte Pflaster.

Ein alter Mann in bunten Radsportklamotten schiebt sein Rennrad vorbei. Wir kennen ihn und seine Legende. Nach dem Krieg ist er zum internationalen Stadtverwalter ins Büro marschiert: Alles kaputt. Du willst helfen? Kauf mir neue Reifen für mein Rad! – Man hat ihm welche aus Italien bestellt. Er grinst uns an mit Hilfe von tausend Falten, als wüsste er etwas, das wir nicht wissen. Im Flimmern der Hitze sehe ich ihn auf sein Fahrrad zeigen: alte Luft in neuen Schläuchen.

Hör nicht auf uns, kleine Stadt an der flaschengrünen Neretva. Häute dich, kleide dich in frische Gewänder, empfange fröhliche Urlauber auf ihrem Weg an die Adria. Verzeih uns dreißigjährigen Greisen, wir sind schon am Auto, schon fast wieder weg. Wir haben dich geliebt, aber aus den falschen Gründen.

2005

Stadt Land Fluss, Stop: B

Stadt: Brenzlberg, Bauptstadt der BRD

In B. leben zu viele Hunde. Das wissen alle, selbst die Hunde. Manch einer ahnt, dass es auch zu viele Menschen gibt, in B., in BRD, besonders im beliebten Brenzlberg. Wenig bekannt jedoch ist der akute Katzenmangel. Nur einzelne Menschen versuchen, etwas dagegen zu unternehmen. Ihnen gebührt unser ganzer Dank.

Der Bosnier kam auf die Straße gerannt, als brenne oben das Haus, und packte die Erstbeste am Ärmel. Das war ich. Man geht so leicht mit, wenn einer Hilfe braucht und ihm die Verzweiflung aus den Augen spricht.

Das Bett in seiner Wohnung im Block Brenzlberg war rein aus Rottönen erbaut. Dunkellila, Bordeaux, Hellviolett, Rot. So viele Kissen, so viele Teppiche, Überwürfe, Polster, Laken und Plumeaus. Bitte Schuhe ausziehen. Von der Decke hing, am Haken befestigt, eine einfache Werkstattlampe mit roter Glühbirne, die ehemals nicht hineingehört hatte. Sie beleuchtete den Raum weniger, als dass sie ihn einfärbte, und ich glaubte, das letzte Stündchen meiner Unversehrtheit habe geschlagen.

Es war ein Mädchen. Die Nabelschnur, trocken wie ein abgestorbener Zweig, stak ihm aus dem winzigen Bauch. Das ganze Wesen war nicht länger als mein kleiner Finger. Kaum in der Lage zu fressen, wusste sie schon, wie man schnurrt, obgleich um sie herum nichts existierte, das des Anschnurrens wert gewesen wäre – nur Riesenhände in der totalen Dunkelheit hinter ihren fest verschlossenen Lidern, jederzeit in der Lage, ohne Kraftanstrengung ein dünnes Genick zu brechen. Dazu fahle Rotlichtwärme auf dem kleinen Fell und der Glasfels einer Pipette zwischen zahnlosen Kiefern, viel zu groß, den Geschmack synthetischer Menschenmuttermilch ausschwitzend. Und doch schnurrte sie, gar nicht mal leise, und gebrauchte den ganzen Körper dazu. Freischein in den Westen: Sie war erst gestern eingereist, ohne Papiere, geschmuggelt in einem gepolsterten Joghurtbecher mit eingestochenen Luftlöchern im Plastikdeckel.

Ich wollte telephonieren, 110, 112 oder die veterinärmedizinische Notfallklinik, aber ich sollte sie nur festhalten, wiegen, warten, halten, ganz leise reden und dem Schnurren lauschen. Im Morgengrauen suchten wir gemeinsam ein Grab in den Straßen von B. *Keine Heiße Asche Einfüllen* ersetzte das *Ruhe Sanft*.

Nun ist mir die Stadt zum Friedhof geworden. Eine Nekropole ist sie, diese Kapitale der Coolen, Moloch modischer Mittdreißiger, Auffanglager für Nachwuchskünstler aus dem Südbadischen, die »Berlin« für einen Beruf halten und »Icke« sagen lernen, so wie man

»Dobro došli« sagen kann, herzlich willkommen, was in Bosnien, wie mir erzählt wurde, auf allen Schildern steht. In B. ist jede schwarze Mülltonne ein Grabstein, ewiger Aufbewahrungsort für winzige Einsamkeiten, deren viertägiger Lebensweg vom Dunkeln ins Dunkle führt. Was mag sich erst in den blauen, gelben und grünen Tonnen befinden? Buntes B., du verursachst Brechreiz an manchen Tagen und kannst nicht einmal etwas dafür. Die schwarzen Tonnen berühre ich im Vorbeigehen leicht mit den Fingern. Leb wohl, sage ich, kleines Ding, und schon wieder verschwimmen mir die Augen vor der Welt.

Neulich sah ich den Bosnier wieder. Er reichte mir die Hand. Es waren die Kratzspuren einer jungen, glücklichen, deutschen Katze darauf.

Land: Barajevo in B-Land

Ihr Schnecken B-Lands, ich bitte euch, bleibt den Wegen fern. Wenn es geregnet hat, wie die Berge rings um Barajevo es mögen, so kurz und heftig, dass die Stadt mit einem einzigen erschreckten Atemzug ihre Menschen verschluckt; wenn Bäume sich furchtsam gen Mekka verneigen und Steilhänge die Straßen zu ihren Füßen mit Geröllbrocken beschießen – dann kommt ihr Schnecken B-Lands zu Abertausenden aus der Böschung auf den Weg gekrochen.

Dieser Weg ist asphaltiert, damit er unter den Tritten

nicht explodieren kann. Hand in Hand mit der dünnen Flüssin Miljacka verlässt er ostwärts die Stadt, dem Canyon folgend, an dessen Hängen die Reste von Häusern wie Sondermüll lagern. Dieser Weg, auf dem ihr, liebe Schnecken B-Lands, nach dem Regen gern sitzt, wird benutzt. Die federnden Fußballen der Jogger tätscheln ihm den Rücken. Mountainbikereifen zischen über ihn hinweg. Spaziergänger, paarweise mit Kinderwagen und Hundeleinen, promenieren an seinen Rändern entlang. Inline-Skater, die Hände wie Oberkellner auf den Rücken verschränkt, grätschen gen Horizont. Von ihm aus starten Freeclimber ihre vertikalen Ausflüge die Felswände hinauf. Nicht selten hält eine multiethnische Schaf-Kuh-Ziegen-Herde den ganzen Verkehr auf.

Ihr seht: Kaum ist der Regen vorbei, sind alle zur Stelle, hier im Canyon unter den zerrissenen Häusern, in denen einsame Hündinnen ihre verlorene Brut mit Abfällen nähren. Und ihr, Schnecken B-Lands, ihr werdet zerquetscht. Wie Haselnüsse im Herbst krachen eure Häuser unter Füßen, Reifen, Pfoten, Hufen.

Nach dem Regen stehe ich zwischen euren zerlaufenen Leichen auf dem Asphalt, betrachte die schroffen grüngrauen Berge und die Schwermut von Himmel und Fels, die nur in B-Land so jäh an menschengrelle Überfüllung grenzt, und stelle mir vor, wie ihr glücklich zwischen feuchten Halmen kriechen würdet, über duftendes Moos und blanken Stein, wenn euch der Regen nicht aufs Pflaster gelockt hätte, hervor aus dem Gebüsch, wo jedes schmackhafte Blatt, jedes Gewürz und jede Blüte euch ganz allein gehört.

Ungestört werden eure Mahlzeiten bleiben, gut hundert Jahre lang. Ungestört werdet ihr leben, wenn ihr bleibt, wo ihr hingehört, im Gras, wo ihr eure Häuser klein, leicht und langsam über die Sprengköpfe der Tretminen tragt. Die Straßenränder B-Lands sind die Grenzen eures unermesslichen Reichs. Bleibt doch den Wegen fern. Eure Welt ist groß, so viel größer als unsere.

Fluss: Bach

»Wie heißt der berühmteste Fluss in Deutschland?«
»Rhein«, rate ich.

Sie lacht, den Kopf in den Nacken gelegt, der Mund eine Schale für Sommerluft und Sonnenlicht.

»Nee«, ruft sie. »Bach!«

Erst verstehe ich den Witz nicht, dann finde ich ihn nicht besonders lustig.

Sie behauptet, Silvia zu heißen, ich habe behauptet, aus Polen zu kommen. Sie singt die deutschen Vokale, lächelt bei jedem E und rollt ein fleischiges R. Ich zische Konsonanten, verwechsele ab und zu Artikel und verwende Infinitive, wo sie nicht hingehören. Manchmal erfährt man mehr über die Welt, wenn man nicht zugibt, aus Deutschland zu sein. Silvia hat mich in ihrem Garten gefunden, bis über die Hüften zwischen trockenen Tomatenpflanzen stehend, in die Luft starrend, als gäbe es etwas zu entdecken, dort oben im Himmel über Buna an der Buna. Ich hatte vor, ein Stück Gemüse gegen den Durst zu stehlen. Aber das Gemüse ist schrumplig und braun, und dann trat Silvia aus dem Haus.

»Was ist los«, fragt sie, »weißt du nicht, wer Bach war? Du bist doch Deutsche.« Man sieht es wohl an den Klamotten und an der Frisur.

Der Weg nach Mostar, wo es eine neue Alte Brücke zu sehen geben soll, besteht aus Schotterpisten, die sich in Farbe und Konsistenz kaum vom Rest des Geländes unterscheiden und nach einigen Kilometern vor den gestiefelten Füßen des immer gleichen Mannes enden, der Hände und Kinn auf den Stiel einer Schaufel stützt. Er schlägt eine neue Himmelsrichtung vor und winkt zum Abschied. Die Soldaten im Lager sind aus Algerien und wissen nicht, wo Mostar ist. Auch das Wort »Bosnia« haben sie noch nie gehört. Deshalb bin ich wieder in Buna.

Aber Silvia will nicht wissen, wie ich in ihren Garten gekommen bin. Sie will, dass wir gemeinsam den Bach besichtigen. Die Strömung ist stark, obwohl das Wasser nur knöchelhoch über die Kiesbänke fließt. An einer tiefen Stelle spielen Kinder mit einem quadratischen Holzfloß, auf dem ein bellender Schäferhund steht. Nach zwei Minuten mit hochgezogenen Hosenbeinen im Wasser schmerzen die Füße vor Kälte, obwohl die Lufttemperatur zweiundvierzig Grad beträgt.

Dahinten, nur fünf Minuten flussaufwärts, kommt die

Buna aus dem Fels. Silvia zeigt immer wieder, als müsste ich die Stelle hinter Kirche, Dorf und Wald erkennen können, wenn ich mir nur endlich die Mühe machte, genau hinzusehen. Die Buna fließt mitten durch den Berg, der wahrscheinlich auch Buna heißt. Da oben auf dem Hochplateau, weiß Silvia, weidete vor fünfhundert Jahren ein junger Mann die riesige Schafherde des Königs. Jeden Sonntag warf er eins der Tiere in eine Felsspalte, in der es geräuschlos verschwand. Zwanzig Minuten später trieb das Schaf ertrunken am Haus seines Vaters vorbei. Sie brieten es und aßen die ganze Woche davon. Als der König von den Diebstählen erfuhr, schickte er seine Männer aus, und eines Sonntags zog der Vater seinen Sohn aus dem Fluss und begrub ihn, hier, genau hier, zeigt Silvia, wo jetzt die Trauerweide steht, von deren Schatten du profitierst. Sie lacht wieder.

»Habt ihr auch Legenden in Deutschland?«

»Viele Legenden«, sage ich vorsichtig.

»Meinem Sohn hat eine Granate das halbe Gesicht weggerissen, genau hier«, zeigt Silvia, »beim Wasserschöpfen, aber immerhin treibt er in keinem Fluss. Er lebt jetzt in Berlin, Prenzlauer Berg. Habt ihr auch solche Legenden, oder habt ihr sie nicht?«

Ich bin nicht vorbereitet, als sie mit beiden Händen nach mir stößt, strauchele und schlage mit bloßen Knien und Ellenbogen hin. Es schmerzt, vor Härte der Kies, das Wasser vor Kälte. Der Einfachheit halber bleibe ich liegen.

Der Schäferhund treibt auf dem Holzfloß der Adria

zu, sein Bellen ist leiser geworden. Die Kinder liegen wie Schwemmgut an Land in der Sonne. Ich liege in der Buna und starre in die kleinen, erdigen Buchten am Ufer, wo das Wasser sich staut. Immer schon wollte ich wissen, warum manche Kaulquappen Ende August immer noch Kaulquappen sind, nur Kopf und Schwanz, minimalistische Geschöpfe, wunderschön mit ihren treuherzigen Gesichtern, die sich freilich nur durch die Wände eines Einmachglases richtig anschauen lassen. Ich liebe Kaulquappen. Allerdings ist es auch die Perspektive Frosch, die sie so anziehend macht, deshalb betrachte ich diese hier mit gemischten Gefühlen.

»Es gibt drei Sorten Mensch«, sagt Silvia, von der ich glaubte, sie sei längst weggegangen. »Es gibt Schafe, Schäferhunde und solche da.«

»Kaulquappen«, sage ich.

»Wie auch immer. Überleg dir, was du sein willst.«

»Liebt Ihr Sohn Katzen?«

»Er hasst Tiere«, sagt Silvia.

»Kommt er manchmal nach Hause, hierher?« Ich zeige mit tropfendem Arm auf die Trauerweide.

»Er kommt niemals nach Hause.«

Höbe ich jetzt den Kopf aus dem Bach, ich könnte Silvia, die alte, tapfere Silvia, den Hang hinaufsteigen sehen zu ihrem Haus, unter dem blauen Himmel über Buna an der Buna.

2004

Nachweise

Das Prinzip Gregor. Erstdruck: DER SPIEGEL, 45/2002.

Der Kreis der Quadratur. Erstdruck: DER SPIEGEL, 21/2005.

Sind wir Kanzlerin? Erstdruck: BRIGITTE, 14/2005.

Deutschland wählt den Superstaat. Erstdruck: DIE ZEIT, 39/2005.

Oma stampft nicht mehr. Erstdruck: DIE WELT, 15. November 2002.

Verbotene Familie. Erstdruck: DIE WELT, 26. Juli 2003.

Ersatzteilkasten. Erstdruck.

Es knallt im Kosovo. Erstdruck: DIE WELT, 1. April 2004.

Ficken, Bumsen, Blasen. Erstdruck: KulturSPIEGEL, 3/2004.

End/t/zeit/ung. Erstdruck: die tageszeitung, 2. Oktober 2004.

Von Cowgirls und Naturkindern. Erstdruck: Sonntags-Blick magazin Nr. 4, 23. Januar 2005.

Fliegende Bauten. Erstdruck: Magazin der Süddeutschen Zeitung, 14. Februar 2003.

Die Lehre vom Abhängen. Erstdruck.

Recht gleich Sprechung oder: Der Ibis im Nebel. Erstdruck.

Justitia in Schlaghosen. Erstdruck. Wettbewerbsbeitrag zum Thema »Recht und Wandel«, ausgeschrieben im Jahr 1999, ausgezeichnet mit dem Preis der Humboldt-Universität Berlin »Forum Recht« 1999 und dem Förderpreis zum Caroline-Schlegel-Preis für Essayistik 2000.

Der Eierkuchen. Erstdruck. Wettbewerbsbeitrag zum Thema »Leitbilder der Europäischen Union im Widerspruch«, ausgeschrieben im Jahr 2002 von der Universität Saarbrücken.

Supranationales Glänzen. Erstdruck: Stuttgarter Zeitung, vom 16. Juli 2002. Wettbewerbsbeitrag zum Thema »Brauchen wir noch Tabus?«, ausgeschrieben im Jahr 2000 von der Deutschen Akademie für Sprache und Dichtung.

What a mess. Erstdruck: DIE WELT, 20. Oktober 2001.

Marmeladenseiten. Erstdruck: UNISPIEGEL, 4/2003.

Genie Royal. Erstdruck: SPIEGELspezial, 4/2002 »Bücher 2002«.

Von der Heimlichkeit des Schreibens. Erstdruck in: Wie werde ich ein verdammt guter Schriftsteller, hrsg. von Josef Haslinger und Hans-Ulrich Treichel, Suhrkamp Verlag 2005.

Auf den Barrikaden oder hinterm Berg? Erstdruck: DIE ZEIT, 11/2004. Der Text basiert auf der Dankesrede für den Ernst-Toller-Preis, der Juli Zeh im Januar 2004 verliehen worden ist.

Sag nicht ER zu mir. Erstdruck: Akzente, 4/2002.

Fehlende Worte. Erstdruck: DIE ZEIT, 11/2002.

Theo, fahr doch. Erstdruck: DIE ZEIT, 11/2003.

Niedliche Dinge. Erstdruck: Süddeutsche Zeitung, 23. Mai 2003.

Sarajevo, blinde Kühe. Erstdruck: Literaturen, Juli/August 2002.

Jasmina and friends. Erstdruck: BRIGITTE, 10/2002.

Aus den falschen Gründen. Erstdruck: du 758 (Juli/August 2005).

Stadt Land Fluss, Stop: B. Erstdruck: Frankfurter Allgemeine Zeitung, 8. Januar 2004.

Sämtliche Beiträge wurden überarbeitet. Die Erläuterungen der Zwischenüberschriften entstammen dem *Deutschen Wörterbuch* von Jacob und Wilhelm Grimm.